U0898690

北京文艺评论

2018—2019年度优秀作品汇编

北京市文学艺术界联合会 编

广西师范大学出版社
·桂林·

图书在版编目(CIP)数据

北京文艺评论2018—2019年度优秀作品汇编／北京市文学艺术界联合会编. —桂林：广西师范大学出版社，2021.9

ISBN 978-7-5598-4030-1

Ⅰ. ①北… Ⅱ. ①北… Ⅲ. ①文艺评论-中国-当代-文集 Ⅳ. ①I206.7-53

中国版本图书馆CIP数据核字(2021)第143275号

北京文艺评论2018—2019年度优秀作品汇编
BEIJING WENYI PINGLUN 2018—2019 NIANDU YOUXIU ZUOPIN HUIBIAN

出 品 人：刘广汉
责任编辑：魏 东
助理编辑：程卫平
装帧设计：王鸣豪

广西师范大学出版社出版发行
(广西桂林市五里店路9号　　邮政编码：541004
网址：http://www.bbtpress.com)
出版人：黄轩庄
全国新华书店经销
销售热线：021-65200318　021-31260822-898
山东韵杰文化科技有限公司印刷
(山东省淄博市桓台县桓台大道西首　邮政编码：256401)
开本：690mm×960mm　1/16
印张：17.5　字数：200千字
2021年9月第1版　2021年9月第1次印刷
定价：98.00元

目　录

2018 年度优秀文艺评论

2019 年度优秀文艺评论

2018 年度优秀文艺评论

柳青、皇甫村与二十世纪八十年代

程光炜

1960年，因出版“反映我国农村社会主义革命的史诗性”的“长篇巨著”《创业史》，柳青被称为“当代文学史上的一位杰出作家”。重写文学史思潮后，这种评价不复存在。有的文学史教材用六页篇幅叙述赵树理的小说成就，而给柳青的仅三页。有的教材章节甚至都没出现他的名字。柳青文学史地位的跌落，与新时期文学观念的重新洗牌有关，1979年的农村“家庭联产承包责任制”政策也成为阅读《创业史》的障碍，并进一步带来历史遗忘的效果。

这个“文学史角落”对理解以往历史的完整性、丰富性究竟有没有意义，现在看不清楚。不过，假若以问题为导向来分析材料，就会涉及这位作家与六十年代的关系，涉及八十年代的评价标准，也就会“首先了解事实，然后解释事实，并在一套融贯的话语中将事实联接起来”。虽然现在还不到准确和全面地认识柳青的时候。

一　柳青在 1978 年谢幕

1978 年 6 月 13 日，柳青在北京朝阳医院病逝，终年六十二岁。物理时间上的八十年代还没有开始，“四人帮”的倒台却提前翻开了新的一页。1978 年便在这个枢纽点上紧密联系着八十年代。

1978 年春节期间，由长期哮喘转为严重肺心病的柳青在西安四军医大西京医院治疗效果不佳，一个月后感染上绿脓杆菌，病情转危。为抢救柳青，出版《创业史》的中国青年出版社向中央有关部门打报告，申请将柳青接来北京救治。经文化部副部长林默涵和沙洪等人亲自出面，柳青被安置在朝阳医院三病房。据柳青女儿刘可风说，因床位紧张，父亲整天咳嗽，影响同室病友休息，父女俩极度不安。经出版社斡旋，换到一个小单间。一次谈到战争的残酷时，柳青说如果身体不允许他把《创业史》写完，就写一篇不太短的短篇小说，以纪念在战争中牺牲的战友。但最让他放不下的还是《创业史》。柳青的病情时好时坏，精神状况也不稳定，医院虽全力治疗，效果仍不理想。此时，中国文联正召开第三届三次全体会议，这是那场浩劫之后文艺界的第一次聚会。很多延安时期的老朋友，刚解放的老同志，不时来医院探望。有人叙述，会议开始，宣读“文革”期间被迫害致死的文艺工作者名单长达半个小时。“沉默，许久的沉默，父亲终于没有控制住自己的感情。”“在最后的日子，父亲能见到他们，得到难言的宽慰。”然而，柳青愈发耿耿于怀那部没写完的长篇小说。他真切感到，稍微延长的生命对于他多么重要。一次“查房的时候，父亲苦苦地请求医生：‘再给我一年时间，让我再写一年吧！’医生走后，我酸楚地泪流不止，父亲说：‘你不要难过，肉体对我就这么一点意义，给人们留下一些研究上个时代的真实材料。’他喘口气后接着说：‘爸爸不怕死，有一天，我离开这个世界，会非常非常平静。’他明亮的眼睛里没有一丝悲伤和恐惧”。

老编辑王维玲回忆，1978 年到朝阳医院看望柳青时，也碰见过这种情形：“他的病情太严重了。二十四小时离不开氧气，还要不断地使用喷雾器、雾化器的辅助才能呼吸、喘气。柳青聪明绝顶，他预感到留给他的时间不长了，但他又是一个十分理智、能克制自己的人。”“一次医生来查房，刚好可风出去了，他睁大了那双发光的眼睛，诚挚中带着几分乞求，悄悄地说：‘你让我再活上两年，有两年的时间，我就可以把《创业史》写完了！’”他接着说道，1976 年、1977 年这两年，柳青就想奋力完成《创业史》的写作，即使完不成原计划的四部，也想让这部长篇留一个较为理想的结局。柳青在 1976 年 10 月 15 日致他的信中说：“原想今冬争取将二部上卷发到工厂，现在看来已经无望了。形势大好，自己倒更差了。不得已时请考虑先出一部。”王维玲不同意先出一部，致信柳青：“‘文革’前一部印了七十万册，至今还在流传，这说明第一部的寿命。读者仍在关心第二部，不如先出二部上卷，再重印一部。”柳青来信同意：“七十余万册也不少了，至于书的寿命，确实只取决于它内在的思想力量和艺术功夫，某个时期的评价、销数和其他，随着时过境迁，肯定会失去影响，我已经不是一个青年，懂得一些道理。短暂的名利是一条无情的绊马索。许多有才能的作家被它绊倒了。革命家只有抓住真理，站稳立场，认清方向，一心一意地走下去就对了。”他意识到自己的身体已不能像五六十年代那样长久地思考，不能在一种惊人的耐力中写完这部长篇了。1978 年春节病情恶化住进西安四医大，柳青抱病修改第二部上卷的前十二章。因担心写不成第三、四部，所以修改时很注意人物思想发展的完整性和段落感。有些章节近乎重写，有的改动很大，消耗了他大量精力。在四医大，他看到病房紧张，觉得自己患的是慢性病，在此修改作品影响不好，坚决要求转到长安县第六医院。六院医疗条件不好，病情出现反复，于是又回到了四医大，直到四月中旬才把第十三章改完。柳青在信中说："直到现在才完成十三章……望你们很快发工厂，补排上去。我最近开始给改霞擦点红。完了，如果有时间，如果赶得上——十三章字数如太少，我想把十四章也添上去。不过，十四章放在下卷开头最好。"最后一次来北京住院，柳青还告诉王维玲，如果不写第三、四部，就把第二部下卷的"口子"留小一点，人的思想、面貌争取基本完成。王维玲说："你在长安县生活十四年，第四部的构思已完成，如精力不够，就用录音机把第三、四部的构思录下来。"柳青告诉他："长安县委有好几部录音机，回去就借一部，先录起来……"

但历史与柳青《创业史》之间出现了错位。就在他来京治疗的半年前（1977 年 11 月 20 日），刘心武短篇小说《班主任》在《人民文学》1977 年 11 期刊出。人们从作品释放的强烈信息中捕捉到：五十至七十年代整整一个时代结束了。漫长的革命时代已成往事，而这个时代正是《创业史》描写的中心。刘心武在创作谈《根植在生活的沃土中》中信心满满地说："不少读者热情地肯定《班主任》'写真实'，'摆脱了帮味''能使人想到身边的人和事''感到亲切'。为什么我以前发表的作品不能获得这样的评价？仔细想来，关键在于以前或多或少总是有点从概念出发，而《班主任》却是从生活本身出发来构思的。"刘心武这句话并非影射柳青，但他与柳青之间的确出现了"现在”/“以前”的错位。众所周知，在1963年严家炎批评梁生宝等“新英雄人物”身上的概念化问题，而柳青进行反批评的时候，这种错位就已经出现。新时期文学与十七年文学争论的问题，其实早就埋伏在六十年代，只是人们习焉不察。刘心武所忧虑的“真不真实”的问题，曾经是严、柳争执的焦点。年轻的严家炎挺负气地指出：“在他们看来，仿佛对新英雄人物形象既需要热情，就可以不必从艺术实际出发做出实事求是的评价；仿佛探讨新英雄人物创造上的某些弱点，跟热情对待是不能并存的，或者简直就是不热情的表现；仿佛人物形象的思想教育意义，可以跟艺术表现的实际成就无关。”柳青笔含不悦地回应道：“《创业史》这部小说要向读者回答的是：中国农村为什么要发生社会主义革命和这次革命是怎样进行的。回到要通过一个村庄的各阶级人物在合作化运动中的行动、思想和心理的变化过程表现出来。”“批评者不分析这部小说的内容，强使内容服从形式，根据他自己关于英雄和‘尖锐的矛盾冲突’（他指的是‘面对面搏斗’）的特殊理解和特殊爱好，就批评这部小说主人公不真实，情节也是‘比较静止的状态’。在这个问题上，小说的描写和严家炎同志的分析，也存在着不可调和的矛盾。请大家讨论。”

越过案头这些暗黄的文献资料，我略微感伤地看到了1978年春节伏在四军医大病房木板上艰难地修改第二部上卷前十二章的柳青先生。他没想到，1963年他与严家炎先生之间“现在”/“以前”的错位，1978年再次被刘心武先生的文章提起。当刘心武奋力创作新时期小说的时候，他还在修改以前的六十年代小说。在“现在”/“以前”的历史枢纽点，他正与刘心武这一代新生代作家擦身而过。我明显感受到1978年柳青身上的悲剧性，却没有在这种悲剧性中释然，反而察觉到它在增加八十年代后认识柳青的难度，或是从另一方面又丰富了他的精神世界。确实,我的感伤是来自自己“现在”对于“以前”的柳青的蒙昧无知。

二　在历史深处看皇甫村

在二十世纪八十年代以来中国当代文学史频繁更新的地图上,位于陕西省长安县的皇甫村是一处被废弃的遗址。然而柳青在那里落户十四年,坐落在关中平原上的这座村镇今天仍值得细细打量。

1949 年 4 月 16 日,柳青离开延安赴北京,7 月参加第一次全国文代会。1951 年,他应团中央书记冯文彬和副书记蒋南翔邀请,参与《中国青年报》创刊工作,任编委和副刊部主任。同年 10 月,随中国青年作家访问团出访苏联。刚出版的长篇小说《铜墙铁壁》颇受赏识。次年夏,“为方便深入生活和写作,对生活根据地的选择”,“决定在西安附近落户”。柳青多方考察,后听从中共西北局宣传部长张稼夫建议,到距西安二十里,“开会、听报告”都较方便的长安县落户。担任长安县委副书记,后改为县委委员。9 月 30 日,柳青写道:“我已经下了决心,长期地在下面工作和写作,和尽可能广大的群众与干部保持永久的联系。”于是,1953 年到 1967 年,柳青在长安县王曲区皇甫村半山坡那座旧庙中宫寺一住就是十四年。临行前西北局书记习仲勋找他谈话,好心地说:“给你配辆汽车,就放在省委。”旁边的第三书记马明方插话道:“没有紧要的事,你来回不要坐汽车,最好坐马车,这也是接近群众、了解群众的好机会。”

柳青不像五十年代有些作家把深入生活当成走马观花,而是真正扎根于农民中间。“他不仅在县上兼了一定的领导职务，而且简直把自己变成了农民中的一员，与他们同甘苦共欢乐。因此，他对农民有了很深的感情。”他了解农民的利益，更关心他们的命运和心曲。皇甫村距王曲镇五里地，每逢三、六、九赶集日，村里人吃过早饭，就掩上街门，三三两两走上去王曲镇的大路。柳青也提上筐，放上醋、酱油瓶子，夹杂在人群中，跟几个老汉边走边说。他戴个瓜皮帽，穿一件中式对襟褂子，把眼镜放在兜里，粗糙的棕色皮肤和农民风吹日晒的皮肤完全一样。“到了王曲镇南街供销社门前，他故意挤着排队，并和排队的人交谈，问这问那。到了跟前又借故不买，又跑到后面挤，有时还与一些人争执：‘我这里站着，你为啥要站到前头？’”他这是“为了熟悉生活，体会排队的滋味和观察群众的心理活动，倾听排队人群对组织互助组、建立农业社的建议”。

柳青没觉得自己是作家，而是像基层干部直接参与了成立互助组和农业社的全过程。县委指示，王曲地区的互助合作运动由他具体领导。1953 年 3 月，为方便工作，柳青把自己和妻子马葳的组织关系转到皇甫村。马葳担任皇甫乡党支部副书记兼文书职务，后来调到王曲区委任团委书记、党委副书记。1955 年 5 月，胜利社肖德胜等三户社员见自己地里麦子长得好，闹着要退社。区委书记孟维刚和乡支部冯继贤赶紧向柳青汇报。“柳青听后，要亲自去处理这个问题。三人走向蛤蟆滩的滈河边，河里涨水，河上无桥，从秦岭流出消融的雪水，一浪接一浪地奔流，水面上还漂浮着白色泡沫、树枝、杂草等。孟维刚劝柳青不要过去了，柳青坚持过河，一手拿着拐棍，一手挽裤腿脱鞋，准备涉水过河。孟维刚先下河探水深浅，发现河中间水挺深，消融的雪水冰冷入骨，就背上柳青过河。晚上十点多钟，二十九户社员代表都到了会场。柳青喘着气，拄着拐棍，站在群众中，讲了旧社会农民的苦难，合作化道路的前途，社会主义的好光景，讲了一个多小时。会议一直开到次日凌晨四点多，平息了退社风波。散会时，东方已经发白，三人来到社主任王家斌家里，柳青哮喘病加重，咳嗽不停，上气不接下气，只喝了半碗汤，然后用被子垫在草棚炕上睡了会儿。天大亮时，三人离开胜利社。”

王家斌乃《创业史》梁生宝的原型，一个踏实、沉稳、吃苦耐劳的社主任，是柳青着力培养的乡村基层干部。有一天，一个驻社干部向柳青反映，社里的账目很乱，柳青听说后心急火燎地跑到县上，在县委门口就劈头盖脸地批评起王家斌来：“社里没安排好就到县上来，屁股擦干净才能走，没擦净怎么出门呢？”王家斌丈二和尚摸不着头脑，被当众批评得眼泪直流。柳青回去向村民调查，很后悔自己听了不实之词。王家斌后来这样说柳青：“他对普通农民从来不发脾气，也不说重话，要求脱产干部和俺也要这样。他经常提醒我们做农民工作，说明问题不要面面俱到，一次就讲一两个问题，用农民熟悉的语言和实例，把道理说深说透，让人们真正理解党的政策。”因为感念柳青把自己这个解放前的长工培养成党的基层干部，成立高级社的狂风刮下来的时候，省委工作组想把柳青打成“右倾分子”，计划从王家斌这里找突破口。这个诚实的农村汉子，承受着巨大的压力，又想极力保护自己的恩人。工作组让他“交代”，说交代了就没事了。“王家斌一下悟出来：‘这是要找柳青的岔子，贵贱不能把柳青说出来。’最后就干脆放声大哭，再问，他就是个哭，会议只是把陈尊祥和他的报告批了一通，无果而散。”1969年，在马葳不堪凌辱跳井自杀，柳青被关在“牛棚”，家里剩下五个年幼的孩子，春节揭不开锅的艰难日子里，还是这个有情有义的农民悄悄拿来了二十元钱和一袋大米。

这些史料文献让人看到，一个高级干部（行政十级），宁愿放弃北京和西安优越的生活待遇，放弃独栋小楼、司机、勤务员和厨师，穿中式对襟衣服，戴农夫的草帽，拄着拐杖，与皇甫村的农民和基层干部朝夕相处。他的举止言谈、黝黑的面孔，与当地农民无异。他为他们成立互助组、解决邻里矛盾出谋划策，参与社里账务记账，穿过湍急的河流亲自处理农民退社问题，还放下正在写的小说，错过对作品人物一瞬即逝的宝贵艺术感觉，潜心为长安县农民编写了一本《耕畜饲养管理三字经》等通俗读本；本村农民在他创作之余，可以随时到中宫寺家中与他聊天，这些百姓亲切地称他为“那老汉”。“柳青完全农民化了。矮瘦的身材，黧黑的脸膛，和关中农民一样，剃了光头，冬天戴毡帽，夏天戴草帽。”

王维玲在回忆六十年代初去皇甫村看望柳青的情景时说：“他在皇甫村的住房，就是农村一座略加修缮的破庙。庙内一大一小并排两个庭院，柳青住在靠里边的院子，有三间正房。我去的时候是深秋季节，柳青、马葳从正屋里迎出来，柳青穿一身中式对襟小褂，马葳穿一身灰色制服。生活在农村，看到远方来客，自然意外高兴。天黑时，马葳端上饭菜，我见只有两双筷子，便要马葳和孩子一起过来吃饭。马葳笑答：‘我们家有两个灶。小灶，专门给柳青，因为他体质弱，写作又对他身体消耗大。’”饭后，王维玲在院中散步，无意在厨房，看到马葳和孩子们团团围在一个大锅旁，满满一锅菜粥，没有干粮，也没有炒菜，每人捧个碗就这么吃着……“回到屋里，我再也克制不住自己，问柳青：‘你生活这么紧迫，为何还要将《创业史》的一万多元稿费都捐献给皇甫村人民公社呢？你留一部分不好吗？你做得也太过分了！’柳青望着我，慢慢地说：‘我这一生再不想有什么变动，只想在皇甫村生活下去。我在这里，只想做好三件事：一是同基层干部和群众搞好关系；二是写好《创业史》；三是教育好子女。你想想，我身在农村，生活在人民群众之中，谁都知道我写书，宣传和私有制、私有观念彻底决裂。今天出书了，拿了巨额稿费，全部揣进自己的腰包，改善个人的生活，农民会怎么看呢？他们会说："这老汉住在这里写我们，原来也是为他个人发家呀！"如果这样，我还怎么在皇甫村住下去！《创业史》还能写下去吗？'"

人是自然和社会环境的产物，柳青也是五十至七十年代社会历史的产物。理解柳青，离不开他赖以生存的社会土壤。柳青不是"现代隐士"，也不是鲁迅那种从乡村走向城市的乡土小说家，而是一个革命者。他 1928 年入团，1936 年入党，曾是延安文协党支部干事，解放战争时期任大连书店主编，解放后任《中国青年报》编委和副刊部主编，五十年代初回陕西兼任长安县委副书记等职。他是一个经过战争和政治运动严峻考验的老革命、老干部、老作家。在皇甫村十四年，除基层工作、写作和家庭等难以避免的困扰外，还要经受政治风波，因为他是"组织上"的人。在 1955 和 1956 两年，《创业史》第一部写到第二稿，遭遇了很多困难。省里主要领导找他谈话，让他把作品拿出来，写不出来就不要再待下去："要跟上形势，看来 XXX 的道路是正确的，跟上铁路跑，写些及时反映人民群众火热斗争的文章。"柳青表示，每个人对文学有不同的理解，即使失败也要坚持下去，结果不欢而散。又一次，省委让他到宣传部做领导工作，也被他拒绝。领导只把柳青看作一个干部，柳青则认为自己是革命队伍中的作家，这是主要分歧所在。还有一次，省委宣传部通报批评柳青，说他在接待英国作家格林时丧失原则。格林在西安访问时见过柳青，回北京反映说，地方上的看法和中央不同。西安作家柳青说，胡风问题不是反革命问题，是学术问题。柳青是"组织上"的人，他当然会根据党章向上级领导正常地反映问题。他又生活在农民中间，要让农民感觉到党组织的责任感和严肃性。然而农民是把他当作一个真实存在的老领导、老朋友看待的：1981 年长安县大多数乡镇实行了家庭联产承包责任制，胜利社到十一月还没有落实。县里很着急。在西安召开的《创业史》座谈会上，该社干部董炳汉说："还介绍什么呢？现在穷得鼓都打不起了，原来柳书记整天操心我们，现在你们要来就来，要走就走。"这件事引起新华社记者卜昭文的注意，将问题反映到中央，省委领导亲自到胜利社解决问题。"群众反映，柳青死了，他们又缺粮了。"时间到了 2006 年，长安的老百姓依然记得这位柳书记："我们在筹集柳青文学奖基金的时候，一位八十多岁的农村老人闻知我们做这件事，他硬要给我一百元钱。"他告诉我们："柳青是个好人，你们做这个事，是个正事、善事。"

三　今天认识柳青的困难

为什么这个故事不能融入后来的历史叙述呢？读过七遍《创业史》并以柳青为师的陈忠实感慨地说，1982 年春天，他被西安市灞河区派到"渭河边上去给农民分地，实行责任制"。在"第一个分牲畜的那个村子，晚上分完牲畜以后都到一点左右了，我骑着自行车回驻地的时候，路过一个大池塘——莲花池，刚从分牲畜的纠纷里冷静下来，突然意识到"，我"倾心尽力所做的工作，正好和柳青五十年代初在终南山下滈河边上所做的工作构成了一个反动。三十年前，柳青不遗余力，走村串巷，一个村子一个村子宣传实行农业合作化的好处；三十年后，我又在渭河边上一个村子一个村子说服农民，说服干部，宣传分牛分地单家独户种地最好，正好构成一个完全的反动”。他强烈地意识到：“这个反动对我心理的撞击至今难忘。生活发生这种戏剧性的变化，在我们文学界，多年以来涉及对《创业史》的评价，也是最致命的一个话题。”

何西来在评价柳青时，也表达了类似的看法：“《创业史》是柳青小说创作达到的最高成就，也是他个人创作生涯的终结。正是这部作品，决定了他在二十世纪中国当代文学史上一流作家的地位。”今天研究界虽有“三红一创”之说，但综合来看，《创业史》成就最高。“文革”结束后，“中国的文化思想界开始了对历史的反思”，“以农业合作化为题材并且产生了巨大影响的《创业史》，自然而然地会进入当代理论批评家和文学史家文化反思的视野”。作品所反映的农业合作化运动自然不能绕开：“我国的农业合作化，由于指导思想上‘左’的倾向长期居于主导地位”，“致使占全国总人口80%以上的农民长期无法真正摆脱贫困”。而且“这种错误在事情发生的当初，并没有被多数人认识到，作为当事人的农民认识不到，指导运动的领导人认识不到，做具体工作的干部认识不到，作家也认识不到，这就是历史的局限”。这些做具体工作的干部和作家里面，当然也有柳青。不过何西来像八十年代以来很多人一样，对文学界的好人采用把人与时代分开的分析方法。他找到了“现实主义的创作方法”这个历史切入口。“尽管《创业史》存在着题材本身所必然带来的历史局限和作家本人政治立场、政治倾向的局限，但是因为柳青在创作原则上忠实地贯彻了现实主义的创作方法，就使他在艺术图卷的展示上坚持了从生活出发而不是从既定的理念、政策条文出发的相对客观的立场”，这使《创业史》“仍然有其认识的价值”。这个价值即柳青当时可能已经意识到，又不情愿地通过小说曲折地展现出来的这几点：

一是当时农业合作化运动并非农业经济发展的需要，而是根据上面政策借各级组织向下贯彻的；二是蛤蟆滩很多人都不愿意入社，如郭世富、郭二老汉，也包括代表主任郭振山；三是土地改革把地主的土地分给农民，他们的“土地所有证揣在怀里还没有暖热”，又鼓动入社，“他们当然不情愿”。另外，他认为《创业史》的认识价值不仅在艺术上成功塑造了梁三老汉的形象，也成功塑造了郭振山的形象：“郭振山有远较梁生宝以及乡党支部书记卢明昌等开阔得多的文化眼光。他利用自己掌权的有利地位，让村里有钱的人出资办了学校。”他认为，“庄稼人必须有文化。他不仅把改霞从封闭的徐寡妇的家里引出来，让她参加农村工作，参加青年团”，鼓励她上学、退婚，而且启发她离开农村到城里当工人。“改霞是柳青特别偏爱的一个人物”，因郭振山的引导，她选择了一条不同于梁生宝的人生道路。

贾平凹和路遥认为，柳青有国家大局观，他放下作家身份，甘愿在皇甫村与当地农民打成一片，与此是有着内在联系的。贾平凹说，柳青受人尊敬，首先是他有“旷世才华”和“文学上的远大抱负”。“当杜鹏程的《保卫延安》轰动全国后，又刺激了柳青，这就使柳青不满足于以前的创作。”“他常讲文学是马拉松长跑，是以六十年为单元的。他的强大的内心就是《创业史》的写作动力。”其次，柳青起初去长安县是为写作，在深入生活的过程中，“他就有了一般作家所缺乏的使命感，这才有了他参与农村一切事务的行为，把自己变成了一个农民，变成了一个农村基层干部，变成了与人民同呼吸、共命运的一个作家，而不是一个搜寻写作材料者、一个旁观者、一个局外人”。另外得益于“柳青的土气和他的现代性学养”。柳青的生活习惯乃至衣着和言语都和农民一样，农村的事他没有不知道的，他的写实功夫扎实深厚皆源于此。“据说，他曾去广州开会，住一旅馆，服务员以为他是农民，不让他进。但柳青在骨子里是很现代的，他会外语，他阅读量大，他身在农村，国家的事、文坛上的事都清清楚楚。”《创业史》的“结构、叙述方式、语言，受西方文学影响很大”。路遥说，《创业史》让柳青付出了很大的代价。路遥在《病危中的柳青》里描述了晚年柳青的形象：“严重的哮喘病使得他喉管里的出气像破风箱发出的声音一般，让站在他面前的人也压抑得出不上气来。胸脯是完全塌陷下去了；背却像老牛背脊一般曲折地隆起来。”“探访他的人看见他住在这么简陋狭窄的病房里，都先忍不住会想：这样一个有成就、有影响的作家，就不能得到条件更好的治疗环境吗？”路遥还告诉读者：“第一次看见他的人，谁能想象得来他曾多次穿越过战争的风暴，而后在皇甫村的田野里滚爬了十几个年头，继《种谷记》和《铜墙铁壁》之后，又建造起像《创业史》这么宏大的艺术之塔呢？”路遥最后深有感触地说：“他雕刻《创业史》里的人物，同时也在雕刻着他自己不屈的形象——这个形象对我们来说，比他所创造的任何艺术典型都更具有意义。”李建军在艺术上肯定了柳青：“从语言能力和小说技巧方面看，《创业史》无疑内蕴着值得挖掘的财富。在当代作家中，柳青的文学才华无疑是第一流的。他把陕西的方言土语融入人物语言和叙述语言，创造出一种耐人寻味的美学效果；他有很强的景物描写能力，寥寥几笔，略加点染，便能写出丰富的诗意，使人有身临其境的真切感；他很善于揣摩人物的性格，能通过生动的细节，写出人物的心理活动和性格特点。例如，梁三老汉因为生儿子的气，突然向家人宣布，自己要开始吃鸡蛋了：‘我早起冲得喝，晌午炒得吃，黑间煮得吃！’你简直无法相信这样的人物是虚构出来的。”

上述作家、批评家是在超越严家炎们“错位理论”的愿望中热情拥抱柳青的世界，但约定俗成的“错位理论”也在限制着他们的思考。

当陈忠实在1982年回望当年柳青的时候,意识到他的渭河和柳青的滈河之间,出现了一道无法逾越的历史鸿沟。因此某种意义上,他和路遥所继承的"柳青传统",实际只是柳青的写实的传统、文学为人生的传统,却不包括柳青作品所反映的社会内容。历史这把剪刀,悄悄地对柳青创作做了纯化的剪辑。而作家、批评家们都是历史的协助者。他们分明清楚地看到了,《创业史》最后部分令人激动地描绘了农民被组织起来的未来图景,然而这个"未来"却没有被今天的农村和农民的现状所证实。"现实"在那里倒逼着"错位理论",作家、批评家不可能脱离现实而思考。"错位"不光是在历史整合过程中出现的问题,其实也是对未来的判断与后来历史的发展不匹配的结果。被裹挟在未能达成和解的两种历史叙述中间,这正是作家、批评家思考柳青现象时所面临的社会语境。虽然,已有有识者提出:"我们必须在'文学'与'这三十年'的相互生产的互动性关系中来进行讨论。一方面我们要谈,文学是如何介入到、参与到这三十年的历史变迁和社会变革之中的,另一方面我们也要谈,文学是怎样被这三十年的中国现实所深刻界定并制约的。"

阻碍研究界与柳青沟通的阶级叙事也有待清理。1978年5月柳青在北京最后一次露面时,拟将国策从"以阶级斗争为中心"转向以"以经济建设为中心"的十一届三中全会还在酝酿准备的过程中,但在文学界,否定阶级叙事的《班主任》等一大批"伤痕小说"已登上了历史舞台。1960年版的《创业史》是以阶级叙事来创作的。1963年,当这种叙事因"大跃进"失败而受挫,严家炎便对梁生宝形象的理想色彩进行了质疑。这倒不是严家炎有先知先觉,而是二十世纪六十年代初的纠左思潮给了他批评柳青的视野。然而实际上,小说《创业史》虽在贯彻阶级叙事,柳青思想已经在各种运动的教训中发生着悄然的变化。“作者”与“作品”,在严峻的现实面前出现了不易觉察的“错位”。许多研究者更关注的是1960年的《创业史》,却没有兴趣注意到1960年以后的作者柳青。1965年1月中央新的文件《农村社会主义教育运动中目前提出的一些问题》,即著名的“二十三条”公布后,在“四清”运动受到不公平对待的长安县基层干部普遍感到委屈。柳青给干部作了一次报告:“咱们这个集体好像是一座房子,有人总想破坏这个集体,想乘机拿镢头把你的房子挖倒,你当干部,多吃多占,搞特殊化,不是等于不去制止用镢头挖墙的人,反而帮助他们用手指头抠墙吗?不怀好意的人挖,咱自己还抠啥呢?同志呀,不要抠啦!”“以后还好好工作,为大伙服务,群众是会原谅的。”话是在批评无端打击基层好干部的工作组,实际是在安慰在“四清”运动中受委屈的村干部。“说到王家斌,有些人哭了,所有的人都赞叹:‘没见过这么好的人呀!’家斌从他们来到走,不管是被斗争的一段,工作组道歉以前还是道歉以后,一直是热情诚恳,面色平静,没说过一句怨言,怎么能不让人感动?”“文革”中,妻子身亡,柳青多次被打,身体严重受损。他对这种叙事进一步萌生出怀疑。1972年春,为了“躲病”,柳青在女儿陪同下秘密住到北京一个亲戚家。王维玲闻讯赶来看望他,并与他有一次思想上的长谈。柳青说:“这几年我想得很多,经过‘牛棚’一段的考验,我告诉你,在任何情况下,我也不会消沉的!尽管我自己,我的亲人,我的孩子,都付出了重大代价,但是,我们都有一颗纯洁的革命良心,都有一颗随时准备为我们的信念牺牲的决心!”

刘可风的《柳青传》和邢小利、邢之美的《柳青年谱》也试图向研究界强调柳青身上这种“革命者的觉醒”。《柳青传·下》“柳青和女儿的谈话”用“口述史”形式,记录了作家在“文革”中的反省。《柳青年谱》附录一“柳青晚年的读书和反思”认为，他思想的波动变化是真实的：“由于常年患病和‘文革’中的各种折磨，身体越来越差……他就以谈话的方式，告诉在身边照顾他的大女儿刘可风以及少数信得过的朋友，或以片段的笔记记下他的所想所思。”例如，他对李旭东说：“农业合作化是做了一锅夹生饭。”他告诉刘可风，如果有时间写《创业史》第四部，“主要内容是批判合作化运动怎样走上了错误的路”。柳青赞成在当时生产力水平比较低的历史阶段，通过合作化来组织农民提高生产力的水平，但不赞成超越历史阶段和农民接受能力，迅速地将“初级社”提升到“高级社”和“人民公社”。邢小利指出，《创业史》是一部只写了一半的小说，是一部未完成的小说。因此，他强调不能只在已完成的《创业史》的小说文本上做文章，还应该结合作者的“后期思想”来分析他。在他看来，八十年代整个思想文化界的“觉醒”不是 1978 年后凭空出现的，它的思想源头是在 1966 年到 1978 年这整整十二年。“从 1966 年至 1978 年这十二年，是柳青的晚年，是他从人间到地狱、由死到生的十二年。他作为一个名作家、‘黑权威’经历了‘文革’的全过程和‘四人帮’的覆灭。”从这个角度看，“他与在孤独中陪伴他的大女儿以及与友人在长夜中的谈话，在自知来日无多的遗言式的留言，留下了一个时代的代表性作家的深刻反思，这是一份丰富的需要慢慢整理”的文学和思想遗产。它使柳青的形象更立体，“复杂未必是贬义，复杂的往往是深刻的”。

从以上种种观点看，人们不怀疑柳青《创业史》写作的过程，认为他对农村农民怀有朴素真挚的感情，在皇甫村十四年生活的点点滴滴真实感人。在实现两种历史叙述的和解之前，能够做的也许只有将具体的柳青与抽象的历史暂时分开。一些研究则有向前推进的意思，具体的柳青显然处在比抽象的历史更加优先的叙述位置。这种焦虑不安表现在作者对史料文献的选取上，也渗透在传记和年谱的字里行间。但从八十年代重返柳青和皇甫村，并不是一个轻松短暂的旅程，却可能是持这种看法的观察家另一种或明或暗的历史的感觉。

游戏逻辑

——网络文学的认同规则与抵抗策略

许苗苗

讨论网络文学的游戏逻辑，是和传统小说相比照而言的。当网络文学以类型小说的形式成为创意产业的宠儿之后，人们似乎有了充足理由把网络文学等同于长篇小说电脑版，并认为它难以跳出通俗文学的套路。的确，早期网络作者中有相当一部分是缺少发表机会的文学青年，他们将作品搬到网上，必然因袭纸媒文学的一些特点。然而，随着互联网逐渐成为当代文化强大的推动力，情形就发生了变化，网络小说有和纸媒小说分道扬镳的趋向，并呈现出一些新特色，其中最令人瞩目的，就是对人造力量的崇拜和对游戏逻辑的认可。

传统意义上的小说在成为独立自律的文体后，尽管追求形式和内容的不断创新，但是基本遵循以下内在逻辑：如反映现实生活（现实主义逻辑），如表达作者酣畅淋漓的情感（浪漫主义），或记录芸芸众生和小人物成长的历史（小说叙事区别于历史叙事）。作品中的世界虽由作家人为创造，却贵在切近真实。当然，传统小说并非没有游戏逻辑或游戏成分，所谓的狂欢化叙事就是一种游戏逻辑。但是，狂欢化作为一种小说文体，即便情节再荒诞离奇，再娱乐化，追求的也是对现实的指涉，以游戏形式表达不便直说的想法。游戏在这里被用作隐喻和应对现实的策略。

而网络文学则强调疏离和架空。那种游戏性、玩笑性以及不合逻辑的情节，意在剥离与现实的关联，尽量避免唤起对日常生活的联想，所以它减弱细节描写，注重故事大框架的搭建。虽然网络小说也追求角色认同感，但取决于读者的主动身份替换，例如在开始阅读前就对将要扮演的角色（绝世高手、倾城美女）和追求的目标（权力、爱情）等有明确预期。网络文学力图构造一个人为的、认同幻想和超凡力量的虚拟世界，这个世界遵循游戏逻辑。

游戏逻辑是网络游戏世界预设的运行规则，美国学者卡斯的总结获得玩家的普遍认同："规则必须在游戏开始前就公布，参与者必须在开始游戏前认同规则，认同使得这些规则最终生效……只有在参与者自愿遵守它们时，规则才生效。"由于网络文学和网络游戏受众群体类似，一些网络游戏术语如"代入感""金手指"等被借用到网络文学体系中，网络游戏中的逻辑和规则，如以明文规定为前提，以可学习的技巧和可复制的路径为基础等也被采纳。这是网络一代对"客观理性"因果律的偏离和对游戏虚拟场景里受控且有机会全盘重来的人为逻辑的认同。遵循游戏逻辑的网络文学不追求创新，而将通俗小说的常见桥段，如"废柴体质吃灵药喝蛇血功力暴涨""无名小卒遇机缘迎娶白富美"等转变为套路。读者在既定大框架下一次次复习似曾相识的情节，以熟悉关键节点、读懂网络暗语、辨别来龙去脉为荣。这种阅读不挑战知识经验，而提供基于熟稔的群体性娱乐。其重复不仅是情节需要,也是同源异质的网络文学参与者尽快融入氛围,表达对贵贱、善恶、爱憎等价值判断的捷径。这些价值的选择虽然个体差异很大,却借助"金手指"、穿越、爱情等话题在网络文学套路潮流中稳定归位,在网民默契中形成鲜明的群体价值观。

一 "金手指"

"金手指"原指游戏玩家用来修改后台数据,以获得力量、武器、更高级别甚至续命的作弊程序。在网络小说里,无所不能的主人公随心所欲化解危机的方法也被称为"开金手指"。

网络流行小说虽延续熟悉的类型定式,但对情节吸引力的要求却比以往类型小说更高。在线连载时,作者着力铺陈、制造悬念,"挖坑"引诱读者深入。"坑"越大,关注度越高,后期在众多网友的瞩目下"填坑"就越有难度。常有开篇天花乱坠,胃口吊得十足,却虎头蛇尾甚至半途断更的作品,因为没有下半截而被戏称为"太监"。2004年,知名作家马伯庸开始在网易连载《我在江湖》:"五虎断门刀"弟子彭大盛下山闯荡,寄人篱下、乔装改扮、比武招亲,因袭了"传统武侠"套路。故事讲到第八章,武当恃强凌弱,慕容家拦路杀出,各方豪杰闻风而动势同水火,眼看一场激烈的混战即将开打,却突然没了下文。约两年之后,在网民连绵不绝的询问和对"太监"的讥笑中,"第九章"终于上传,说此刻天上突然掉下一个巨大火球,将方圆数千里内所有人一律砸死,"呜呼,虽我彭大盛独活,又有何用。自刎"。连同标点209个字符宣告全文结束。网友惊愕之余,创造出"陨石遁"

一词,连同“停电遁”“入狱遁”“充军遁”等讽刺网络作者以荒谬借口停止在线更新、“遁地而逃”的行为。由于当时在线写作没有太多实际收入,很少人能不问前程地坚持免费连载,因被出版商看中导致“出版遁”或怕盗版而停更的“盗版遁”也不在少数。

随着网络文学产业化提升,它成为越来越多职业写手赖以谋生的手段,他们不敢随意戏弄读者,而是一边卖力挖坑,一边努力填坑。然而惊悚诱人的悬念容易设置,缜密严谨的答案却不好给出。为让作品结构完整,逻辑上说得过去,网络写手想出许多办法,第六感、通灵术、神仙法宝、外星人等都在关键时刻出来救命。在起步阶段的网络写手中,所谓“大神”比拼的不仅是精彩,更是规律上传“不断更”的毅力和有始有终“不太监”的责任心。网络玄幻不受国别和流派束缚,在无边界想象力名下征用各类资源,所以作品最多。那些武功、仙术、魔法、巫蛊等,虽不源于共同的文化根基,却早已深入人心。对它们的熟悉一方面能满足网文追求的“代入感”,一方面使“金手指”的法力来源无须赘言,从而快速搭建幻想和现实间的桥梁。

早期“金手指”多出现在情节简单、受众年龄偏低的“小白文”中——开了个好头却写不下去,又舍不得放弃时,就以“金手指”“作弊”弥补构思缺陷,解决依常理难以自圆其说的矛盾。如果从传统文学稳固的价值体系和清晰理性的逻辑思维出发,玄幻小说里予取予求、天花乱坠的“金手指”是“想象力受到控制”或“价值观混乱”,但实际上,这种状况一方面由于当时网络原创内容有限,网民对坚持连载的长文容忍度高、热情鼓励以求不“太监”;另一方面是网文参与者普遍年龄较轻,自身并没有稳固不变的道统观念,对网文里混合杂糅、东西合并、古今贯穿的世界不觉违和。有些人甚至觉得环环相扣的严密逻辑不过瘾,莫名跳转的“金手指”才有“爽感”。因此,尽管一些写手有能力构造独立意象，也不愿抛弃“金手指”这种“缺陷技巧”，使它从“权宜之计”转为网络文学的特色元素。

“金手指”类型很多，外在的有法宝、神宠、功法和系统，内在的可能是禀异天赋、奇特血统等，其主要作用就是“填坑”以延续故事。如网络作者我吃西红柿的《星辰变》，主角秦羽原是体质孱弱的“王爷三世子”，所练神功类似“铁砂掌”——“不断用双手铲入白沙深处。十指连心，疼得他心颤抖”。但当“流星泪”融入体内后，他就具备了自我修复和高超的领悟力，得以进入“星际升级”境界。由此，情节才真正走向玄幻，秦羽经历“星云-流星-星核-行星-渡劫-恒星-暗星-黑洞-原点-乾坤”十级，每一个级别乍看都高深莫测，而一旦逾越就迅速幻灭、不堪一击。这篇小说几乎为我们展示了玄幻法宝的所有类型：“流星泪”增强功力，“剑仙傀儡”提升招数，“姜澜界”转换空间，还有“万兽谱”“迷神图卷”“华莲分身”等。主角只需在恶战濒死之际，凭借运气、机缘或情义，便能获得某种法宝，从而绝地反击，胜利通关。法宝越多，级别越高，但即便最后已突破宇宙，成为终极“鸿蒙掌控”，秦羽所拥有的依然并不是自身的能力，而是法宝的“法力”。通篇二百余万字并非讲述成长，而是探险、寻宝和收纳。

玄幻网文整体套路是讲述主角从弱到强，从无名小卒到多元世界主宰的历程。为营造神奇夸张的效果，时间上一般会延续成千上万年，空间上则穿梭于宇宙洪荒甚至不同“位面”。在一路积累经验打怪升级的过程中，主角还可能瞬间跳转到另一空间，换地图、换系统。这种危急关头抽身而出、全盘重来的写法也是“金手指”，以“随身空间”或“万能系统”为代表。玄幻小说篇幅长，又爱用极端大词，很容易写到技穷。这时就需新的级别、系统、地图或位面——在凡人中强大后进入武侠世界，武艺登峰造极就与神仙斗法，法术和神兽用完后则开始宇宙游历，总之在完全不同的话语体系中层层递进，循环往复，打开后续情节。

作为网络小说常见元素，“金手指”自身也不断发展，逐步从物品或工具转变为独立角色，融合神仙、老妖、隐匿高人的“老爷爷”就属此类。唐家三少《斗罗大陆》中的“大师”，天蚕土豆《斗破苍穹》中的“药老”，《武动乾坤》中的“貂爷”，方想《修真世界》里的“老妖”，我吃西红柿《吞噬星空》中的“陨墨星主人”等，是大神们笔下最流行的人形“金手指”。老爷爷善讲故事，弥补主人公资历的欠缺；老爷爷心思细密，却对主人公这个“小孩子”掏心掏肺；他们武功高强，浑身藏着好东西，关键时刻甚至倾尽毕生修为舍身相救。

在传统想象性作品中，也有类似的长者角色，比如金庸在《射雕英雄传》中安排了好几位老爷爷向主角郭靖传授武功，但柯镇恶为打赌，丘处机为公平，洪七公则为黄蓉的美食，各有各自合理的动机。网文里老爷爷却毫无缘由，“大师”只因唐三特别有礼貌就青眼有加；陨墨星主人则可能寂寞太久，所以罗峰一旦误入福地就获传毕生绝学。网文老爷爷们从不试图自己征服世界，而是深藏功与名，辅佐主人公。他们本领神奇堪比《天方夜谭》，却绝不是一易主就翻脸的阿拉丁神灯。老爷爷这种强烈又忠实的情感既不来自血缘，也无患难与共的基础，依常理看格外荒谬，却有其媒介合理性。由于网文自由订阅，屏幕阅读常常是粗略的跳读，太严密绵长的因果伏笔容易被忽略遗忘，所以老爷爷一出现就得明确功能，与主人公捆绑结对。例如超过三百万字的《武动乾坤》里，仅用三千字就完成了主角林动与天妖貂（貂爷）的相遇和配对，貂爷第一句话怀疑林动这个陌生人要伤害自己，第二句话就和盘托出了自己的弱点、身世、功力等生死攸关的信息，单纯得令人感动。《斗罗大陆》里大师和唐三的情感也在短短几句话间建立起来，两章之后大师就情愿冒着功力大减的危险给唐三疗伤。

老爷爷外形类似民间传说中的神仙，行为却大相径庭，既没有飘然出尘自成一体的超越性，也不具备以仙术挖井造桥造福大众的悲悯情怀，而是围着一个人转。这种予取予求的神仙大概只有在《没头脑和不高兴》或者《宝葫芦的秘密》之类的儿童故事里才能出现。然而，童话中神仙爷爷的言听计从意在启发任性的孩子意识到自身要求的荒谬，带有教育意义，网文中的老爷爷却不具备超出主人公欲念的独立意识。他们可能偶尔“不灵”闹情绪，但即便增添情感和笑料之后，也仍只是一个综合了父亲、导师、保护神的功效，又如忠仆般完全受控的道具。传统故事里的神仙揭示超能力与凡俗欲念的不匹配，批判不切实际的梦想；而网文老爷爷则是主人公强大道路上的加速器，成就不切实际的梦想。传统文学中具有超越性、批判性的老神仙和网文里披着神仙外衣的“金手指”之间，因情感关系、行为动机和存在意义而截然不同。

网络小说题材上借鉴传统通俗文学，但又有根本区别。传统文学主张想象力在逻辑范围内“戴着镣铐跳舞”，网络小说则用“金手指”替代追新求怪所牺牲的常识理性。“金手指”是网文事先设定的逻辑前提之一，它并不源自科学理性，而是基于读者对虚拟世界规则的认可。“金手指”是人物命运的超级玩法，对它的认同源于互联网一代不愿将数码世界混同于现实世界，追求建立另一套话语体系的欲望。其实，人们对故事逻辑合理程度的判断也在变化：神造世界时，无辜的俄狄浦斯无论如何努力都无法挣脱神谕的命运；科学理性时代，人们通过学习科学技术改变命运；计算机网络时代，新媒介上流传着白痴天才、黑客英雄的传说，而浸淫于其中的网民难免梦想以强大的头脑能量开辟鸿蒙。

最初被用来救急的"金手指"逐渐具备实质性功能,承担起为不着边际的升级斗法赋予合理性、延续情节和丰富角色情感的任务,带给网民不受束缚的幻想力量。有些文学站点甚至以"金手指"属性和种族分类作品,供网民依据爱好检索。"金手指"有了自己的"粉丝",痴迷某一特定类型的读者能够追根溯源,对其特点和演变路数如数家珍,不仅不觉重复,反而越看越上瘾,在写书评时还会自发归类比较,将"金手指"使用的合理度、创新度作为评判依据。虽看似简单,却是网络时代创造出的独特文化元素。

二　穿越与重生

穿越与重生是网络小说主人公常见的命运轨迹,二者模式相似,都是时间失序导致的身份转换,前者穿越成别人,后者穿越回早先的自己。从根本上看,穿越也是一种"金手指",它帮普通人修正生活中的缺憾,把现代人带往古代或异界体验显赫的身世。但穿越故事又并非完全架构在想象中,主人公虽然具备"后见之明",但行动仍受特定历史时段以及人物身份的限制,虽能预见事态发展却无力阻止,认识的超前和行动力的滞后成为推动情节发展的主要矛盾。穿越满足人们对历史事件"再来一次"的愿望,以现代人亲历的视角填补古代大事件中的小细节。

有论者将穿越看作"展开故事的手法和叙述设定",认为穿越火爆的原因在于"这一手法既充分满足了读者的 YY(意淫)需要,也让写手在取得最大叙事效果(YY)的同时减少了'合理性'质疑,在写作设定上变得容易……让读者的YY更真切自然,更有'代入感'"。结合本文第一节论述可知,"简化写作难度、增强代入感"是"金手指"的功能,并不专属穿越。穿越文的流行主要源于当今科技发展带来空间萎缩之感,但时间仍是不可控、不可逆的,因此更具吸引力。穿越者虽然挣脱了原有时间限制,但他依然是普通人,在新的时段仍需服从时序,这就是穿越小说与神话的区别。在人类早期朴素的世界观中,时间和空间是区分人与神的两个维度。希腊神话里,暴虐的提坦遭奥林匹斯诸神镇压,尽管被流放、做苦役,却未死去,而赫拉克勒斯等有人类血脉的英雄获得的最高荣誉则是超越时间变成永生的星座。中国古代鬼魂狐仙动辄修为千年,而普通人哪怕闯入神秘仙境,也最终会回到现世,像唐代的《游仙窟》、宋代的《刘晨阮肇》,以及清代的《聊斋志异》里面的《画壁》《翩翩》《仙人岛》等,都将时空掌控作为人与神魔的界限。现代交通和传播技术缩小了空间,但没人能挽回时间,因此,腾云驾雾的异域见闻,甚至星际旅行都不觉新鲜,不受掌控的时间则成为激发想象的主要来源之一。

穿越并不是网文的发明,著名通俗小说家黄易、席绢都出版过风靡一时的穿越小说。但在网文流行以前,穿越只是个别小说中的意外事件,没有成规模出现,也不具备担当主线的重要地位。网络穿越虽源于对通俗小说的跟风,却在潮流化创作中产生新变,通过故事矛盾的转移和形式的转变反映出当代青年面对现实问题的无奈,转而求助于虚空幻想的态度。

网络穿越小说的变化首先体现在故事主要矛盾从时间转向个体情感与理智的冲突。写穿越文的一个基本准则是不得更改历史进程,否则就不是穿越而是玄幻创世。早期穿越文有不少受黄易《寻秦记》

影响，写现代人回到古代，试图在民族发展的关口力挽狂澜，如阿越的《新宋》、月关的《回到明朝当王爷》、酒徒的《明》等。在这里，主角对抗的是不可逆转的朝代更迭，虽然对重要事件结局了然在心，但使尽浑身解数也无力回天。幸运者穿成某个帝王，亲手促成霸业，但躯壳里的现代记忆终究是无处安置，只得“隐退江湖”，用故作潇洒的态度掩饰虚无主义的内心。这类穿越以波澜壮阔的大场面和浓厚的家国情怀受到各类奖项的青睐，但对读者来说，其“爽点”在快意恩仇的“热血”而非历史，因此人气并未超越将热血表达得更直白的军旅甚至黑道文。

女性穿越——一种将言情与花样穿越结合的新故事模式反而因矛盾集中、结构完整而影响面更大。“清穿三座大山”《梦回大清》《步步惊心》《瑶华》都讲普通女白领穿越到康熙年间，凭清宫剧里得来的历史知识与阿哥们展开恋爱，却各有各的精彩；《木兰没长兄》中女外科医生穿越成花木兰后，凭借现代医术赢得声誉，也在羁旅生涯中体验到边关将士的豪情，不同于一般的小儿女情怀；《女帝本色》里四位少女则更主动，她们团队穿越寻找爱情，终于在最适合自己的恋爱时段停留下来。女作家写女性穿越，故事环境虽是历史，矛盾却从宏大的家国抱负转向复杂的个人情感。乍看去两个人卿卿我我与外界无涉，但穿越身份却赋予恋爱更多内涵。以桐华的《步步惊心》为例，穿越到九王夺嫡时代的女主由于熟谙清史，不得不趋利避害，放弃日久生情的老八，刻意接近未来的皇帝四阿哥。她的心结不是传统言情“我爱的人不爱我”或“棒打鸳鸯两地分”，而体现在对命运的清醒审度以及偏离理性的感情纠葛中。虽然谈论爱情，但女主进行的是无情的选择。现代女性穿回古代往往年轻貌美，她们有渴望被爱的小女人心态，有平等独立的自我意识，还有穿越带来的先知头脑。因此，既不缺选择爱的能力，也不缺逃避祸的机会。她们在多方受制的时代环境中尽力保全自己和身边人，哪怕是功利性的抉择也带着迫不得已的诚恳，比老套言情中等待救援的女主更加立体生动。

作为原创网络小说的重要一支，穿越文的许多特点源自其媒介特性，其中之一就是穿越者原生身份的弱化、矮化。在早期因袭黄易、席绢的穿越文中，主角常常是具备特殊技能、身家傲人的“特种兵”或“魔血美少女”，而后期平民化的网络语境酝酿出越来越多贴近普通人的穿越主角。除了穿越身份，他们一无所有，不得不凭借一些现代的基本常识，如文史知识、数学物理、职场攻略等奋力谋生。他们原本只是低级白领、单身狗、挂科学生，在车祸、坠崖、溺水甚至对着电脑看小说时突然穿越，一下子进入别样的世界。即使个别人依然霉运加身、笑话连连，穿越也为平庸生活增添了色彩。这些凡人乍一穿越时的窘境难免让人产生优越感，幻想自己如能跌入时间缝隙，也将成就一番浪漫的传奇。

穿越提供了轻松代入的渠道，让人产生极大自我满足。这种满足不仅来自与故事主角低劣原生身份的对比，也来自穿越后的“玛丽苏”效应。“玛丽苏”原是《星际迷航传奇》中一个过于完美而失去真实性的女战士角色，后被网民用来讽刺网文里集天赋、容貌、机遇和异性缘于一身，带有作者自恋人格投射的女主角，相应男主角称为“杰克苏”。他们是全能人物，一出场便自带光环，他们拥有全部资本，所有情节都围绕他们展开。这样自恋自大的主人公在网文中受宠的原因，是由于“刷网文”多在通勤、排队、工作间隙，很难集中注意力；而网络小说却必须以超长篇幅换取收益，要求读者对一部作品长久关注，二者之间存在矛盾。在注意力延续与碎片化时间的博弈中，“玛丽苏”“杰克苏”这样强大、鲜明、关注度高的主角成为必须。在穿越中，一切都是发生过的，都可以改写，主角的当下感受和选择至关重要，而其他角色则可以随时替换重来。原生身份的卑贱和转换身份的高贵对比是穿越的魔法，诱使读者通过代入，实现从卑微到强大的翻身，轻松拥有少年躯体、中年精力和百岁见识。

在角色扮演类游戏如《三国志》中，玩家选择赵云或张飞身份，就能骑白马或耍大刀对敌，网络小说对代入的强调也在鼓励读者扮演角色。屏幕显示突出视觉效果，表情包、视频和游戏属于网络主流娱乐，纯文字阅读曾不被看好。可为什么网络文学却终究在手机、电脑上流行了起来？并不是因为网络小说也借用了与网游、视频类似的多媒体手段。尤其是当前的长篇类型化网文，完全以文字写就，连表情符、超链接等都很少见，它们之所以流行，恰恰是源于不适合屏幕表达的文字。文字诉诸想象而非视觉效果，不长于精确的形象塑造。正是这种模糊性，为代入提供了更大的空间。网民依个人口味，在网络小说粗略设置的身份、性格和情节中拣选一款，作为自身形象的网络再现。比起固定的图像、精确的视频，文字更加自由，它的模糊和包容允许读者对作品角色自由整合代入，而不是整容削骨地依附于某个明星。

网文阅读不是静态孤立的行为，而是一场虚拟社群的互动。网民在线追文的同时，乐于积极点评、回复、打赏或是加入作者QQ群。某位大神或作品的粉丝构成一个虚拟共同体，在积极跟进故事发展的同时，把现实当下的自我与故事中的虚构主角相联系或者置换，对主人公产生高度的认同甚至依赖。他们通过网络互动在虚拟集体语境中展示自我，并生成一些只有特定社区成员才能理解的行话暗语，通过相互感染形成文化潮流。网文读者之间的网络对话既可实时交互，也可能因为共同主题而跨越时间限制，接续并影响到同样爱好的一类人。这种现象使私人的社交行为带上了虚拟社会穿越时空的神奇色彩，因此穿越主题在网络上比在其他单向媒介上更容易被接受。

三　爱情最大

爱情一向是文学钟爱的话题,否则,帕里斯王子也不会以十年特洛伊战争为代价,将金苹果判给阿芙洛狄忒;罗密欧与朱丽叶的激情也不会超越家族世仇而焕发出永恒光彩。然而,在传统文学中,爱情是受限制的,与欲望、责任、伦理、道德等共同构架故事,坚信"爱可以创造一切,也可以毁灭一切"的言情小说不过是通俗小说中的一支。

网络小说依受众性别分为"男性向""女性向",依主题分为"玄幻""穿越""都市""言情"等,虽然情节有异,但爱情话题却能轻松游弋于不同性向的所有类型中。爱情是网文里抚平一切伤口的灵药,无须自证即具备合理性,它是修炼、创世、隐退的动因,是权谋、黑帮甚至"种马"的终极救赎,它激励痞子走上英雄之路,也帮弱小者扭转乾坤……哪怕与具体情节无关,抽象的爱也常被用作行动的根源。以两部完全男性向、几乎不涉及男欢女爱的创世类作品为例:猫腻的《择天记》里,陈长生历经重重磨难最终成为掌握天上天下的教宗后便携爱人归隐——既然意不在治世,那么此前所有拼搏就都"白打了";第二男主秋山君为爱"什么都愿意做",哪怕是背叛信仰、放弃生命,最终衬托出爱的坚贞。辰东的《遮天》里,叶凡修炼的动力最初是为救人和自救,但当情节演进,一个个次要角色都被遗忘后,他的目标就不得不转换成为爱修炼。纯男性向小说尚且如此,其他类型更难以跳出这种窠臼,制造《三生三世十里桃花》世代纠缠的,是"我爱他,他爱她",帮《微微一笑很倾城》里男主走出创业阴影的,是爱的甜蜜。

连载时间漫长的网络小说需要不断添加新线索吸引注意力,却无暇以绵密的逻辑来连缀众多头绪。爱情既通俗可感,又具有黏合不同情绪(妒忌、憎恨、愤怒等)的魔力,还是青春期读者钟爱的热点,因此成为各类网文常用的解释,但网文中的“爱”又演化出独特的含义。在看待性关系方面,网文和传统言情小说不同。后者强调爱和性的排他性,男女往往是一对一搭配,谴责绝情、负心和多性伴,维护贞操和血统观念;前者则认为身心契合、肉体欢愉甚至功利的性关系都可以纳入爱的范畴。例如吸血鬼小说中不乏因迷恋某种特殊血液而誓死守护捍卫人类女孩,患难与共日久生情;《蜂巢里的女王》讲述穿越成蜂后的女孩被众多工蜂帅哥追捧宠溺;《择天记》中莫雨和陈长生睡在一起,原因竟是需要他的体味助眠。网文里不排斥从一而终,也接受情感转变,连对同性甚至跨物种、跨位面的爱(如丧尸、狐妖、虚拟爱情等)也持开放态度。特别是丧尸小说,由于角色形象丑陋恐怖,所以甜宠文颇多,如《末世中的女配》《我的男友是丧尸》《末世守护》等都是这一路数。从花样百出的对象可以看出,网民将爱情当作纯粹的故事元素,并不像传统言情小说那样试图塑造爱情关系的模板。传统言情小说中的青年男女往往遭受来自家庭、伦理、世俗成见的阻力,而网络小说里的爱情则跳出真实社会,不追求世俗圆满,是独立个体间的交互。

网语中的“爱情最大”源自电影《大话西游》。作为网络流行文化源泉之一,这部电影在无厘头搞笑和讽刺戏仿之外更受关注的是其跨越仙魔、人戏不分的爱情。网民们为角色(白晶晶、紫霞与孙悟空)与演员(朱茵与周星驰)的爱情唏嘘,并使之突破媒介边界,从完结的电影演化为开放的网语、多变的表情包和人人都能演绎的文化主题。《大话西游》初上映时票房普通,后期却在校园群体中赢得极高的声誉。青年学生是早期网络文化的制造者和参与者,在他们泡网的过程中,这部电影不仅是虚拟社区里的一个话题,更提供了连缀青春世界,倾吐爱情宣言的机会。

网民对爱情话题的热衷也贯穿中国网络文学的整体发展过程。最早期以网恋题材出现:无论台湾的《第一次的亲密接触》,还是内地"三驾马车"的《迷失在网路与现实之间的爱情》《活得像个人样》等,爱情都以网络为媒介。彼时所谓"虚拟世界"近似科幻,属意网络创作的人们只将它看作维系跨地域爱情的工具。随着网恋题材的流行,众多打着"网络"旗号出版的畅销书更是将网络变成爱情的背景,只要文中涉及在线聊天、使用表情符号,甚至主角在计算机行业就职都可以纳入"网络文学"图书名下。

这种情况直到网络写作走向职业化才有所改观,文学网站丰富了网文"聊天加恋爱"的模式,但"爱"依然是必不可少的。在男性向小说里,爱情虽缺乏细节,却带有不容争辩的超越性和终极救赎的效力。以脱胎于角色扮演游戏,以练功饲宠做任务为主线的玄幻类小说来说,虽是纯男性主题,也以爱为根本动力。江南烟雨在《亵渎》中塑造了一个好色、残暴又丑陋的主角罗格。尽管他使用邪恶的死灵法术疯狂敛财、谋求权位,但仍在精神交流中爱上魔界公主,并不惜为之抛弃钱财,背叛教会和前途。爱使那卑鄙的嘴脸逐渐带上哲人般的色彩。"'爱情'成为罗格唯一愿意捍卫的价值,并使其翻身对抗'神圣崇高'的秩序体系……是主角最后的底线。"罗格的爱不是特例,整部小说虽然围绕练魔法、斗骑士、挑战教廷、背叛家族展开,但所有角色都与爱纠缠:光明骑士爱上黑暗公主,人间女孩痴恋死灵法师,公爵之子中了侯爷之女爱的圈套……各式各样的爱为各式各样的打斗找到理由。仙侠小说脱胎于武侠,增添了道家炼丹、运气、御剑等元素，而人物却往往身在仙班，心在红尘。类型开山作《诛仙》中，平庸少年张小凡拼死保护师姐陆雪琪，被其感动的师姐放弃自救与其一起坠崖，结下生死之恋；而后小凡与鬼王女儿碧瑶落入洞中患难生情，危急关头后者牺牲自己以厉咒解救小凡，结下人鬼之恋；对正派失望的小凡成为鬼王杀手，与身为正派传人的师姐决斗却不忍下手，再续爱恨痴缠。主人公忽正忽邪，每一次转变都伴随一次爱的抉择，危急关头也总是因爱而续命，“爱情是超越价值对立的桥梁”。连妻妾成群的“种马文”也以“爱”为借口。禹岩的《极品家丁》里，“家丁”从当代大学生穿越而来，他运用现代知识改善古代生活，平内乱、定边疆、治理朝政，背后的动力是主人家两位小姐的命运和公主超越阶级的爱情。烽火戏诸侯笔下的“极品公子”是一个自恋到极致的纨绔大少，结党商战过程中以收集女性为乐，但其“最爱”却并非“最美”“最亲”或“最有价值”，而是从误会、憎恨到最后生成的“真爱”。虽然“种马”毫不掩饰身体欲望，但奋斗的动力却设置为“真爱”，哪怕这“真爱”非常苍白，缺乏说服力，却是当之无愧的正能量。

女性向小说描写爱情更具体，态度也更复杂。不同于传统美丽、被动的“傻白甜”，网络爱情女主角更有掌控爱情走向的自主意识。在宫斗小说《甄嬛传》里，最初纯情的甄嬛因惧怕无爱的婚姻而将侍寝机会屡屡让人；之后由于被皇帝打动产生爱的幻觉，开始积极争宠，打压其他嫔妃；得知自己只是前皇后的替身后，她心灰意冷遁入空门，却与果郡王暗生私情；为保住爱人的孩子，她重新回宫并最终亲手杀死皇帝。为追求真爱，女主角经历了从一往情深到心狠手辣，从单纯善良到利用倾慕者达成私人目的转变。她并不等待爱的施舍和救援，而是积极选择，主动把握命运。

其他女性向的类型小说中，爱情态度也十分新鲜：穿越把恨嫁的都市大龄女送到古代公子王孙面前;“禁欲系男神”以高颜值、高智商和孱弱体质提供忠贞情感的模板;耽美文则满足了女性转换地位、自由选择角色带入的幻想。流行的耽美文里见不到三岛由纪夫《禁色》式的压抑和耻感,也没有早期网文《蓝宇》那种在社会关系和权力网间的挣扎,而是以“二次元”思维方式赋予“爱”无关他人的独立性。耽美文不回避性,但多半采用动漫式的主角、童话般的恋情、轻快夸张的描写。这种特点尤以“甜宠”类耽美为甚,无论是都市童话《惩罚军服》还是古风神话《花容天下》,主角的性别设置虽然为男,给人的感受却是忽男忽女、可男可女。耽美以同性爱去除了习见赋予男女的性别、主被动的差异,既不追求灵的超越,也不流于肉的重浊,只有一派撒娇卖萌。幼稚化的性描写冲淡肉欲,凸显双方在外貌、精神和趣味等方面的吸引。这样描绘出的爱情必然超越现实逻辑,因此何种性取向都没有悖谬感。如果说男性在“种马文”中体验着三妻四妾的美梦,那么女性则在耽美文中进行可攻可受的意淫。

由于爱情最大,网络小说中的财富和权力都轻如鸿毛,连生命都不再重要,拥有真爱就可以毫不犹豫地抛家弃国,可以因爱情死亡或重生。网络文学本身是一项边界模糊的互动行为,参与者、原创作品和衍生话题相互交织并彼此催生,因而爱情最大的信念不仅贯穿作品,还泛滥到写作和阅读交流中。读者点赞原本是随意表达,但在追文社区里就成为对作者的情感支持;粉丝群产生争议时,围观和点击都代表立场。追文“打赏”为网文作者带来了收益,却使“写作”一词的神性光环变得黯淡。为扭转国人历来认为“谈钱伤感情”的态度,文学网站发明了一套将金钱与情感相结合的升级制度:读者以票额和虚拟礼物表达支持,作者以收到的虚拟财产排列品第。作者毫不讳言“求点赞,求月票,爱我就来打赏我”——这种把经济和情感画等号的行为,被称为“有爱的经济学”。爱统摄一切,当爱的程度与金钱数量联姻,文学网站的资本行为就笼罩上一层脉脉的温情。

结语:从认同虚幻到反攻现实

“游戏逻辑”不仅是网络文学对电子游戏预先设定规则的借用,也是网文交互活动中网民所抱有的以低成本改变世界的幻想态度。网络文学以游戏逻辑构造虚拟世界,而对游戏逻辑的认同,一方面透露出网文爱好者在面对复杂话题(如逻辑冲突、灰色地带、琐碎日常)时的迷惘无力和试图求助于幻想解决现实矛盾的企图;另一方面也预示着媒体技术、知识换代、潮流变迁对社会的推动,以及青少年、较低社会阶层渴望凭借自身对新媒介、新知识的优先接触,在固有等级秩序寻获新的机遇。从这个角度看,网络文学虽不是当今阅读的全部,但其流行文化的特质以及庞大的数量却足以证明其所遵循的游戏逻辑的通行,这种虚幻的想象性态度投射在现实生活中,并反映出参与者对现实世界的态度。

许多网络作品信奉丛林法则,升级练功养宠物的目标都是为了打败更高阶的对手,完成更艰巨的任务。强者拥有世界、主张正义,而弱者的生存依赖于强者天然的正义感、同情心和对真爱的向往。在这种升级过程中,力量对比和胜败结果都是一对一、有因就有果的。“金手指”显示出网文世界对规则的建构方式:哪怕主人公作弊,只要遵循设定便能获得认可。它是君子协定般的透明规则,有意无意地疏离复杂暧昧的灰色地带,以回避现实社会中的“潜规则”,它不试图构建理想国,而是由最简单的幻想和爱憎支撑着。

穿越则利用时间差,以当代视角和“后见之明”解释过往、改写命运,以缓解人在回顾时间长河时产生的无力感。时间的流逝不可逆转,穿越不仅赋予个体强大的能动性,更折射出人类挑战时间这一看似恒定不变自然主题的欲望。网络时代个体的渺小要求网文主角必须完美强大,惟其如此,他们才能延续想象,让故事具备可信度。

除了对生存和时间规则的简化处理,网文对生命也有不同的看法。十来年前,当被称为“80后作家”的青春写作成为畅销书时,“流血”“死亡”等是他们频繁使用的意象,“盲目而奋不顾身”一时成为青春流行色。稍后的网络作者虽然也多是“80后”,却并没有延续“残酷青春”的基调,而是着力于渲染生命的快感。他们向卑微的普通人展示现世的诱惑,并致力于以代入感模糊幻想和真实的界限。他们痴迷于基督山伯爵和盖茨比那样戏剧化的权力反转,让小人物成就大事业,却并不期待生命的升华,而是以获得具体的金钱、爱情、权力,以绝地逢生甚至长生不老作为反转命运的手段。生命在玄幻仙侠里可以长生千年,在穿越中可以死而复生,即便在不涉及仙侠等超能力并标榜爱情洁癖的都市情感作品里,人们也“一言不合就消失”。这里的消失并不是死亡或寂寂无声,而是换一种方式重来。如《何以笙箫默》《七年顾初如北》《寻找爱情的邹小姐》等作品中,主人公整容、出国、销声匿迹躲灾避祸,经历一定年限的蜕变(多半是七年)后,总是能够光鲜地重新出现在爱人或情敌面前。虽然相爱相杀,但他们的身体和精神都惊人地保持着一如既往的“纯洁忠贞”。网络小说将生命的细微情感无限放大成跌宕起伏的波折事故,主人公的遭遇比“残酷青春”更富戏剧性,但他们不再轻易抛弃生命,而是坚韧地应对一个个难题。不死的主角在网文中践行犬儒主义,这恰好与网络流行语中反映出的日常生活态度一致，在对美好情感、简单规则的向往之下，是对现实社会的服从和无力反抗的想象性戏谑。

游戏逻辑赋予网络小说某种抵抗性质。虽然“以弱胜强”“普通人创造奇迹”等虚拟快感原型均产自大众文化工业，但网民通过评论、打赏等方式沟通作者，进而影响情节走向，使作品成为互动的产物。低成本的网络阅读让低收入群体以点击投票，如果说商业化运作使网络小说落入资本之手，那么低消费和廉价的复制传播却让网络小说本身无利可图。虽然网络盗版令人反感，但它具有开源代码般的效应，使更多网民获得参与机会，在阅读、转发中迸发灵感，成为参与构造网络流行文化的生产性力量。这些力量有时顺应资本意愿，有时则对抗或者利用，它们实际上已经游离了资本控制。文学网站如果纯粹生产文本会无利可图，只有开发粉丝经济、进行版权运营、积极向付费门槛更高的影视等媒介形式转化，才能从网络文学中获利。网文获得转化的依据是人气，使之具备人气的则正是低消费能力的网络大众。网民的选择通过媒介转型到达高消费能力群体，游戏逻辑也从而到达多种媒介受众，影响多个社会阶层。

网络文学与印刷文学经常被作为一对概念相互比照。读屏时代，印刷文学并没有在“新文明的号角”声中轰然倒下，相反，其确定的作者来源、审慎的编辑流程、深度的思辨色彩等优势在变动的网络阅读中日益彰显。稳定性使印刷文学具备强大的自律性和界限分明的话语体系。网络文学欲在这一权威话语体系之下谋求发展，与其探索一套对抗体系，不如突出自身与之相对的变动性。当前这种变动的结果，就是网络作品中体现出的对游戏逻辑的认同。游戏逻辑标志着网络小说已发展出个性风格，在强化并放大传统通俗小说某些属性的同时又呈现出自身独有的媒介特色。

美与形式的极致

——评图米纳斯的《叶甫盖尼·奥涅金》

颜 榴

一 戏剧的交响美学

2017 年 10 月 19 日晚上，在浙江的乌镇大剧院，由俄国瓦赫坦戈夫剧院演出的《叶甫盖尼·奥涅金》像一道闪电，以不容置疑的完美形式征服了我。如果不是通过立陶宛籍导演里马斯·图米纳斯(Rimas Tuminas)，俄国诗人普希金的名作《叶甫盖尼·奥涅金》绝不会在今天散发出如此迷人的光彩。普希金被称为“俄国文学之父”，我们中国读者难以体会他的俄语之美。柴可夫斯基于 1878 年创作完成的同名歌剧至今在西方长演不衰(2014 年中国国家大剧院亦有引进)。1965 年，约翰·克兰科为德国斯图加特芭蕾舞团编导的同名舞剧已成为叙事性芭蕾的巅峰之作，然而歌剧和芭蕾这种样式的舞台作品，与中国观众似乎还有一些距离。这一次通过戏剧，几乎不需要翻译，让普希金再一次走出俄国，让这个“俄国诗歌的太阳”照亮了更为广阔的世界。

图米纳斯构造了一个戏剧的魔方，他将文学的诗的线性的语言抽丝剥茧，转而建构为舞台上的一座立体宫殿。这座宫殿的大梁是主人公塔吉亚娜对奥涅金的爱情，立柱是一群身着白裙、长辫子的芭蕾女孩，飞檐是弹着琉特琴的小丑与滑稽现身的兔子等。宫殿并不凝固，可即时拆解，它时而是有着长长把杆的舞蹈教室，时而变为塔吉亚娜的闺房，抑或是大雪纷飞的决斗场，又是主人公长途跋涉的车厢，还是莫斯科贵族的沙龙……然而这个宫殿的结构又是极其简练、不设具象的布景，仅以一面模糊的大镜面作为背景，将众多人物的行动及表情构成镜像，游刃有余地达成了时空交错，虚实相生。

正如诗歌是人类语言的核心构成，诗剧在戏剧舞台上展现的缤纷绚烂充满魅力，这是比单一的文学、美术、音乐创作远为复杂与多维的编织，密度更强，能量更大。也只有在这时，戏剧超越了电影等一切虚构的三维幻象，在当代获得了它难以替代的生存价值。2004年，以色列卡麦尔剧院的《安魂曲》在北京一鸣惊人，第一次让国人见识了戏剧作为舞台诗的高峰，有些人至今还怀念着那部作品。今天看来，哈诺赫·列文改编自契诃夫三个短篇小说的《安魂曲》，从结构上看还属于一首契诃夫诗意的协奏曲，而图米纳斯执导的《叶甫盖尼·奥涅金》则是普希金诗体小说经典在当代复活的宏大交响诗。图米纳斯曾说，他不喜欢今天的世界，喜欢人性闪光的十九世纪。孰知，十九世纪的俄国文学高峰隐藏着在现代剧场掀起情感风暴的魔力因子，戏剧人站在了一个精神的制高点，继而通过非凡的想象去拓展舞台表现力的极限。

剧中台词分量不多，图米纳斯从普希金原作与其他诗歌中摘选了有限的语言重新组合，分派给角色，却以俄国渊源深厚的交响乐和芭蕾舞作为这部戏的主体形式。沸腾的音乐和舞蹈包裹了主人公，群舞和独舞自然替代了他们的发声。与之相对的静默时刻，角色表现性的动作和姿态则隐喻着这出爱的错失，悲剧的沉重。芭蕾还原了普希金诗意的轻盈，戏谑的歌剧唱段以及两个奥涅金与连斯基（分别为中年和青年）的并置则生出一种怪诞效果，传达了诗人的讽刺意味。我们似乎在穿越一个迷宫，情感的转换有如万花筒般目眩神迷；又像是坐在一架三套马车上，不停地奔驰与飞翔，随着那周而复始不间断的主旋律（出自穆索尔斯基《图画展览会》）及其变奏，最终回到原点。诗剧，舞剧，哑剧，歌剧，又是“话”剧，所有这一切可以叫作混搭，却毫不牵强，浑然天成。

正如导演所要求的，《叶甫盖尼·奥涅金》剧的出色还在于这一众演员“引爆”了舞台。并非只有塔吉亚娜的扮演者气质脱俗，奥涅金竖起衣领的忧郁面容、连斯基死去时如雕塑般的背影、奥尔加挎着手风琴的天真、黑衣女教师的冷峻，无不各具风范。而跳芭蕾、乡村晚会、上流沙龙的群体狂欢，以及风雪中的决斗、去往莫斯科途中的场面转换等无一不是自由开阖，张弛有度。或许是俄国演员对艺术的痴迷造就了他们的卓越能力，比如当今的歌剧女皇安娜·奈瑞贝科（纽约大都会歌剧院《叶甫盖尼·奥涅金》塔吉亚娜的扮演者）年轻时为了学艺，曾当过马林斯基剧院的保洁员。因而瓦赫坦戈夫剧院的演员，其气度非凡的外表与舞蹈、歌唱、演奏乐器及台词的俱佳绝非偶然，他们的表现能力根植于俄罗斯戏剧文化的深厚底蕴，每个人都有着在舞台上创造角色的深沉迷醉感，因而每个人都是戏剧的幽灵。

二　奥涅金：爱的“多余人”

奥涅金，作为一个至今仍然十分重要的文学形象，呼应着十九世纪早期欧洲浪漫主义的余绪。1802年，法国作家夏多布里昂推出小说《勒内》，最早地揭示了一代年轻人的迷茫。此后一种名叫“世纪病”的情绪开始在欧洲蔓延，并延续至二十世纪。一些贵族知识分子不满现实，却又无力改变，表面看来都是颓废纵欲的花花公子，内心深处却陷于自责与矛盾，苦闷彷徨。英国诗人拜伦的长诗《恰尔德·哈洛尔德游记》塑造了厌恶英国上流社会的虚伪、腐朽而逃离的漂泊者哈洛尔德，而拜伦个人反抗的方式则是偷情与出走，最后死在希腊战场上。成长于拿破仑战败后年代的法国作家缪塞，崇尚自由，蔑视王权，他的自传体小说中有一位忏悔的“世纪儿”奥克塔夫，终日寻欢却毫无快乐，意志消沉，干不了任何一种职业。

这种忧郁病被勃兰兑斯看作“一场由一个民族传到另一个民族的瘟疫”，传染到俄罗斯后，俄国文学奉献了他们的典型形象——“多余人”。当时还属于农奴制的俄罗斯，经济上比西欧落后，上流社交活动也不像英法等国频繁，贵族阶层大多停留在自己即将寿终正寝的庄园里，社会气氛和政治环境令人窒息。这些没落贵族的后代生活优裕，教养不俗，但性格软弱，行为不论被动或主动，多一事无成或祸及他人，比欧洲的“世纪儿”更为极端。

奥涅金是“多余人”的鼻祖。他的思想意识和忧郁魅力俘获了乡村少女塔吉亚娜的心，后者向他热烈示爱，他却告诫对方说，自己不愿被婚姻捆绑,结婚是痛苦的,可两年后当他出国回来,见到已经嫁给将军的塔吉亚娜,竟又燃起对她的爱,被塔吉亚娜拒绝。莱蒙托夫以反讽的意味塑造的“当代英雄”毕巧林,才智过人,一开始似乎有着崇高的使命感,他声称爱女人,却极端自私,频频带给女人不幸,最后以玩世不恭的人生悲剧收场。屠格涅夫笔下的罗亭风度翩翩,夸夸其谈,却犹犹豫豫不敢爱,是一个连爱情都肯定不了的“语言的巨人,行动的矮子”。冈察洛夫笔下的奥勃洛莫夫是一个地主,他懒惰得整天躺在床上只是幻想,无所事事,最后成为一个大胖子废物,可谓是“多余人”的极致。

第二次世界大战期间,法国作家加缪推出小说《局外人》,默尔索的形象将“世纪病”推向了人与荒谬的世界彻底隔膜的状态。忧郁孤独的“世纪儿”,颓废无聊的“多余人”,以及无感的“局外人”,都是时代即将发生剧变前,处在一种内心与现实产生断裂的人,他们面临自我的迷失与惶恐,在时代混乱的站台上握有了车票却又上不了车,使他们既回不到过去,又进入不了未来。这些与现代社会没有亲近感的人似乎已成为欧洲文化的某种类型式人物,如果我们要贴一个标签的话,他们都属于被放逐者。

颇有意味的是,二十世纪八十年代的中国,奥涅金曾经被一些知识分子引为同道,奉为英雄,他们常常引用这句话以标榜自己的个性,“谁生活过,思想过,谁就不能不在灵魂深处厌倦人群”。今天,在“80 后”以降的女青年那里,奥涅金甚至被唤作“渣男”。这两极的态度映衬出时代价值观的巨大分野。因而这一版“奥涅金”对于当下的我们有了特殊的意义。

三　塔吉亚娜作为爱情主题的化身

或许是俄国文学的“多余人”（包括契诃夫戏剧的人物）过于发达，引发了戏剧创作者的反向思考。与其停留在这些主动与社会疏离，找不着方向，无从选择而总是处于困境中的男人身上，不如把焦点转向爱情的主体——女人。

在俄罗斯文学里，最擅长写女人的是托尔斯泰，陀思妥耶夫斯基的《白夜》《白痴》也都有对女性心理情感的复杂描绘，另一位喜欢写女性的是契诃夫，普希金就个人经历而言是一个爱的受伤者与失败者。图米纳斯认为，无论普希金如何努力地写奥涅金的心理，奥涅金都没有成为英雄，塔吉亚娜才是英雄，是高贵、纯洁的代表。在这种导演构思下，“多余人”被弱化，女方被强化。于是这部戏与托尔斯泰、契诃夫对女性的关注与悲悯协调一致了，塔吉亚娜作为一个独立形象几乎可以与娜塔莎等人并列，暗合了俄罗斯文化的一种传统。

在时代巨变时，往往女人是坚强的，男人多怯懦乃至瘫痪。塔吉亚娜爱奥涅金，奥涅金不知如何爱，于是奥涅金成为背影。其实，柴可夫斯基早已对塔吉亚娜倾注了关爱，他写歌剧的重心不在奥涅金，塔吉亚娜的书信表白《让我死去》长达十二分钟，成为著名唱段。至于戏剧舞台如何呈现这种女性爱情的美感，图米纳斯则贡献出独到的表现。

喜欢阅读和幻想的乡村少女塔吉亚娜见到奥涅金后，认为他正是自己梦中见到的那个人，心中燃起爱火，已然把命运交付给奥涅金："我流着泪在你面前，想求你的保护。我的理智已经失去能力，只有默默地接受死亡。"塔吉亚娜背着一张铁床上来，她捶打枕头，辗转难眠，倒在奶娘怀里，继而抽身抬起床大喊道："我恋爱啦！"然后拖着床满场飞奔。那一刻，塔吉亚娜的激情和能量简直要穿透剧场，直达黑夜的星空。然而奥涅金对她说："你的完美，都是徒劳。"奥涅金还行事荒唐，居然在无聊中杀死了自己的好友——塔吉亚娜的未婚妹夫连斯基。痛彻心扉的塔吉亚娜背靠长椅，就像一个献祭的少女，等待神的回应。塔吉亚娜的求爱告白与被弃，是最为激荡人心的段落，此时的音乐节奏强烈，处于癫狂中的角色动作夸张，却因充满舞蹈韵味而显得十分自然。

如何表现塔吉亚娜嫁做人妇后的平静生活？导演仅仅让她与丈夫分吃果酱，就妥帖地完成了这种人物内心与命运的巨大转换。舞台忽然静下来，从塔吉亚娜独自吃果酱到丈夫的加入，她的动作缓慢，而观者的心理节奏却在无声地加快，叠加着痛楚。"有谁值得被爱？有谁可以信任？有谁可以永恒不变？有谁可以永不厌烦？再爱，就爱自己吧！"人只活一次，如果奥涅金总在迷失，塔吉亚娜必须"二次诞生"。当铁架秋千从空中垂下，坐在上面的塔吉亚娜已成为贵妇人，她仍然朴实，却宛如天使，奥涅金由此激活了对她的爱。塔吉亚娜承认自己仍然爱奥涅金，却将忠于丈夫。所幸惜台词如金的导演没有放过这一段："我宁愿抛弃这场褴褛的化装表演 ／ 这一切荣华、喧嚣和烟尘 ／ 为了那一架书、那郊野的花园 ／ 和我们那乡间小小的住所 ／ 我宁愿仍旧是那个地方 ／ 奥涅金，我们在那里初次相见。"

此时的塔吉亚娜是这般迷人而高贵，她过去的奋不顾身与今天的心如止水，哪一种姿态都是对诗意的永久渴望。剧终，踩着滑板上来的塔吉亚娜依偎在一只大玩偶熊身上缓缓离去，让人想起普希金的诗句，“那过去了的就会变成亲切的怀念”。就在舞台上这段流淌的时间河流里，一个女人的爱情修成正果，进入了超然而平静的河道。

一个重生的塔吉亚娜，使得普希金的这出杰作在今天大为改观。她是那么浪漫、勇敢而坚定，走过神性与魔性交织的炼狱却没有被毁灭，充满生命力，成为“俄罗斯的灵魂、荣誉和良心”（图米纳斯语）。

曾几何时，古典式爱情成为一个人内心最重要的一极，“永恒的女性引导我们上升”（歌德语）。然而现代世界降临，对爱情的嘲弄始自叔本华，他把爱情当作一种意志冲动，成为欲望本身。毕加索将自己情史的对象转换为《哭泣的女人》，从前圣母般的女性形象被颠覆。二十世纪的男性画家和作家们纷纷患上了“厌女症”，丑化和漫画化女性成为现代主义的一种潮流，卡夫卡、贝克特也扮演着反浪漫、反爱情的角色，原先人类文明中最有意思的一极——爱情，从此变成一场自欺与骗局。进入消费时代，爱情的意味更趋减弱，直接蜕变为金钱的游戏。从这个意义上说，图米纳斯作为戏剧导演的不凡之处，在于重新发掘了女性爱情的神圣意义，他从一个男性的角度揭示出，原来女人的爱情可以这样美，并且不仅是美，还与自我的成长、自我的完成有关，爱情是一个人一生中相当重要的阶段，富含积极的意义。舞台上多处象征意味的段落，自然地摘除了俄罗斯贵族文化的背景，使塔吉亚娜的爱颇具当下感。当塔吉亚娜的爱情交响曲奏起时，塔吉亚娜成为主题，奥涅金成为副部主题。这种翻转是导演对爱情的肯定，也是“奥涅金”在今天的意义。

图米纳斯对他的演员们说：“你们必须让观众……在戏剧里彻底感受爱的洗礼。”舞台上处处流溢着导演对女性的爱，我们不因这种爱而自怜，却因这种爱而升华。它带有更多的阴性气质，令众多女性观众洒下热泪。一些女知识精英为塔吉亚娜一改从前读小说时那种贤妻良母式的被动形象，拒绝了“渣男”而大呼解气，也为其经历了规训的经验世界而成熟的风采所折服。至于奥涅金，导演图米纳斯可没有将他视为“渣男”，开篇的倒叙结构中，塔吉亚娜的情书碎片被奥涅金装裱在镜框里，挂在他常坐的扶手椅上方，这分明是一种忏悔的姿态。当然，由于导演对女人的爱，此剧有某种女权主义倾向，或可作为检视男性情操的试金石。

四 美与中国当下戏剧

图米纳斯的《叶甫盖尼·奥涅金》表面叫奥涅金，名字是缺失的空白，其实以塔吉亚娜的爱情作为核心主题。这是一次主题置换后的金蝉脱壳，堪称文学经典在当下复活的范例。然而更重要的意义还在于，它是一面从技术与形式层面来审看中国戏剧的镜子。

十三年前的《安魂曲》让国人眼前一亮（国内已推出同名图书），那是美学震撼的初级版，如今的《叶甫盖尼·奥涅金》则是话剧形式的升级版。作为一个推崇形式的观者，我同意贝尔“有意味的形式”观点，形式的饱满与复杂是话剧的根本。处于后现代情境下的戏剧，就是要穷尽一切艺术表达手段的可能性，将文学性、戏剧性统一到一个有限的时间和空间里，有如百川灌河，百河灌大海，使整个舞台成为一个滚动的万花筒般的世界。

虽然，从二十世纪八十年代开始，中国戏剧从先前比较机械化的语言机制回到人的语言，回到“戏剧是人学”的理念，恢复了人的某种风景，也经历了现代主义戏剧初始阶段的多维，运用了拼贴等形式的造奇，但直到今天，我们使用的话剧形式很多时候还是显得单薄生硬，不够复杂与圆熟，这里面最核心的是导演的文化功底和艺术修为。如果仅仅停留在学院里某种老套的训练上，不懂音乐、绘画、舞蹈，也不知道诗歌，舞台就会遁入简陋。这并不是简单地搬用戏曲凑成所谓“中国意象”，或者开些网络段子手笑点很低的玩笑，再或者搞起光怪陆离的多媒体就可以解决的。越是面临所谓“跨界”的时髦诱惑，越是需要警醒，任何一种表面花哨的链接都不可能让作品成为一个有机并充满生命力的存在。

仅就话剧的形式而言，中国戏剧舞台需要美学的重建。然而，当下我们需要什么样的美学呢？近年来外国戏剧大师（多为导演）纷至沓来，一次次地刷新着中国戏剧舞台的观感：老一辈大师彼得·布鲁克的“空间”、铃木忠志的“身体”、罗伯特·威尔逊的“意象”、陆帕的“时间”，及至中生代翘楚卡斯特鲁奇的“恶魔”气质、更为年轻的“鬼才”科尔苏诺夫与“先锋”奥斯特玛雅……见过了这些光环之后，可以减少盲从。这些已经获得了欧美剧界隆重声誉的导演来华演绎的作品，曾经或多或少地令一些人迷惑甚至不满，因为作品中隐含的民族、宗教、文化以及政治的差异无形中造成了某种隔膜。

然而，“戏剧是一门沟通的艺术”。时下当红的意大利导演卡斯特鲁奇持此观点，他认为应该从肠道去感受艺术，于是他在舞台上放狼狗咬人……这种原始而疯狂的表达可以作为后现代戏剧的一道遥远的风景。在某种意义上，对于中国戏剧而言，彼得·布鲁克太简，铃木忠志太板，罗伯特·威尔逊太慢，陆帕太长，卡斯特鲁奇太暴力。这些导演美学对大部分国人而言，有些属于营养过剩，容易造成歧义与误解。

中国舞台迫切地需要“美”。此时,曾经滋养过几代国人的俄国文艺再次显现出它的优越性。俄罗斯人对灵魂的关注让他们可以发表关乎人类命运的感言,就像陀思妥耶夫斯基所说的,美是拯救这世界的终极力量,与宗教无异。契诃夫曾说:“人的一切都应该是美丽的,无论是面孔,还是衣裳,还是心灵。”这句话特别适合中国戏剧。若要给今天的观众一个走进剧场的理由,那就是普遍对后现代多维之美不敏感的观众特别需要在戏剧舞台上被唤醒。图米纳斯曾说,在任何纷争与不公面前,他唯一的反抗就是“美”。我相信《叶甫盖尼·奥涅金》是这位导演目前最卓越的作品,舞台上处处珠玉闪烁,流光溢彩。对于长期缺乏优质营养的观剧者,此剧是最佳的“治愈系”之作。设若看过《叶甫盖尼·奥涅金》剧者无动于衷,那只能遗憾地说,他或许几近于“美盲”。

美即是真,美感的缺失也会导致人对真无从觉察。缺乏美感并不只出现在非知识阶层,受过教育者也大有人在,甚至文艺从业者也不乏其人。2014 年有人用英文对着台上的威尔逊爆出粗口,威尔逊的舞台是一种较难领略的后现代之美,这位年轻人存在知性的盲区。而在乌镇演出后,也有青年学者抱怨图米纳斯导演没有复现自己从前阅读文学原作的经验,他很可能被概念的偏执所困扰。无知于艺文是知性的麻木,被艺文概念所钳制是感性的麻木,二者都造成了认知的障碍,显然中国教育机制中通识教育的缺口更多地导致了这种结果。时下琳琅满目的戏剧演出对于建构中国观众对话剧的美感以至信心颇为有利。跨入第五年的乌镇戏剧节,已经将水镇的风光与戏剧的氛围融合为一个值得流连的场所。不过近百场大大小小的演出,亦增加了诸多选择的难度。假设只有一次机会给到来旅行的某位观剧者,那么对不熟悉契诃夫的观众而言,他们不宜去看纯表演版的《海鸥》(2017 乌镇 OKT 剧团版);如果是初次走入剧场的人,他们真的没有必要坐在一个靠人力推动的黑盒子里还昏昏睡去(2017 乌镇版《影像的复仇》)。当然,我并非否定这两出剧的价值,以上建议针对的是普通的观众,因为眼下的中国话剧舞台仍然缺失主流观众。

事实上,2016 年图米纳斯导演已携四部作品(《三姐妹》《马达加斯加》《思维丽亚的故事》《假面舞会》)来京演出,博得圈内赞誉,他作为瓦赫坦戈夫剧院艺术总监的身份也引起了大家的关注。瓦赫坦戈夫这位英年早逝的俄国导演和演员,在将斯坦尼斯拉夫斯基体系的精华谙熟于心之后,成功地创造出一种非生活自然状态的"戏剧的手法"来表现生活真实,被命名为"幻想现实主义",他的继承者成立了以他命名的剧院,至今已有九十年,在俄国位居一流。图米纳斯加盟之后,剧院声誉扩大到欧洲,这归功于他出类拔萃的"幻想"以及"创造形式"的能力。《叶甫盖尼·奥涅金》作为 2017 年乌镇戏剧节的开幕大戏,艺术总监田沁鑫导演倾力引进,观者热盼并全情拥趸,其中多少隐含了这样的问题——对于较早承继了斯氏体系的衣钵、以现实主义为正宗的中国话剧界而言,我们的"现实主义"如何才能好看一些?"幻想现实主义"不失为一个令人信服的方向。诚然,图米纳斯导演个人的功力与瓦赫坦戈夫剧院的整体实力非一蹴而就,但充分认识其价值并建立相关的美学标准却尤为重要。我们期待着中国戏剧的导演美学从单薄中走出,全面升级,也期待着中国演员的能力不再单向度,因为不仅舞台是魔方,演员也应该是魔方。图米纳斯把大魔方和小魔方都推向了极致,可以作为中国戏剧人学习的范例与模板。多向度的美是皈依,也是出路。

不能让伪史助长艺术市场的价格泡沫

——以“黄宾虹热”为例

陈　都

中国画学的发展，其重要途径就是学古——学前人的笔墨。但对某一家、某一派的过度追捧，则对中国艺术的发展产生了很大的负面影响，黄宾虹对此有着深刻的体悟，即“爱之者千金不易，憎之者草菅不如，论知遇不论优劣，贪多与爱好，皆是学古之魔障”。所以，黄宾虹说清代人学王石谷的画差不多都不堪入目，恰恰是因为“王石谷热”，导致后人不加鉴别地学王石谷，就连晚年走入歧途的画都学。“文徵明热”“沈周热”“王石谷热”的形成，各有其缘由，而“黄宾虹热”的形成，首先是傅雷于1943年为黄宾虹策划展览后，艺术市场首次关注黄宾虹；其次是上海的王中秀先生编写《黄宾虹文集》《黄宾虹年表》后，对黄宾虹的研究呈现出快速发展的趋势，而在学术研究的推动下，市场开始追捧黄宾虹的画作，最终形成了今天所谓的“黄宾虹热”。在学术导引市场的作用下，黄宾虹从一个被友人“笑为迂阔”以至“不敢向人轻说理论”的学者，逐渐成为二十世纪中国画四大家之一，其地位更在2017年年中的舆论热点下达到了新的高度——《黄山汤口》拍得惊人的3.45亿人民币。

有意思的是，为了博取大众的眼球，一些媒体在抓住巨额成交价的同时，刻意挖出1943年之前，即民国艺术市场尚未关注黄宾虹的时候，营造出黄宾虹一生不得志的凄惨景象。不知道从何时开始，大众以及媒体还形成了一种似是而非的概念，并被一再重复——黄宾虹的成就不被大众知道；他的作品不被市场认可。尤其玄乎的是，黄宾虹居然能预言“五十年后人们才能懂我的画”，似乎昭示着新的时代将会让他大红大紫，还会让藏家赚得盆满钵满。此类言论与现今的艺术市场、大众媒体相结合后，逐步将日益离谱的画价“合情合理”化，而数亿的成交价格则是一位画家所受到“不公待遇”的历史性还账，且在整体抬高名家大师画价的同时，使一些画得不好的作品也能卖出大价钱，这无疑助长中国艺术品市场的泡沫化。纵观相关报道，这句黄宾虹的“名言”在被各方反复传布的同时，却从来没人考证过其真伪、出处。关于这一问题，笔者试图找到这句话可信的出处，或类似语义的文献资料，唯一稍显贴切的一处文献是1932年载于《画学月刊》中的《画学常识》一文，即黄宾虹引用姚鼐论说文章的一句话：“言作者必于其人身后五十年，恩怨俱无，而毁誉乃真。”但此处前后文，并不是说自己的成就在身后会如何，而是劝有志于绘事的人，一定要学唐宋元古画。所以，鉴于并无文献资料可以直接地佐证黄宾虹是否有此预言，笔者只能在通览其书信集之后，得出两条基本事实，从而判断这句预言，极有可能是作伪的。

其一，与其说黄宾虹的画名不被当时的人们所知，不如说他只求一两个知己，不在乎老百姓的评价。首先，关于黄宾虹对一般大众的态度，在他最穷困潦倒、不得不卖画补贴家用的时候，是这样说的：

“渠曾谈及以拙画寄粤供人展览，鄙见古语‘知希为贵’，须待识而出之方合，街头烂熟，有何滋味！”虽然不能说黄宾虹对一般百姓的态度是漠然的，但在他的眼里，“巨幛小帧，盈庭满市，购而有之，得亦甚易，聊堪补壁，未免涴尘，丹垩同观，隶优共蓄”。这些在艺术市场中被频繁交易的画作，至多不过与糊墙的纸一样，挂起来，然后满满地落灰，与奴婢是一个地位。所以，宾虹老人期望的受众群体，绝不是老百姓，绝不是人们跟风叫好。而画作给什么样的人，他的期许是什么，是被反反复复地论述过，比如“尊论古今名迹，只在得人而予，不至明珠暗投，即是幸事”。又比如“有阳朔山水册二十余帧，极力仿元人笔墨。今目力渐昏花，似不能为此细密矣。示及见秋斋君拙画，此欲得十二册，兹特分其半，以酬知己之感可耳”。可见，懂行的“知己”是宾虹老人心仪的受众对象，且他以极为豪爽的姿态大量赠送给友人、知己。当然，人都有看走眼的时候，实在没必要把某一次黄宾虹送画、别人拒收的事情无限放大为整个时代、整个市场无人赏识黄宾虹，比如：“仆不欲轻予人者，谓不知画者言之。（前有在申赠人之画，而欧友购得之来此请添上款者。）知而非真好而乐之者，枉费精神口舌耳。然知己不易，倘若尊意以为许可之人，远道而来皆属诚心，润之多寡均可不较，照为作画以广留传可耳。”按照当下艺术家的想法，自己的画作在艺术市场中被频繁地交易，是一种艺术被认可的象征，应该高兴才是，但黄宾虹不是，当他发现赠送给他人的画作被倒卖，不仅没有为自己的作品受到艺术市场的认可而欣喜，反而有着相当的挫败感。与之相对的是，作品落在知己的手中，属于懂行、懂艺术的学人，黄宾虹就会产生一种超越古代大师的成就感，所散发出来的骄傲溢于言表：“此（傅雷）亦鄙人知己，至感似较黄大痴（黄公望）自言五百年后必有知者，吴仲圭（吴镇）自信数十年后遂不寂寞，抑又胜之。”所以，从黄、傅二人的往来书信中可知，黄宾虹不仅对傅雷的索画请求有求必应，甚至主动奉上得意之作。由此可见，在黄宾虹看来，一位画家的艺术成就是不是被认可，并不在于三尺孩童随口就能蹦出自己的名字，而在于自己的作品、自己的艺术有没有被理解。所以，从受众群体的角度来看，诸如“五十年后人们才能懂我的画”的论点，若指的是普通大众，是完全不符合黄宾虹生前关于艺术评判的标准；若指的是知己，则黄宾虹过世前，傅雷等人尚在世，何须等到五十年后再出知己，这在逻辑上更是不成立。

其二，与其说黄宾虹的作品不被当时的市场所识，不如说他根本不想卖画。从主观上讲，黄宾虹靠什么养家糊口，在什么情况下卖画，在书信中写得明明白白。抗日战争前，教课的报酬足以生活，知己收下黄宾虹的画作后，会象征性地给些润资，这部分收入用来买古画。及至抗战爆发，生活日趋艰难，黄宾虹也仅仅是靠着卖藏品来支撑，自己的画还是不问润资多寡，只看是不是知己。待到1943年后，也就是在傅雷的再三劝说下，才对艺术市场做出了些许“妥协”，而作为“不谈时事，不谒要人，从未开一书画展览会，亦不卖画，惟知交择人”的黄宾虹，办的第一场卖画的个展，在上海轰动一时，所展出的画作几近售罄。

然而，在艺术市场首次亮相并得到积极回应后，黄宾虹却选择迅速退却，此后，通过友人、知己，如傅雷、黄居素等作为“中间商”，继续执行着黄宾虹的意志，间接地与艺术市场联系，而其原则，用宾虹老人的话，就是买家必须是懂行的知己，得“自验目力”；用傅雷的话，就是不至于让卖出去的画“明珠暗投”。即便如此，黄宾虹的画还是非常好卖，但黄宾虹手中留存下来的作品，确是不多，据其书信所述，1939年之前所“积大小画五百余纸，在沪被窃大半，北平所作，又尽失去”。仅“积卷册二十件”“由四舍弟携藏金华山寺中”。而二十世纪四十年代初，黄宾虹便深受白内障的困扰，导致“近日贱目昏瞀，每日早晨仅能画一小时，过后望不甚晰”。因此，在遭受到不可弥补的损失后，加之平日散给友人、知己的作品数量颇大，他的作画速度不仅无法供给市场，甚至连知己的需求都无法满足，在与黄树滋的通信中，就可看出这一问题，“代友属为画件，非关有意延迟，但一幅完成，无论尺寸大小，须四五十次点染，不能深厚。笔笔皆求不弱，方合古意，流传永久，若图一时幸获，于鄙意素所不愿”。所以，当艺术市场对一位画家的需求极大，但艺术家又无法为艺术市场供给画作，我们能指摘市场没有发掘出艺术家的价值吗？且后来迫于战后民不聊生的国统区经济，黄宾虹开始“批量贩售”，不得不有什么画卖什么画的时候，各方求画者更是堵着门：“近日各方诸位索拙画者，来此守候，至十年来所存画稿及未完工者，尽行收去。”因此，后世无视民国艺术市场对于黄宾虹的热捧，将黄宾虹没意愿进入艺术市场的行为归罪于民国艺术市场不识人、不识货，是极为不正确的。

由是观之，不管是从受众群体的角度，还是艺术市场的角度，黄宾虹均没有理由怨天尤人，所谓“五十年后人们才能懂我的画”之类的论调也绝无思想根据，毕竟这是黄宾虹自己一生的选择：不在乎普通民众的称颂，不在乎艺术市场的追捧。而媒体一味关注黄宾虹卖不出去画、送不出去画的另一个问题，就是忽略了黄宾虹画作的质量问题。诚如上文所说，黄宾虹迫于生计，把能卖的画都卖了，这就已经说明了流入市场的作品是良莠不齐的。且宾虹老人采用的是“一画数十遍，一遍又须隔数十天或数月，令其墨色沉入纸素后再加笔”的画法，一幅画“需三个月工不易成功”，根据 1945 年的数据，就算是黄宾虹每日不停地画，也仅仅是在十年间完成了二百余件成品，这还是一个不分好坏的总数。这就表明，在各地所能看得到的黄宾虹的画作中，称得上是完整的作品数量已经是非常有限的，而上乘之作、精品之作则少之又少。因此，在过往的话语环境中，尤其是国画界的认知下，黄宾虹的画作常常被人诟病为“不会画画”“外行”，等等，这种声音在民国时期就开始，一直延续到新世纪，在笔者看来，这种论调并无不妥。因为相当一部分鉴赏者很可能在不知具体缘由的前提下，就会依照骨法用笔、经营位置等，以几张、十余张习作或半成品为主要的认知对象，就事论事地得出相当负面的结论。虽然这种脱离历史情境下的结论并不公允，但这仍然是依据客观存在的科学结论，是值得肯定的，套用黄宾虹品鉴王石谷的话，就是“盖晚年未必尽优，而早年之绌亦可验古人之经过何如，未尝不可以为乐事”。也就是说，残次品未必没有意义，至少可以知道一位画家学习的经过、经验。

随着近几年“黄宾虹热”逐渐升温，已经很少看到此类论调，这就不得不引起我们的注意，“黄宾虹热”是否正朝着“收藏富有者，侈谈真赝”的方向发展。此外，正如上文所述，“五十年后人们才能懂我的画”本身的作伪问题，与现今的艺术市场、大众媒体相结合，还产生了一个更为严峻的问题，即诸如此类的不良论点论据，正逐步将日益离谱的画价“合情合理”化，而高额的成交价格则是一位画家所受到“不公待遇”的历史性还账，且在整体抬高名家大师画价的同时，使一些画得不好的作品也能卖出大价钱，这无疑会助长中国艺术品市场的泡沫化。

各就各位，方可各得其所

——略议媒体类影像与艺术类影像作品的界线

唐东平

近些年来，只要你留意一下就会发现，越来越多的宣传照片（商业宣传类照片，抑或政治宣传类照片）被刻意地当作艺术照片进行展览，明明是宣传，非得冠以艺术的名义，似乎不冠以艺术的名号就不高大上。起初，这也许是策划者出于谋略的考虑与设计，让人意想不到的是，这种司空见惯的“借道”行为却在潜移默化间改变了人们对艺术的理解与运用，并且直接影响到了纯艺术的影像创作，导致艺术摄影创作界的“浑浊”与不纯粹，致使一些本来的纯艺术创作与展览也被无意间转换成了短视的宣传行为。这种行为方式在长时间以来得到了策划方与受众方的双重认可，批评界则因为缺位也予以默许。一个本来从前期到后期都需要精心设计与打造的艺术展览，由于人们长期地处在这种艺术与宣传相互混杂的行为模式下，而形成了单向度顺应与同化的思维定式，在外观上自然地显现为“慢工出细活”被“多快好省”的影像艺术作品所取代并呈现为常态，精细沦落为粗鄙，也因此成了“本该如此”的社会定识。

其实，宣传类的照片，本属于传媒类影像，当以对待传媒类影像的方式加以对待；艺术类照片，则当以艺术影像的处理原则来进行处理。此二者的界线应该是十分清楚的。

当然，从传媒学的观点来看，摄影界中无论是媒体类影像还是艺术类影像，它们都是现代传媒手段、传播媒介的一种。所以，对此界定为摄影“手段论”要比笼统地将摄影界定成一种艺术的观点则更为中肯。然而，摄影作为宣传手段与摄影作为艺术创作的手段之间，毕竟是有着本质的区别的。

“收纳箱”思维，也就是分类归纳管理的思维，在当今日本极为盛行。日本的绝大多数家庭主妇，在收拾整理房间方面有着惊人的能力，即便房间空间很小，她们也能将家具和各类生活用品归置得井然有序，将整个家收拾得干干净净。我们不得不佩服日本女性在这方面超强的收纳能力，因为日本是个岛国，却以山地为多，土地资源有限，众多的人口令居住空间显得十分紧张，主妇们的收纳能力理应是受条件所迫，是经过许多代人的历练而造就的。

收纳本领，也是日本国民素质的集中体现。从家庭教育到学校教育，再到社会教育，日本人普遍从小就养成了归类收纳的生活习惯，而且这种优良的习惯逐渐地成就了日本人追求高素质与高品位的精细与认真的心智模式与行为模式。众所周知，分类是门科学。世界上，分类学研究最深入的是德国，而应用最普遍的则是日本，从整理房间到管理企业，从治学到治国，日本人做得井井有条，丝丝入扣。

如今摄影中的许多问题，就是因为分类上含混不清，媒体类影像与艺术类影像作品在其创作思路与展示方式上的根本性区别，就是其中最为明显的一例。

一 影像与影像作品

影像与影像作品,这是一对极易被混淆的概念。

图片摄影中所说的影像,在传统摄影中通常指拍摄曝光后的感光胶片经过冲洗,在底片上形成的由银粒或染料组成的被摄体负像或正像(反转片为正像)。数字摄影中所说的影像则指以光电传感器成像方式所获取的图像,是摄影呈现过程之中的最初素材。摄影在科技与医学等领域的应用方面,也以影像加以命名,如遥感影像、医学影像等。

影像作品是指专门将影像作为艺术表达的手段,充分有效地加以创造性的利用与发挥而获得的结果,其价值不在影像自身,而在借助于影像而生发出的意义层面的审美认知上。

多数没有作为作品而后期加工的影像,则没有成为作品的需求,无须进行精细打印装裱,更无须在一个特定的较为庄重、严肃的空间里展示,即在手机或电脑显示器上就可以进行轻松欣赏。其通俗便捷的展示方式早已渗透到寻常百姓家的日常生活之中,它已经不再属于在展览馆与精美画册上进行静观慢赏的传统意义上的影像作品,而只是一种随时随地可以进行快速阅读、传播的最为廉价的常规电子阅览文件。影像作品之所以能够称得上作品,是因为它具有传统架上艺术品的所有特质:专业性强、意蕴丰满、耐人寻味、技艺超群、制作精良、材质上乘、装裱精美、良好的展览环境,每一个环节都渗透着对艺术的深刻见解与艺术的独立精神,与几乎没有什么要求的寻常电子阅览图像相比，架上艺术作品的要求显然是十分苛刻的，当然，其受尊重的程度也是可想而知的。

值得注意的是，那些已经被人们所熟知的影像艺术作品，它们脱离了美术展览馆场合以后，并没有完全失去其场效性，而是以影像的方式在更为便捷的展示空间里频频地与大家见面。当然，此时你所看到的是影像，或者说是作品的影像状态的小样本，而不是影像作品本身。

二　媒体类影像与艺术类影像作品

媒体类影像，当然也可以发展成为媒体类影像作品，在当代艺术展示中，媒体类影像作品已经占据了相当的比重。但是这里所说的媒体类影像，专指用于传统新闻、政治与商业宣传方面的影像，也就是传统媒体在数字时代的延续，它们无须成为影像作品，便能在手机或电脑等各类终端上完成自己意义传播表达的使命。

艺术类影像作品，在大众视野里属于小众的呈现，它们必须借助于博物馆、美术馆等展览场地。无论是传统制作装裱的架上艺术摄影作品，还是以电子影像方式呈现的当代影像艺术作品，乃至影像装置艺术作品，都一概脱离不了其“艺术展场”的特色要件，可以说，“艺术展场”是其区分于非艺术类影像作品的一大标志。

人们日常在手机或电脑上欣赏的普通影像作品小样与展览馆或画廊墙上展览级的架上影像艺术作品是隶属于两个完全不同类别的概念表述，在内涵与外延上均可以有不同的限定成分，诸如从程度限定与范围限定等方面，进行类似于量化的描述。但媒体类影像与艺术类影像作品这两个概念之间的切分，却有着历史遗留下来的诸多方面纠缠不清的严重而严峻的问题。

（一）时髦的“跨界”

“跨界”，是二十世纪末至二十一世纪初流行的新鲜名词，但早在大半个世纪前就在摄影界十分普遍了。

在影像世界里，明明是应用类的新闻与报道摄影，却硬要向非实用类的艺术摄影靠拢，似乎沾些艺术的边，就会显得荣耀一些。殊不知，新闻摄影的艺术化已经令其影像内容的真实性与出发点饱受诟病，因为新闻摄影绝不等同于艺术摄影，抑或公益广告类的宣传摄影。无论哪个国家，似乎都有这样的一种情结，文字记者一般不会急切于想要成为一个小说家（当然也有例外），但摄影记者就不同了，他们中的很大一部分人从一开始就并不安分于记者职业，总想从新闻圈跨界到娱乐圈、艺术圈，甚至是商业圈，成为一个集大记者、文化名人与著名艺术家等多种身份的成功人士。当然，这种不安于本分的做派，早已不单纯是摄影界的问题了，而是一个极为普遍的具有时代特色的文化特征。

（二）娘胎里带来的记号

学过摄影史的人都十分清楚，尤金·史密斯的“摄影专题”（Photo Essay，即照片故事）十分讲究艺术性的传达，他将影调的情绪渲染艺术表达手法带到了严肃的报道摄影中（图 1、图 2），而萨尔加

图 1　尤金・史密斯于 1950 年拍摄的《西班牙村庄》

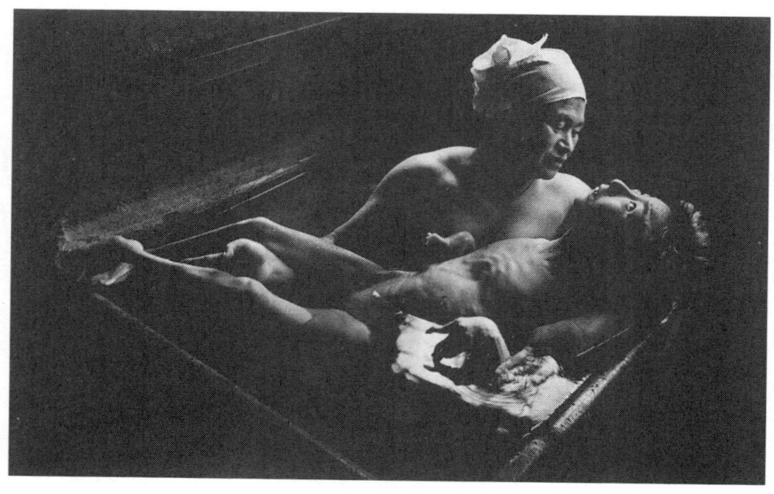

图 2　尤金・史密斯于 1971 年拍摄的《智子入浴》

多则将诸多艺术性的影像技巧极其高明地运用于他的专题项目摄影，并赢得了商业上的巨大成功。究其原因，是因为近一个世纪以来，传媒行业在飞速地发展，与飞速发展的传媒行业利益相关联的摄影家们自然也多出了各种各样的发展机遇，而不管怎么说，艺术王国是人人都会向往的一个乌托邦式的“理想国”，向艺术靠拢总不至于会出什么大的差错，更何况“摄影是一门艺术”这样的论调，本来就是摄影娘胎里带出来的记号。

（三）回到原点

然而，“尘归尘，土归土”，尘埃落定时，我们还是要看其本来的样子。当然你会说，谁知道本来的样子是什么？也许我本该就是一个艺术家，而误入了记者一途！那么，请问你是以记者事业来成就你记者的价值，还是以你所谓反串的艺术家角色来成就你的记者名声？这就有了一个明显的悖论。仗打得好的将军才是个好将军，这是常识，但问题是有悖于常识的事情总是经常发生，如不会打仗但很会说俏皮话的将军在和平年代的现实世界里却也成了好将军。不务正业者反而得到了鼓励与奖赏，“玩”出了名堂，“混”来了出息，这在摄影界屡见不鲜。事实上，我们每一个社会人都在扮演着既确定又不确定的社会角色，如同身份证对于每一个具体的人，这个角色是确定无疑的，各人只能成为各人自己，没有办法成为他人。

（四）各有千秋

在媒体影像中，新闻与报道摄影极为重视真实性与时效性，那些主要用于媒体的影像，其目的无非皆为传播之用（政治，道德，宗教，法律，商业，乃至公益宣传或“广而告之”），为了传播各种思想、理念或行为，新闻与报道摄影在传播各种价值的同时，也不断实现着自身的价值；而影像本身，作为一种价值传播的载体，则无须制作成精致的作品，从而获得额外的来自艺术界的肯定，仅以电视、纸媒与网络媒体等媒介作为传播，就已经充分发挥了其效能与功用。对于非实用类的艺术影像来说，其用于传播的影像只是为扩大其影响所采取的一种谋略手段。此时的影像只是起到了其真实原作的广告作用而已，艺术家最终将要向大众推出的也是业内艺术家们最为看重的，就是艺术家自己苦心孤诣、别出心裁而精心打造的，同时又具有与其特定表达意图相匹配的、特定材质的、特定尺寸的、特定装裱的、特定数量的和特定展示方式的——由一个系统化的操作链，并在其特定的欣赏生态环境影响下，制作出来的、完成度极高的完整艺术作品。

从这个意义上来说，艺术类影像作品的完成度在根本上要远远超过普通媒体类的影像，二者无论从实现的目标、途径，还是其最终的流向归属方面，都有着本质区别。从根本上说，艺术类影像属于个人化的视野、个人化的表述、个人化的创意和个人化的欣赏，乃至个人化的收藏，因而艺术类影像必须成为艺术类影像作品，才能最终实现其理想的价值；而媒体类影像，则采取了大众化视野、大众化表述、大众化创意、大众化欣赏和面向大众化普及教育的路数，除了在公共平台作展示以外，一般不会有个人刻意收藏，因为其影像本身早就完成了其传播的意义与价值，而影像则存世量太多，没有收藏的价值，即使经过了精良工艺的制作，也还是因为其影像与其材质不属于唯一性的有机统一体，媒体类的影像可以在任何终端展示播映，也可以打印输出任何材质与不同规格的照片。人们与其收藏价格昂贵的此类影像照片，不如去搜集廉价的、免费的数字影像文件，这样更为明智，所以媒体类影像未必需要制作成精美的影像作品。

（五）不可小视的“沉淀后转化”

特别需要提及的是，笔者此文丝毫无贬低媒体类影像之意，媒体类影像只是各有初衷、各显其能和各为其主。当然，随着时间的推移，媒体类影像也可以转换制作成为一种艺术影像作品。也就是说，传媒类影像一旦褪去其信息传播的时效性，就会沉淀为带有某种情绪或具有某种审美倾向的历史记忆，间离成诗意的表述。瓦尔坦诺夫在《摄影的特性与美学》中指出，某些失去了时效性的新闻照片，经过历史的沉淀也可以转化为艺术作品。正因为如此，由新华社陈小波老师主持的、中国照片档案馆作永久性收藏的“新华典藏”项目，除了史料价值外，其中绝大多数作品都可以当作艺术品来欣赏，而且陈小波老师决定重新以国际收藏摄影艺术作品的规格（收藏级输出质量）来进行加工。陈小波老师认为好照片必须具备三个缺一不可的元素：1. 说明性：要刻满历史的痕迹；2. 诗性：要必须在水准之上；3. 情感力量：要动人。即便如此，转化后与转化前的二者在摄影之间还是有着十分明显的区别。2013 年 10 月下旬的“首届北京国际摄影周”中华世纪坛有两个人气较旺的大型展览：一个是陈小波老师主持的从中国照片档案馆选出的老照片展《北京记忆》，另一个是靳宏伟先生的《从卡拉汉到杰夫・昆斯》原作收藏展。如果你能在其展览思路上进行认真比较，一定能获得一些较为真切的感受和启发。媒体类影像热闹的宣传式表达与艺术类影像作品的冷静展示，其本身就宣示了两种不同影像之间的界线所在。

（六）初衷难改

可见，我们不能因为媒体类的影像可以转化为艺术影像，就无视二者之间界线的存在，当然关键是看其初衷。事实上，目前以艺术化的手法来从事媒体类摄影的情况已经十分严重了，尤其在具有示范性与隐性推广力的媒体类作品评奖的标准方面，这必须引起我们高度的警惕。

“马格南图片社”自成立之日起，就一直在对事实的呈现或对被摄对象的处理方面存在着激烈的争议，是“直截了当”地拍摄呈现，还是采取某些更为高明的技巧来呈现出更为丰富、更富有艺术气息的画面来？好在罗伯特·卡帕英年早逝，后续的双方力量就很不对等了。事实上，“马格南”的核心成分就是由亨利·卡蒂埃-布勒松为首的“艺术类摄影”（Fine Art Photography）与以卡帕为代表的“新闻报道摄影”（Photoreportage 或 Photojournalism）组成，初衷不同，归宿自然也就不可能一致了。人们一直以来对于布勒松的误解，即所谓“纪实摄影大师”的帽子，主要来自“马格南”对二十世纪报道摄影的重大贡献，以至于人们误认为“马格南”就是一个通讯社。

世界新闻摄影比赛（WPP）向来注重影像的艺术化表达效果，这些年更趋向于追求其艺术的况味，即影像所呈现的不在于其人其事，而在于对其人其事的表达诠释上。显然，WPP 评的是照片，而不是照片中的新闻事件，因为无法评比新闻事件，能评比的自然只剩下了各人手法的高低了。

众所周知，新闻报道摄影的核心价值在于其所揭示的事实真相，因为要尊重事实，所以要回避个人立场，而要让事实显得没有争议，摄影师就必须采用公共认知方式与公共的立场，尽可能地避免个人化的色彩。所以，从这个意义上来说，新闻报道摄影是无艺术可言的，反而要规避个人属性的艺术化倾向，如果将新闻报道摄影视为艺术作品，这是一件十分愚蠢且可怕的事情。有批评家批评萨尔加多的纪实照片（图 3、4、5、6、7）拍摄得太唯美了，也有人干脆将其作品当作艺术作品来欣赏。《纽约时报》的评论家金梅尔曼在其《苦难是美？》一文中指出，在这些作品里，我们看到的是萨尔加多的艺术，作品的美感冲淡了我们对于他所拍摄题材的同情。但是，萨尔加多说，从事纪实摄影的记者就是记者，不是艺术工作者，尊重现实和尊重历史是从事纪实摄影的首要条件。他说他在拍摄照片时从不考虑艺术创作的问题。如果有人认为他的某些照片有艺术性，那是他们自己的事。显而易见，萨氏的解释很有些“不负责任”的味道。

图 3

图 4

图 5

图6

图7

“中国人发现他们不懂得精神灵性、自由信仰以及心智健康这样的概念,因为他们的思想尚不能达到一个生命(补:即肉体和灵性的并存)存在的更高层次。他们的思想还停留在专注于动物本能对性和食物贪婪的那点可怜的欲望上。”这份趾高气扬的美国《兰德报告》中的内容,是我们中国人最不愿意承认的事情,因为我们不认为那是事实,但其实不管哪个民族,包括美利坚民族,趋利性的存在总是不争的事实,比“丛林法则”更高级的就是人类的文明,但文明里的基础架构或其精神映射仍然少不了“丛林”的影子。

三 怎么办?

问题就来了,看看我们究竟是如何处理这两类影像的。将本来用于宣传或广而告之的媒体类影像,让其“穿金戴银”盛装面世,对其经济投入实在不菲;而将艺术影像,或者本可以成为艺术类影像的作品,特别是在资金、时间与场地均十分有限的情形下,在遵循所谓传统意义上的大众化传媒的要求,粗劣地处理成了不伦不类的影像作品。个人影像艺术表达的大众化呈现,本来就是个悖论。此乃影像创作“从众”与“跟风”,日趋“同质化”的又一要因。

纯粹的艺术摄影本身追求的是非功利与非实用性,是“无用之用”,所以实用类摄影固然会随着时间的推移、随着作品中的功利目的的淡化,可能也可以转化为艺术摄影,但是从实用类摄影蜕化来的艺术摄影尚不十分纯粹,与本来就是非实用类作品相比,还是有一定的距离,因为其实用的痕迹还在,其意义的指向还容易在历史的还原中被“落实”，还无法完全达到艺术作品“无迹可求”的泛指向性。影像艺术作品在其意义上所强调的重点并非影像背后的具体事件，而是给受众带来更多可能性的解读空间与更为丰富的联想，从而能够激发起来自不同个体、各自生命的体验与内心感悟。

由此可见，各就各位才是各得其所与正本清源的最好前提。

随《玄奘西行》观“一带一路”音乐文化

宋　瑾

继《国乐印象》《又见国乐》《西游梦》《又见杜甫》等一系列音乐剧在国内外上演并博得广泛赞誉之后，2017 年 7 月上旬，中央民族乐团又推出了由该团常任驻团作曲家姜莹作曲、编剧、总导演的新作《玄奘西行》，此剧被称为“世界首部大型民族器乐剧”，力图为观众奉献感情丰富、寓意深刻的“‘一带一路’民族音乐巡礼”。显然，这部作品应和了国家“一带一路”战略。重要的是，这部作品完全依靠团内力量自编、自创、自制、自导、自演，又保持了前几部形成的创新势头。对一个乐团来说，要走出自己的特色之路，还要不断创新且保有社会效益和经济效益，实属不易。正如习近平的“讲话”所言，要发扬优秀传统，就需要继承与转化，并吸收或借鉴他人的优秀文化；要努力创作高峰作品，而不仅仅是高原作品；不要做市场的奴隶，但在有社会效益的前提下，如果能产生经济效益就更好了。笔者觉得乐团目前主要考虑的是传统的转化、出新，主要追求的是社会效益。这既符合当前社会语境，也符合艺术创新规律。这是一条艰辛、漫长、富有挑战而又前途光明的道路。就笔者而言，这一系列创新之作无论还存在什么瑕疵，都能明显感受到其中无法遮蔽的闪光。个中缘由有个人偏爱新作的审美取向，也有个人美学关注的新例证。

从全剧编排可见编创者做了一番历史功课，选择若干典型地域、路段和故事；这些选择与音乐展现直接相关，保证了全剧音乐随剧情起伏跌宕，给观众带来不间断的新鲜感、丰富的审美体验和文化联想，后者包括历史知识和现代理解。略温习历史便可知道，汉代张骞两度西行，加上其他力量的努力，打通了中国和西域的贸易之路，史称“丝绸之路”（初见于 1877 年德国地理学家李希霍芬的著作《中国》）。此路从今天的西安穿过新疆、西域各国、中亚各国，最后抵达意大利罗马，全长约 6 440 公里。公元前 2 年，佛教通过丝绸之路，第一次传到中国（即以汉哀帝元寿元年，西域大月氏使臣伊存来朝，在长安向中国弟子景卢口授《浮屠经》为起始）。这些都为唐代玄奘西行奠定了文化地理、可行交通和宗教交流的基础。玄奘西行除了今新疆各地之外，还经过丝绸之路穿行的吉尔吉斯斯坦、哈萨克斯坦、乌兹别克斯坦、塔吉克斯坦等，然后另辟路径折南向东，经阿富汗和巴基斯坦等国，抵达“天竺”，即古印度（其实当时的天竺版图与今天的印度不同），在当时的境内境外都经历了很多磨难，因而也给后世留下很多传奇故事。《玄奘西行》编创者将 627 年（唐贞观元年）8 月自长安出发，628 年秋进入北印度地界，631 年 10 月到达天竺达摩揭陀国那烂陀寺的四年历险和艰辛，以及 645 年回国的经历（省略过程），压缩到两个多小时的节目里，可以想象其中耗费的心力。剧情串联的事例及其相应展现的民乐如下（本文采取“顺藤摸瓜”方式阐述，一方面为了顺应标题“一带一路”语境，一方面为了解读作品的心路历程，并为读者提供更多的参考信息，包括本文作者夹叙夹议的一些看法)。

寺庙(净土寺),玄奘在师父点拨下进一步开悟。展示吹管乐器,箫、小竖笛和梆笛。师父吹箫,沉静深邃,隐喻年长和佛学积淀深厚。徒弟吹笛,清亮灵秀,相应隐喻年少及尚在禅修途中的境界。通过简洁的对话和画外音,观众能获得音乐内容信息,从而加深对音乐的理解。场景转换到户内户外“阴阳”交接画面,亮处是茫茫荒野,玄奘由此远行。这是编创者设计的巧妙之一:无须传统方式的换幕。竹乃君子清高意象,吹与“气”相关,由此与“修行”链接。修行者,修而行也,行而修也。修者,与“取经”相应;行者,与“西行”关联。“行”,佛修乃“勇猛精进”。是故序幕众僧念《心经》“观自在菩萨,行深……”勇猛精进正是玄奘西行所表现出来的为获取真理不畏艰难险阻的精神,此精神亦即中华优秀传统之重要元素。由此可见《玄奘西行》作品匠心独运之一斑。

依然是庙宇,画面是一仰角金刚斜体,下摆留出一个暗影空间,自有妙用。在此,玄奘与西域的胡人(石磐陀)相遇。展示丝弦乐器胡琴。该琴源流尚有可考空间,但“胡琴”,顾名思义,胡人之琴,在剧中由胡人演奏自是合适的。玄奘应求为胡人授戒。引申开来,佛学之“戒、定、慧”在物欲横流的今天具有特殊的德育意义。此亦作品潜在的价值之一。隋唐融入大量西域音乐,包括乐器,胡乐甚至在市井流行。但是涓涓细流融入黄河,河水依然是黄色的,这体现了中华文明强大的吸纳、消化能力。胡琴登大雅之堂历史虽短(近代刘天华作出重要贡献),但今日已成为中国民族乐器的重要代表。作品带观众返观久远的丝绸之路,首先展现了胡琴,既与胡人联系,又顾及普通观众的审美习惯。箫、笛、二胡都是大家熟悉的民族乐器。即便如此,舞台展现的历史语境,给这件民族乐器“还原”了些许异国情调,提高了审美情趣。金刚暗影处由灯光呈现了一个窗户，其中的人影分别表现了“授戒”和“杀心”，此为编创者设计的巧妙之二：用影像传递故事，提供音乐内容信息。持剑金刚为南方增长天王魔礼青，护法神，为“风调雨顺”之“风”者。护法神象征着“守护”，守护信念，守护真理。在作品语境中，还暗喻佛佑玄奘之意。风神寓意“传扬”，传扬玄奘义举，传扬为获真理而坚韧不拔、不畏艰险的精神。

边关城墙，未获得通关文牒的玄奘冒险取水。展示埙和鼓乐。埙的独特音质给人幽远、凄凉之感，符合边关苍凉之地景象。鼓乃守护边关的将士的音声形象，亦为军事功用之器具。埙在一般的民族乐队里并未多用，用则表现呜咽、阴森或远古。在此表现为边关，带着乡愁的边关。鼓声威严雄壮，具有震慑力量。正是在这样的威慑下，玄奘能泰然自若，引起守将的注意。当然，终究是佛的无上法力让玄奘走出边关，踏上西去取经的征途。信佛的守将以鼓震慑人心，自己的本心却受玄奘无声之大音的降服。今日量子物理学视万物为波，指出同频共振现象的普遍性。有学者以此阐释佛法，《玄奘西行》之边关放行可提供一个案例。编导让守关将士只喊单字，如“戟！”“送！”，既简洁有力，又给人古韵般的感受。

出关之后是茫茫沙漠，“问路”出现了大阮——一种直项、圆形的弹拨乐器，琴声柔和、敦厚而又苍劲。编创者让中阮的独奏显示出极大的表现力，让观众了解、感受到平时不太熟悉的阮乐的独特魅力。也许将来它可以像吉他那样流行，甚至超过吉他，为弘扬中华民族传统音乐文化添加浓重的一笔。弹阮乐者因虚拟而带有抽象性。据历史记载，玄奘没有通关文牒，只得绕玉门关而行，却需闯五烽之五关。过了王祥校尉第一关，在他引介下取近道直达第四关，守将为王伯陇，乃王祥宗亲，又引导玄奘避过第五关走向外域。编导将两个王校尉合并一处,又将两位守将劝阻玄奘的心声由虚构的乐者表达出来。阮在汉时被称为秦琵琶,与西域传入的曲项琵琶名称关联。西晋竹林七贤之一的阮咸善奏此琴,因此唐时被称为“阮咸”,与琵琶相区别。阮咸成为当时演奏《西凉乐》的重要乐器,由此又与西域相关。编创者让玄奘听琴,由琴声听心声,令人联想到“知音”的典故。正由于知音知心,乐者见劝阻无效,便告知玄奘即将进入的莫贺延碛大沙漠中救命水之所在,即“野马泉”。

进入沙漠,出现了西域乐器萨塔尔琴声,由幻影女演奏,表现出浓厚的异域情调;由此产生的陌生感,同时带来了新鲜感,也将观众带入异域险境。突然又出现幻影男用维吾尔语演唱的歌乐,虽然感性上有些突兀(前面都是器乐),却给人耳目一新的感觉。萨塔尔琴是维吾尔民族弓弦乐器,从传说看,它与“灵魂”密切相关——由于有它,灵魂才愿意进入神创造的人体。可见琴声即心声,是“由灵魂说向灵魂的上界的语言”(借青主语)。萨塔尔琴在清朝被列入宫廷回部乐,亦可见它在“一带一路”历史中占有重要的一席之地。玄奘在水尽粮绝的境地,默念《心经》入定,舞美从风沙肆虐的画面切换到明丽透亮的敦煌仙界。这种强烈的视觉对比,突出了无量佛法的威力。音乐上由独奏为主的场景变为合奏场景,突出了多种民族乐器的综合魅力。天人伎乐显示的乐器有排箫、龙凤笛、筚篥、高音笙、柳琴、琵琶、中阮、大阮、扬琴、箜篌、瑟,以及若干打击乐。尤其是小箜篌、五弦琵琶、排箫、莲花琴、龙凤笛、瑟、鼓、直嘴笙、葫芦琴、碰铃等乐器,是围绕佛祖奏仙乐的壁画的实景化。此后天幕切换到碧波荡漾的“野马泉”,玄奘获得生机。据历史记载,是玄奘入定后出现大神鞭策、引导而寻到水源,敦煌则是过第一烽时王校尉企图让玄奘改辙换道的地方,玄奘坚定西行而未果。但是编创者用“敦煌”来显示玄奘精神境界，一方面符合艺术表现需要，一方面也符合“一带一路”精神。“敦煌”是以幻境形式出现的，更显得合情合理。何况，敦煌壁画存留了大量当时的乐器图，在这里不用就真的太可惜了。

自此，《玄奘西行》的音乐不断展示西域风情。如高昌王的接待，展示了维吾尔族乐器萨塔尔、高音艾捷克、都塔尔、热瓦甫、弹拨尔、达卜手鼓等，随后又展示了当时乌孙国（哈萨克族聚居地）的冬不拉、库布孜等，每件乐器都有丰富动人的故事，限于篇幅不赘述。编创者让每件乐器都先独立展示，除解说之外，各自独奏一段音乐再合奏。剧内是国王向玄奘介绍，剧外则是向观众介绍。这种打通剧内剧外的民族器乐展示，获得了“后现代”效果——台下观众也成了台上观摩者，一样的掌声和喝彩声不断响起。接着场景转换到因思念已故母亲而失明、终日以箜篌抒发悲情的公主空间。箜篌类似竖琴，有很强的表现力。卧箜篌在春秋战国时期就出现在我国宫廷和民间，楚国尤其流行，迄今有两千多年历史，在汉代《清商乐》中被当作“华夏正声”，隋唐曾用于高丽乐；竖箜篌乃东汉由波斯（伊朗）传入中土，被称为“胡箜篌”，其源头可追溯到古埃及、古希腊之前的古代亚述和巴比伦，被称为竖琴，敦煌壁画有其形；凤首箜篌则在东晋初由印度经中亚传入，用于隋唐燕乐中的天竺乐、高丽乐等，可见于《乐唐书》等史籍、敦煌壁画和新疆拜城克孜尔石窟，其历史之久远至少与竖箜篌相似。据历史记载，竖箜篌中的小箜篌多由女子弹奏。剧中公主弹奏竖箜篌，在“西域”语境中表现出新颖的审美特质。在玄奘的启迪下，公主复明。这则故事未见史料，但是对展示箜篌有独到的作用。箜篌在古代就流传到日本和朝鲜，因此具有“海上丝绸之路”分支的意义。离开高昌，玄奘在通过雪山时再度遇险，此处出现了塔吉克人的歌唱和器乐、舞蹈。鹰笛与雄鹰的影像表现了塔吉克人在恶劣环境中的勇敢和生存能力。多媒体呈现雄鹰驮着玄奘飞向远方，用超现实主义手法表现了超自然力量，再次隐喻佛法的垂顾。

浏览了丰富的西域音乐之后，汉族音乐穿插进来，表现了乡愁。在类似中国山水的画面中，旅居他乡的汉族少女在弹奏古筝。筝何以"古"？据考证，先秦就有筝，广泛流行于秦国，故称"秦筝"。从相关记载看，筝可能属于宫廷音乐，也可能属于郑卫之音，或雅或俗，或根据用乐可雅可俗。而从明清琴论看，相较于古琴，筝属于俗乐，如明代江派著名琴家杨表正就说："欲要手势花巧以好看，莫若推琴而就舞；若要声音艳丽而好听，莫若弃琴而弹筝。此为琴之大忌也。"(《弹琴杂说》)抛开雅俗不论，古筝是汉族传统乐器的典型当无疑义。玄奘西行的史料表明他在西域曾经几度遇到汉人，甚感亲切，也由此引发乡愁。从全剧看，这里穿插汉乐，一方面符合历史，一方面可避免前中土后西域泾渭分明的分割布局。

史料表明，玄奘西行屡屡遭遇匪徒。《西游记》中除了妖魔鬼怪，还有多处匪盗故事，也取材于相同史料。《玄奘西行》的"祭天"则取材信奉身穿红色法衣、外号"难近母"的突伽天神的强盗，欲杀玄奘以祭神的故事。不同的是，编创者将故事改编为部落求雨的祭天。音乐出现了低音管子、高音管子，而女神则演奏琵琶。琵琶是民乐的重要乐器。先秦就有琵琶的名称，但往往与阮混淆。魏晋时期该名见于宫廷用乐。南北朝时期通过丝绸之路，由波斯传入曲项琵琶，并在隋唐十部乐、九部乐和盛唐宫廷乐舞中担当重要角色。在剧中由突伽天神弹奏琵琶，除了琵琶来自西域的历史原因之外，也许还有敦煌壁画中"飞天"形象提供的参照，或者琵琶本身的丰富表现力，包括某种"杀气"提供了灵感。联想著名琵琶曲《四面楚歌》就不难理解这种气氛。管子，古代称为"筚篥"，源自波斯，西汉流行于新疆库车等地，后传入中土。隋唐用于宫廷，亦逐渐在民间流行。《旧唐书·音乐志》称其“出于胡中，其声悲”。剧中用于祭天，合情合理。玄奘自愿登上祭台，颂念经文入定；火光燃起时，突然天降及时雨。佛法再度显灵，坚定的信念、度己度人的精神一再受到褒扬。

菩提树，是佛陀觉悟之处。玄奘抵达天竺，时逢释迦牟尼涅槃之日，树叶纷纷落下。展现班苏里乐器的音乐。班苏里(bansuri)是印度的中音横笛。传说是克里希纳神选定的乐器，曾经是高音笛，在印度民间流传了几千年。后经过艺人改制，由高音变为中音，适合表现典雅风格的音乐。在剧中，班苏里由真实的印度乐人吹奏，丰富的微分音展现了印度传统音乐的独特魅力，表现了玄奘历经艰险，终于来到天竺的转折情境。菩提树和班苏里将玄奘追求的境界展现出来，同时引领观众进入一个新的天地——那烂陀寺。印度唢呐(shehnai)吹奏者充当司仪，其他八件唢呐奏出明亮的音乐，具有仪式的庄严感。四位印度乐人表演高僧，分别演奏西塔尔、萨朗吉、萨罗达和塔布拉鼓，为观众展示了这些乐器的独特风韵。西塔尔(sitar)是印度古典音乐最重要的弹拨乐器之一，极具表现力，享誉全世界。现代形制大约出现在十四世纪，但原形起源尚无从考证。萨朗吉(sarangi)主要流行于西印度民间，被称为印度的小提琴，具有冥思性音色，古代多用于声乐伴奏，亦用于宫廷舞伎伴奏。萨罗达(sarod)也是印度古典音乐的重要乐器。塔布拉鼓(tabla)是今天印度传统音乐中非常重要的乐器。这些乐器暂时都未见确凿的源流考据。也许今天的形制在玄奘到达天竺的时代并没有形成，但是用于剧中的宗教场景还是很有效果的。加上中国民族乐队的声音，这些印度乐器表现出独特的音韵；所有乐器共同塑造了那烂陀寺盛大的宗教场面，将全剧推向一个高潮。这既是戏剧的高潮，也是“取经”的高潮，颂扬了坚韧不拔、追求真理的精神。

最后乐队在唐朝宫廷金碧辉煌的场景中表现出大唐盛世、海纳百川的气势。而后的"归一",随着老年玄奘渐行渐远,画外音启迪观众思考怎样担负真理的坚持和传扬责任,以及怎样的人生才圆满等相关问题。

"顺藤摸瓜"之后,笔者还想就几个问题简要谈一些个人看法。

如上所述,"取经"隐喻追求真理。唐代玄奘不满于已有的藏经,认为其中尚有缺典和未明之处,因而执意西行天竺取经修习。史料记载他主要想获取的是弥勒佛口授的《瑜伽师地论》等。玄奘历经千辛万苦,终于获得真经,并身体力行翻译成汉文,落实大乘佛教普度众生的旨义。二十世纪的西学东渐,也有众多国人前往西方(欧美)学习。当下举国上下掀起国学热潮,为了正本清源,也为了优秀文化遗产的当代价值转化。"西方"作为他者,是中华文化之我者的参照;只有双边都正本清源,才能在互相观照中掌握彼此的特征和精髓。为此,我们须进一步双管齐下、多管齐下,学习和挖掘中外音乐文化。因此,《玄奘西行》具有现实启迪意义。就音乐文化而言,中国自先秦以来多次出现四夷音乐文化的融汇,因此有学者(如荷兰的高文厚)指出所有音乐都是混生音乐(hybrid music),并没有什么绝对的音乐原形。本文认为,原形、变形、混生形都是相对的。如同驴、马、骡,前二者在遗传中都有变异,只要基因未发生质变,就还是原种(原形及其变形);后者是前二者的混生形,基因出现质的变化,通常被当作新物种。传统是一条河,传统音乐在历史中不断变化。四夷音乐就像小溪流汇入黄河那样融入中华音乐文化,黄河水还是黄的,中华音乐文化基因未发生质变。而二十世纪以来的"新音乐",则是中西结合的"骡子"。如今西方音乐和各国新音乐存活状态都很好,但传统音乐却日渐消亡。因此，音乐类非遗保护的对象是传统音乐文化；它是民族性（ethnicity）的重要成分。当代转化是为了满足当下社会需要，但并不是要改变传统。学界有区分“传统音乐”和“音乐传统”者，认为前者可以形变，后者在形变的情况下依然可以持有灵魂。中国人穿了西装并不会变成西方人，反之亦然。但是从美学上看，如果满目皆是西方化或中性化建筑、服装、发型、语言、生产方式和生活方式等，民族心性何以展现？音乐如同其他艺术，需要感性呈现，传统音乐文化如何能放弃自身固有的感性形式而“借体还魂”？在多元文化得到全球认同的今天，只有每一元都持有不可替代的灵魂与肉体，才能不被“合并同类项”所淹没。笔者理解的多元，包括了原形、变形、新原形、新变形及其各种杂交混生形。《玄奘西行》的音乐主线具有混生性，力图综合“一带一路”各民族音乐基因，走的是“多元”中的一条道路，具有编创者的合目的性，基本实现了叙事、渲染、感化等功能；西域各族特色音乐的展示令观众欣喜万分，较高程度地达到了创作构想。

西方在二十世纪中下叶就出现了“音乐剧场”这种音乐加戏剧的综合艺术形式。中央民族乐团利用民乐走出一条有特色的道路，因而受到国内外普遍称赞。《玄奘西行》在民乐加戏剧的道路上走得比前几个作品更远——创作音乐由主题贯穿全剧，戏剧也由同一剧情贯穿全剧，更重要的是演奏员承担的戏剧表演任务几乎和一般戏剧演员相同。尽管音乐家们的戏剧表演尚未达到专业的高水平，但是一路看下来，并无明显瑕疵。此外，尽管笔者个人审美偏好在于更复杂、更统一（或更奇异）的音乐，但也在该剧呈现的各类独奏和西域音乐那里获得了良好的满足感。本文认为，在“一带一路”语境下，该作品力图实现传统音乐文化的转化和社会效益的最大化，基本上取得了雅俗共赏的效果。从普通观众和一些综合大学教授观演者的反映中可以证实这一点。乐团首次不借助外力，在乐团决策者和编创者带领下，团内上下合力，自主推出新作，为社会提供了一次视听盛宴和精神洗礼，总体上是成功的，本文向乐团表示祝贺。笔者力挺乐团的创新，期待姜莹等编创人员再接再厉，推出乐团下一部力作。

全球化视野下的中国古典舞

苏 娅

面对全球化，刘东老师曾在《再造传统：带着警觉加入全球》一书中提出这样一句话，我们“必须敞开发展的路径，敞开历史的可能，敞开主体的选择”。对此，先不谈这“路径”“历史的可能”“主体的选择”是什么以及该如何认识它们，而是我们要在这句话中先看到为什么在今天一谈到“路径”，就提出先“敞开”再“发展”；一谈到“历史”，就提出先“敞开”才具有伸向“历史”纵深处的“可能”；一谈到“主体”，就提出先“敞开”才能拥有更多的“选择”与被“选择”……也就是说，为什么在这里不论指向什么，都一直在重复强调“敞开”及它的重要性？这其中是否意味着“敞开”，在某种程度上潜藏着对全球化的某种认知？如果有，那么我们又该如何理解“敞开”这个词背后对于全球化的引申意义？尤其是对于传统艺术，这种更根植于其自身文化的历史性与本土性的形态而言，不论如何“敞开”，都不可避免地因其自身兼备的歧义性，对其进行某种程度上“破坏性的创造”，这种矛盾被放置在全球化的视域中又该如何认识？它又包含着对

“敞开”怎样的认知?

我们以现下的一些研究作为比对的参照,便会发现对于“敞开”,实则内含着两种认知趋向。一种认为这种“敞开”即以“他者”的审视视角作为潜在的评价机制与标准;另一种则是认为这种“敞开”即让我们通过“他者”的审视视角,内视自身本土文化内部的评价机制与标准、与“他者”之间的差异性所在,以便更好地在立足于本土文化的基础上找到当下的一种表述方式与呈现。至此,两种认知趋向无疑在向我们抛出一个非此即彼的选择,面对全球化的冲击,尤其是对于传统艺术,究竟是选择第一种与所谓的“国际”接轨,还是第二种借以“敞开”深入到本土的内在维度之中,更好地立足于本土?答案可能不一,但笔者却认为立场是要明确的,“敞开”并不意味着全盘接收或否定,而是为了站在多种审视视角上,跳出“庐山中人”身份反窥自身内部。正如当代西方马克思主义者卢卡奇提到的,一种真正重大深刻的外来影响被一个民族接受,必然因为前者与后者的某种内在要求吻合。也就是说,全球化的冲击之所以能够带来如此大的冲击,首先也是基于我们自身内部相吻合的一种缺失与需要。若是再谈究竟是“国际”接轨还是立足本土的问题,我们实则需要的是从中反思这种问题的出现与反复强调,“我们首先要解决的是本土定位而非与‘国际接轨’。当我们把艺术的触角切入民族生存最敏感的神经,我们的艺术才会具有冲击力与震撼力,我们只有背靠着民族文化的、哲学的和美学的坚实基石,我们的现代艺术无论批判还是建构,才会有文化的广度,美学的高度,以及哲学的深度,我们的艺术的本土定位才能成为现实”。

也正因如此,从上述回溯到全球化视野下的中国古典舞,我们便会发现若将其放置于更宏观层面——古典艺术的统筹中,相对于其为当代艺术所提供的广阔的发展契机，全球化对古典艺术的影响则更显微妙。因为古典艺术的形成与流传，正如上述谈到的，它是更根植于其自身文化的历史性与本土性的，它以其所拥有的独立价值为自持的资本与动力，不可避免地会受到自身所处人文环境、审美习惯的影响，甚至同化。所以古典艺术与当代艺术在国际平台交流中的状况不同，它“敞开”的前提即是不能因环境与信息的开放，而使本体任意发生质的畸变，才能从差异性的比较中立足于所谓的本土，更好地开拓其于当代的一种表述、表达。中国古典舞亦是如此。在国际视域下的交流，我们对此必须十分谨慎，应在能够保持本质的基本原则范围内进行。也正因如此，面对在全球化视野下“我们该往哪里去”的问题，笔者在此借用清代戏剧家李渔的一句话“以其体制愈陈愈古，色相愈变愈奇”，先陈其古，方能发其奇。故此，笔者的观点是中国古典舞在对自身的审视中应当坚守自我，精益求精。“体素储洁，乘月返真”是司空图在《二十四诗品》中对“洗炼”的描述，意为本体需素净纯洁，拨云见月，返其本真。中国古典舞在信息纷杂的全球化时代，最需要的即是坚定对中国传统文化、对古典舞传统的笃诚，才可进一步通向“敞开”“历史、主体、发展的可能”，才可以与世界范围内的古典舞发展道路相一致。

一　全球化改变了我们的世界观

正视时代场景的转换，全球化之所以可以改变我们的世界观，在笔者看来，首先是出于外部“生存空间”——文化语境的转变，正是这种由原本处在相对独立、隔离的文化语境，转变为多元文化共存的全球化语境，使得我们所面对的不仅是中国现当代文化的审视与冲击，更重要的是其在世界文化多样性发展的趋势中也经受着世界眼光的考验。但这种世界的眼光并非仅仅意指单一性的“他者”审视眼光与准则，而在于它们的介入会给我们带来一种差异性比较的视野，从而将中国古典舞与其他文化圈内古典舞进行平行比较。比如基于比较视野下的身体观。对于中国古典舞而言，基于自身传统文化视野下的身体运动方式，古典舞是一种内聚性的“向心”运动方式，所谓“反者道之动”，其“动”的动因都起自身体内部的由终返始、节节贯穿，才会形成古典舞自身的一种圆形身体构图与运动轨迹等。而对于其同行比较的其他文化圈内的古典舞，如西方芭蕾，明显与我们身体运动的方式相反，更基于外放性的一种“离心”运动，“开、绷、直”都是依靠肌肉的反复拧旋等以更好地脱离重心，才会构成它自身的一种线性身体构图与运动轨迹等。所以，两种比较一切入，我们反观到自身内部身体观的独特性，我们与西方芭蕾之间的差异性也正在于这不同的身体观视域之中，以及明白这不同的身体观背后，实则正是基于不同文化范畴内部的一种“人体”之“观”，而“观”之有“道”。笔者认为这是全球化为我们带来的一种聚焦于内部的冲击体现。

其次，正因如此，若再反观与相应文化圈内的古典舞进行平行比较时的“失语”状态，就会发现所谓的“失语”实则是出在我们将上述的这种比较视野，更多视为应该两头兼顾而非一种非此即彼的观念，才会造成语言体系的混乱，最终“失语”。这其中最重要的一个原因就是上述谈到的，对不同文化范畴、不同文化类型其身体观的认识，而非直接将其一以并之、两头兼顾进行同化。笔者认为，这对于古典舞的语言体系建构而言是非常重要的。正如于平老师在其《中国古典舞与雅士文化》一书中对中国古典舞的本体论思考时提到,“对任何一个事物作本体论的思考,是对其原始发生机制的思考”。这就表明,处在这样一个全球化带来的差异性比较视野中,更需要“对其原始发生机制的思考”,才能更为明确其差异性的根本是什么,以及最为重要的是明确比较的视野,究竟是否可以视为一种统一化及同一化的审视范畴,等等。因为随着全球化的深入,它所带来的这种基于各种不同形态的文化想象介入,会逐渐植入、渗透我们自身的主体想象中,这无疑会发生冲突,并在无形中潜在激发、加剧本土自身“焦虑式”的自我意识生成。若不对此有所警醒和认识,就会很容易受到本土化的反刍,滋长出背离全球化及所带来的这种文化想象的体验方式,也就是所谓“闭关锁国”的重现。所以最终由“失语”带来的这种统一化及同一化的审视范畴,回归的是中国古典舞自身语言体系建构的问题。这就表明只有返回并明确这一“原点”,才会如刘青弋老师所言:“返回身体的原点,这原点不是某个动作系统内部中心的概念,也不是系统外的中心概念,不具有唯一性,只是一种功能,一种使无数符号替换物的活动成为可能的无定点。它让我们回到事物本身并面对独特性及意味的原初性。”我们的语言才具有一种自身独特的表意性,继而从这种独特的表意性中,生发出多种具有不同意蕴与图示意义的表意性。

至此,我们从对“原始发生机制”及“原点”这一问题的追溯中,一是可以认识到由全球化带来的这种差异性平行比较,更应立足本土,返回“原点”,才会找到与当下相契合的一种表现与表述方式。二则是通过这一“原点”的认识,看到全球化与多元化的意义应当是相反的,不仅是因为前者主要指向经济和制度,并对文化有所影响,在此基础上提出了多元化,以抵制全球一体化带来的不良影响;更是因为通过“原点”，我们可以认识多元化实则正是基于“原点”的不同。多元化与古典文化的笃定没有抵触。多元，不是文化内部输入性多元，而是参与世界平台时，以一己之力参与到多元的氛围中，并保持独立。与此同时，自身保持独立并不等于闭关锁国。

二 “西体中用”影响着当下中国古典舞的教学与创作

用西方美学来研究中国的文艺现象是中国文艺理论从传统向现代转型的开始，这一研究方法不仅在理论界广泛应用，也影响着艺术实践。具体表现为：中国古典舞身体语言与舞蹈结构的整体性特征被来自西方的体系框定、拆解。这种“西体中用”式的拼贴，对于中国古典舞的影响是方方面面的。

对此，笔者主要举两个例子。一个是在当下作品创作中，中国古典舞语言、语汇被下降为元素，整体架构是西化的“体”，中国元素被降为“用”，导致中国古典舞之神韵、意境的审美意识与表现手法都受到了西体的干扰。古典舞的语汇元素，现代舞的技法在古典舞作品中比比皆是。这就首先体现出对“体”“用”的倒置，而没有意识到“中体”的重要性。就比如在古典舞的训练中常常极为强调体内上下贯通的气循环，由“气”带动身体节节贯穿的身法、阴阳意识训练，不只是为了进行对呼吸如何调控的训练，而更多是为了达到由“气”通“神”的目的。这“神”即是中国古典舞形态自身所蕴含的神韵，是它与西方芭蕾、现代舞又一大不同。如果“中体”不明，以“西体”为主，就会将更多的关注点放在“形”，也就是外在动作形态的规训上，既而使得这种身体很容易受到干扰，甚至本末倒置，弱化或失去其原有的“神”，从而“形神”兼失，降为“西体中用”的元素、符号使用。但这种影响也如同硬币的两面，对此也不乏另一种说法，即作为个体语汇的一种形成与运用，认为中国古典舞等舞种的语言、语汇之所以降为元素并“为我所用”，是对游离在传统与现代激变中的另一种“自我”的言说与追问。不可否认，这也是当下作品创作的一种走向。它虽然受到西方现代主义作品创作与理论的影响，但并不同于前述“西体中用”式的拼贴，而是将古典舞等舞种的语言、语汇作为素材，按照元素的编排方式对其动速、动律等进行拆解与重组，从而改变其原有的运动方式及既定的叙事表意。这就使得古典舞等舞种“从过去的‘影响和被影响’的关系，转向有意识地‘误读’与‘改写’西方话语，进而转向主动、自觉、创造性地与西方舞蹈建立一种‘共生’关系”，以充分扩展既定风格语言、语汇的表意范围与相关所指。所以在笔者看来，正如所阐述的这两种创作走向，全球化所带来的冲击与挑战对古典舞作品的创作而言是具有两面性的，并从中表明坚守对传统资源的激活，坚守对“自我”与当下、与社会的一种脉络关联，才能真正架构起二者之间的这座“断桥”。

另一个例子则是在中国古典舞教学中，我们会发现身体素质与技能训练的比重大大超过了动作语言、语汇的表意与审美训练。过于强调训练性势必会造成采用什么样的动作、采用何种训练手段都可以，放之四海而皆准。毕竟，训练的目的并不仅仅是为了身体机能的拓展，更重要的则是让学生学会如何启动身体，身体又是为何而动，这种动表达了一种怎样的内在情感，学生通过这种训练是否能够自如地运用身体进行自我的表达。但在实际教学过程中，却常常发现即使教授给了学生很多训练性的组合，一旦进入自我编创过程，学生便会出现种种问题，其中最常见的问题是学生往往会将组合中所学的动作直接进行“一比一”的复制与照搬，导致在创作上出现“同质化”的身体。或许可以说这是长期教学过程中对学生创造思维的一种束缚，导致学生无法真正调动所学动作以表意，但这也正表明了强化动作语言就会不得不关注到动作的风格，关注到动作自身的文化价值，否则，只强调训练性，就使得学生只得照搬与复制。当然，过于强调教学的训练性也并非无中生有，它也来自在中国古典舞训练体系构建中对芭蕾的借鉴。对此，唐满城老师曾提出其是从使训练更具“科学性”与“系统性”的角度出发，要想建立自己的训练体系就需要借鉴芭蕾这种现有的训练体系，来弥补教学训练中的研究“空白点”。我们从中可以得知，对于这种训练性的要求的确是教学的核心部分，但更为重要的是，要认识到舞蹈语言实则是成型于特定的文化土壤和生态环境，以特定的民族的思维方式，表现着特定民族生命生存的状态，否则就会出现“水土不服”。

至此，透过上述两个例子，我们可以看到“西体中用”实则是深深影响着中国古典舞的教学、创作的。若从源头探起，其实早在新中国成立以后中国的各个学科都受到了国外西学的冲击，并大面积地开始学习西学。西洋制的学科在其“一本万殊”的惯性思维之下分类精细明确，每一个个体都可以是相对独立的，如对于芭蕾舞的分析角度，舞评家们多以著名的舞段、变奏，或是结构和编排手法等角度来分析，很少是实有诸己的自我体验和顿悟。而以中国为中心的东方思维则是“万殊一本”，与西方截然相反。例如传统舞蹈口传心授传习方式，是“万殊一本”思维的具体表现，之所以为口传心授，是为了达到“道法合一”。东方人眼中的物质的世界并不像西方那样，将其归结于唯物质的科学领域中，而是置于“道”之中，“道”的运行规律和法则是将人以及人的情感包含在内的,因而他们对一个事件的研究和执行充满了“物我”之间的辩证,注重的不仅仅是技艺,更多地需要自身“体验”。艺术与自我体验和修养合二为一,是传统舞蹈的全部含义,这与西方古典时期的宫廷芭蕾所注重的足尖技巧,抑或是舞剧情节、编排等是完全不同的。所以借以对“西体中用”的分析,我们需警醒,更需要敏锐地洞察到其究竟是如何“体现”的。

三 古典舞之古典是中国古典舞恒久的坚守

古典舞之古典应当是恒定的坚守核心,不是复古化,它是作为古典舞之原则与底线的坚守。中国古典舞的审美理念可用太史公的一句话来概括:“乐观其深”。舞蹈所需的不仅是美与技艺,更需要通过舞动的身体来达到天人合一的修养境界,“言貌称乎心志,艺能度乎德行,美在其中,而畅于四支”,这是传统经典文化的终极理想。身处全球化语境中的中国古典舞避免不了添加创新的元素,而创新作为文化变化的基本方式,也本无可厚非。但重点即为,是否能在坚守自身文化主体性,坚守自身文化精神的基础上进行创新。毕竟,对于古典舞而言,一方面是它自身带有的“古典舞”属性与界定使其注定脱离不了传统的文化精神与审美特质;另一方面则是正如前述所言,介于这种属性与界定,它本身就内含着一种非此即彼、泾渭分明的选择与趋向,过于强调创新自然就会相应地削弱或抹除其自身所兼备的原有属性。所以,在此才称之为“古典舞之古典”,而非“古典化之古典”。正是因为“古典舞”与“古典化”之间,“化”代表了某种趋势,而非核心,“古典舞之古典”应当是恒定的核心,并成为某种趋势。

据此,中国古典舞的现代道路,应该向内精化,而非离心发展。在目前阶段来看,它首先需要的是深度。然而,这并不代表要闭目塞听,在全球化的国际视野下,我们应当从舞蹈的研究、保护与教育等方面,汲取他国之长处来启发我们思考如何发展中国古典舞。

中国古典舞在全球化语境下的发展,其现代化的道路与古典化的道路并行不悖,我们需要有历史与文化底蕴的作品。目前被世界所公认的日本歌舞伎作品均为古典歌舞伎及明治以后所创造的拟古剧,郡司正胜先生得出结论:“比起创作一千出歌舞伎的新作品,具体研究一出古典歌舞伎是当务之急。”所以,国际视野是未来发展的“桥梁”,然而优秀的艺术作品才是真正支撑我们一步步走向未来的“桥墩”。没有桥梁,桥墩只能日渐腐朽;没有桥墩,桥梁亦为空谈幻想。因此,中国古典舞只有守住传统,守住自己,明确自身的审美特质,以及自身所兼备的这种传统孕育下的独特性与鲜明性生成,才能在全球化文化语境下的浪潮中屹立不倒。而这也正契合了习近平总书记在 2014 年文艺工作座谈会上讲话的核心精神:中华优秀传统是中华民族的精神命脉,是涵养社会主义核心价值观的重要源泉,也是我们在世界文化激荡中站稳脚跟的坚实根基。要结合新的时代条件传承和弘扬中华优秀传统文化,传承和弘扬中华美学精神。

作品《yào》的舞蹈剧场“现代性”

肖继元

作品《yào》是一部通过跨界行为的创作直观切入人们视野的舞蹈剧场作品。本文试图通过对于舞蹈剧场现代性的思考，对编导先锋性的尝试进行深入而扎实的探讨，这使得分析作品《yào》的现代手法，不仅仅通过形式、结构等表层宏观创作的实操过程进行剖析，更为重要的是从《yào》窥探出生成“现代性”行为与思考的内部发生机制，使得“现代”这一当下性、及时性的概念进入一种更为宽泛的思考视野。因此对于舞蹈剧场现代性的思考自然而然就落到了三个维度的诠释。首先是现代属性的表层结构形式——符号，本文通过对于蘩漪指称符号、艺术学科之间的运作符号以及舞美装置符号的抽离，最先形成了诠释现代性的第一步形式基准。其次是现代属性的内部审美机理——抽象，也就是通过第一层形式准备，进行视觉语言的生成工作，作品通过话剧、戏曲、舞蹈不同艺术学科的语言符号，生成为可发散性的舞台意象，最终达到抽离于传统所指符号之外的视觉再造，并且形成表达意象的多种可能性。我们通常把这种舞台语言的呈现结果称之为“抽象”，这也是本文探讨现代性的中心环节。最后是现代属性的核心能动机制——逻辑，这也是生成作品结果最重要的环节，通过前两步舞台符号的元素抽离→可发散性的抽象生成，进而将各个艺术学科（话剧、戏曲、舞蹈）内部能动机制融合成舞台合一性的整体表达，建立起语言语句、结构段落的逻辑结果，完成具有现代性的个体再造的习惯，最终形成《yào》这部剧场属性的作品结果。本文是通过这三方面现代性的核心机制来对作品《yào》进行现代思考与剖析。

一 蘩漪人物性格的反自我倾向与裂变

（一）本我

《yào》中蘩漪这个角色源自曹禺先生的著名话剧《雷雨》，并且该作品被改编成戏曲、舞台剧、舞剧等多种形式，因此对于蘩漪本我的人物特色，我想观众们应该再熟识不过了。编导在作品《yào》中对于蘩漪的把握与再现，完全不同于话剧中对于剧本的本我特色，也不同于王玫教授在《雷和雨》中通过现代性语言强大的掌控能力所彰显出来的人物关联性。《yào》中的蘩漪以本我特征为基础，来进行更深层人性维度的解读与诠释，因此蘩漪的角色并不是叙事性的表现结果，而是将话剧、戏曲、舞蹈相关艺术门类相结合，其目的是通过舞台视觉表现的审美差异与表达方式的不同，来形成蘩漪人物内心的三级阶梯：本我—超我—自我裂变的层层深入，从而将观众对于蘩漪的身份认定带入到一个可被发散联想的呈现目的上，其最终效果使得编导不仅仅完成了对于蘩漪本我形象的基本描述，还通过多重艺术手段，开发出蘩漪内心世界不为人知的人性梯度，使得对蘩漪这一文学形象的认知真正进入到现代思维的解析状态与认知水平上来，真正实现用现代思维的当下思考方式，来深度发掘处于一定社会关系、群体制约下人性存在状态的压抑性，实现文学作品进行舞台视觉转化的结果。

（二）超我与反我

有关超我与内心反自我的性格纠结，是文学原著《雷雨》欲表达的文学人物特质，是对其深层内心世界的挖掘。《yào》中有关超我与反我的身体表征，完全体现了编导尊重原著以及作者曹禺先生对于那个年代资本主义侵蚀下的封建家庭伦理关系的压抑，从而导致复杂的感情关系与悲惨的结局。作品中“超我”表现在有关“药”的纠结性上，编导围绕这碗药，展开了诸多舞台形式的语言诠释，其目的就是通过药带来的能动效果，引发出蘩漪内心还尚存的那份对于爱情的憧憬，乃至残酷的社会现实——自我劣势的家族女性地位，老爷的漠视与冷酷。然而当面对周萍时，她内心真正作为女人的爱全部付诸激情与冲动，情感世界的超我憧憬与现实世界的身份，在传统伦理道德坐标的制约下，形成了主人公精神世界的二元对立，最终使得她内心的超我憧憬在现实比衬下显得那么苍白无力，因此才有了面对药的纠结。药不仅仅是身体上的病痛，还是心灵上的折磨，由此，面对自我命运的无力可控，蘩漪内心深处产生了真正的反我情结。作品中那些歇斯底里的语言状态,虽然是蘩漪内心痛苦挣扎的直观表现,但从另一个层面解读则表现了现实世界里蘩漪那种挣脱枷锁的欲罢不能,编导为了加重封建伦理的那种无形束缚感,运用了小群舞的形式来外化一种禁锢感的视觉情绪,最终将蘩漪囚禁在舞台调度所营造出的包围圈中,侧面向观众展示了蘩漪超我世界精神追求的苍白无力,隐性地显露出蘩漪反自我情绪在面对现实的失败结局。

(三)自我裂变

有关蘩漪内心自我裂变下的人物性格与诠释,其实质是编导跳脱出文学原著的人物形象,结合自我的生命体验与生活认知,对于舞台人物独特性的表现。艺术家的作品表达始终渗透着其个体认知的知识、个性、品味的诸多方面,所以艺术作品精神层面的表达,其侧面也反映出创作者的精神世界。编导从《雷雨》中抽离出蘩漪这个人物角色,并且作为主线进行多重艺术形式的综合表达,试图通过视觉多元化的呈现,淋漓尽致地体现出蘩漪这个人物角色内心的多维性与纠结感。这些都与原著中表现出来的隐性和显性的多重身份有密切的关系,在故事中她不仅仅是周朴园的第二个老婆,还是周萍的情人、周冲的妈,这样复杂的身份在这个封建意识形态浓厚的大家庭里,自然出现了反抗与抗压迫性,也让蘩漪有了选择恐惧症,这一结果核心就是周朴园认定她精神出了毛病,从此开始了与“药”的情感纠葛,表面上看,“药”是治病的良方,但从深层看,这是人性经过逐层剥离之后的二元选择,“喝”还是“不喝”、“药”还是“不要”,都成了纠结于她生命的难题。

而这一状态恰恰与编导的生活挂上了钩。面对自我内心追求的艺术创作与面对体制内的那些主题先行的作品，都成为编导内心挥之不去的伤痛，如同蘩漪一样，编导也同样需要一剂生活的良方，解开内心不得两全的纠结，因此《yào》中的蘩漪也许就是编导内心侧面的一个自己，她可能在现实生活中得不到释放，便选择了艺术性，艺术的表达诠释了当代青年编导的生活境况，因此作品从另一个侧面极具现实意义与社会研究价值。另外，《yào》之所以选择拼音的形式，就是想达到一语双关的目的，使不同的人发散出不同的阅读结果，形成文字寓意的辩证关系，从而加深作品探索的认知维度。

二　跨界行为在舞台重构中的视觉冲击

舞台艺术的跨界行为是当下形成舞蹈剧场属性的典型特征，跨界不仅仅是一种艺术门类表现形式的有机整合，更是在其各门类内部属性的表达方式上进行相应元素化的解构，形成各学科内部有机成分的可运作方式，最后再经过艺术家通过艺术作品的实质性内容，完成各艺术门类内部被拆解、打乱的有机元素进行符合艺术创作规律、表现规律、审美逻辑规律的有机重组，其运作规律最终通过形式与内容相互制约的表现价值来完成跨界行为行业内部创作的实践方式，如同时下看到的跨界演出一样，这种极具现代性的艺术行为大大冲击着舞台艺术的视觉效果，如北京舞蹈学院创意学院所做的舞蹈即兴专场《流淌在时间中“即现”的舞蹈》，其中的现代部分就运用了多媒体、昆曲、流行呼麦等艺术相关形式与舞蹈演员的即兴行为发生关系，最终形成具有极大视觉冲击力与舞台艺术抽象性的表现形式，在即兴与跨界双重维度下进行了艺术创作的探索与尝试，因此我们说跨界行为作为一种现代性思维，是保证创作具有现代属性的前提，也是制约编导习惯性回旋于传统的砝码，是一个极明智的创作行为与尝试。

（一）话剧语言的舞台再造

话剧语言作为最为直接的语言方式，在作品《yào》中起到了至关重要的作用。首先，作品不是以叙事线为创作逻辑的形式把控，所以语言的虚拟性将大于其叙事性表达；其次，《yào》整个结构以蘩漪展开，因而作品的结构通常在创作行为中运用视觉逻辑、情感逻辑以及舞蹈性的表达逻辑为基础创作，所以话剧的运用为表意性的舞蹈画面增加了观众听觉的艺术刺激以及情绪性信息的传达，为重组性质的跨界行为增加些许表达的准确度。

话剧作为《yào》舞台功能表达的辅助要素，最为直接的作用就是弥补了动作性的表意传达。我们都知道舞蹈剧场的语言极具生活行为情绪化的肢体特色，编导在创作蘩漪的独舞段落时自然而然运用了大量情绪性的舞蹈动态以及生活化的舞蹈行为，来呈现蘩漪思维状态的不可获释。我们都知道蘩漪这个人物性格的最大特色就是内心多重维度的纠结性，所以这正适合舞蹈剧场内部语言属性的表达，这些都为本作品的舞蹈视觉品味奠定了语言表达的基础。此作品在缺乏故事线的基础上缺少些许指向性的解读感，因此话剧的出现恰到好处，为舞蹈人物内心活动的潜台词做了及时的补充与表达，这使得观众在艺术呈现的抽象性中获取了建立欣赏逻辑的实在渠道。

（二）戏曲符号的象征功能

作为一种传统形式，戏曲进入《yào》具有极强的指向功能，编导将戏曲这种表达方式特指在与作品中人物属性相同的四凤身上。《yào》作为一种剧场式的现代表达手法，它不仅仅是一种跨界行为，更是一种审美表达的对比方式。四凤作为作品中的重要角色，与其他人物相比，她的角色属性最为传统，她是典型中国民国时期传统的女性佣人的形象，自卑、腼腆，思维意识里受到严重封建礼教的束缚，是该作品中最为传统的人物角色，因此编导运用了戏曲的表达方式，将其对位四凤这一传统的象征性。戏曲作为传统属性的象征符号，它必定要赋予该角色形式化的语言特征来开展该角色舞台表达的可能。四凤这个人物，显而易见，虽然在周家的地位低下，但由于习惯性与适应性，常常使人的情感附着于与你朝夕相处的邻人身上，她的情感自然而然与周家大少爷发生了关系。这段身份不对位的情感关系，使得四凤常常处于纠结状态，但这种纠结性与蘩漪因身份地位、思维观念产生的纠结性不同，四凤性格上的纠结状态呈现出一种内敛感，而戏曲中圆场的这种小碎步正好体现出传统人物下的一种无法交错与焦急感，因此编导运用了大量的圆场流动来体现四凤身上的慌忙无助。

另外，编导大胆启用戏曲演员，在身体语言的呈现上与舞蹈语言的审美形式形成鲜明的对比，更加体现出四凤游离于家族事件之外的孤独感，为舞台表达的视觉呈现添加了多元化的一笔。但就是这种大胆的手法也带来了些许舞蹈整体呈现的不和谐之感。我们都知道戏曲作为一门高度程式化的身体语言，它的审美特征极具个体性，戏曲中的身段动作作为演故事的辅助功能，其身体语言具有高度的情节对位性，同时又具有极强的戏曲美感特色，而这一审美却与其他艺术门类诸如话剧、舞蹈等艺术门类内部表达要素的审美机理的构成方式属性截然不同，要想在这种审美形式及其固定化的表达程式中破解出具备可融合性的审美表达元素是极其困难的，这自然为跨界行为的艺术形式相互融合以及构建整体舞蹈化美感增加了难度。事实也是如此，从整体看，作品《yào》中四凤除去动作语汇的指向性之外，与其他形式相比，戏曲行当人物的运用确实在整个作品中显得不协调，有时会使戏曲这种语言审美形式跳脱于整体舞台视觉表达之外，但换一个层面来看，四凤的身份地位本身就是一直游离于家族之外的佣人身份，只是到了故事的最后，周氏家族的血缘关系才真相大白，从这个层面上看，戏曲符号的运用与审美呈现的游离感，或许也是另一种四凤舞台人物符号的诠释与解读，因此戏曲符号下的四凤形象充满了可能性与抽离性，它应该是此作品中最有争议的角色。

（三）舞蹈情绪性的意象感

情绪性的舞蹈状态，其实是众多舞蹈语言呈现方式的一种，因为情绪性在符号中的抽象、夸张、极端的张力结果，再加上来源于生活化的舞蹈行为方式，使得情绪符号性质的舞蹈行为成为舞蹈剧场惯用的语言表现手法，这种舞蹈动作认知状态的深入发展，也为舞蹈现代性的革新与蜕变，实现了实质性的转移。作品《yào》中，编导同样运用了属于剧场属性的符号，但有所不同的是，作品通过周萍与蘩漪身份关系的表现逻辑开发了许多属于双人性质的舞蹈对话行为，为剧场语言的深入尝试，进行了开拓性的实验。另外，从语言的表现方式上来看，舞蹈作为剧场中的表现元素之一，它始终与其他艺术门类发生着舞台视觉以及语言的运作关联，就舞蹈而言，蘩漪的所有语言都是话剧念白的情绪外化，蘩漪的舞蹈性紧贴话剧的语言语义，使得在此作品中舞蹈与话剧的跨界结合堪称编导融合行为的最为成功之处。无论蘩漪的独舞还是与周萍的双人配合，都与话剧形成高度的缜密结合，最终通过视觉、听觉双重维度整合，将蘩漪的人物形象综合立体地呈现于舞台之上，可谓是舞蹈剧场的成功案例，也为国内舞蹈剧场的创作提供了先锋性的舞台实验。其实《yào》的跨界行为从实质上看，已经弱化了舞蹈本身的舞台表现效果，观众在看完该剧之后都对于话剧、戏曲的运用记忆犹新，而对舞蹈语言表达的能见度有所降低，因此我们不得不说编导跨界行为确实强化了舞蹈信息传达的视觉表现，但同时也弱化了舞蹈本体或者说影响了舞台当中舞蹈主体性的地位，不能不说是该剧的美中不足。但总体来看，编导通过三种艺术方式在逻辑性、整合性、交融性的前提下，将艺术门类不同表达形式融合于同一作品中的实验行为还是值得鼓励与赞赏的。

三　舞美装置在舞台呈现中的意象重构

（一）舞台装置的空间设置

《yào》的舞台设置是编导对于舞台空间认识的一个再构造的产物，体现了编创者在形式与内容的辩证关联下，尽量尊重与彰显创作个体脑海中主观想象与开发创造的全过程。也就是说编导对于舞台空间的结构想象,是源于《雷雨》原著,并且在舞蹈思维的逻辑思考方式下,完成的艺术再创造过程中的脑中镜像。它运用艺术家个体认知的想象结果,在尊重舞蹈装置构造的结构逻辑基础上进行舞台形式符合脑中主观构建的艺术想象。这种艺术思维的生成方式,也是艺术家长期舞台实践的结果,抑或是对于舞台空间在艺术化逻辑组接中敏感度把握的视觉呈现,因此才有了舞台这一特殊的设计——“碗状”的舞美装置。编导主要运用了舞台圆形意象,在实现可移动布局前提下,将圆形的舞台空间进行不同方向的“破口”,从而形成不同的舞台视觉的表达面向,这种舞台空间的朝向,再配合作品整体结构的内容表达,最终完成舞美设置在舞台表现上的特殊化以及内容高度契合的艺术呈现结果。

编导通过“碗状”的圆形空间,并且进行可移动似的巧思,不仅仅体现了他舞台视觉与作品内容高度契合的表达能力,还体现出编导欲通过舞美空间的设置,将舞台分割出不同的舞台“大空间”、舞美“小空间”以及身体“子空间”对于各种表现属性下空间维度的认知能力。由此可以看出,编导已经不能满足作为公演艺术中的常规舞台的表现了,舞台“碗状”子空间的设置,既完成了舞台人物形象在视觉空间的束缚感,同时在舞台这个表现空间下,又制造出了空间之空间的再次镜像,将舞台的视觉化通过大空间舞美范畴的调试,进入到小空间舞蹈空间的构成,可以说是一次跨学科二维综合运用的典型。再加之通过第三维度——身体“子空间”的舞台表现(编导在“子空间”也运用了不同艺术表达形式),再次形成子空间内部的二维艺术形式的表达,最终使得《yào》这部作品充满了视觉冲击感与表现力,是作品获得成功的决定因素之一,也是编导创作思维现代性的行为表现。

（二）舞蹈剧场的属性生成

《yào》作为舞台公演的艺术作品，从舞台属性上来说，它并不属于我们当下所认定的剧场的呈现意义。编导通过巧妙的舞台构造，使之成为具有舞蹈剧场属性的表达范畴。首先从舞蹈本体的表现属性上来看，舞蹈剧场充分利用了语言的多种表现形式，例如话剧、戏曲等艺术门类相区别的视觉表达与舞蹈本体表现相融合，最终生成了具有整体性的艺术传输方式，我们把它称之为剧场的表现方式。其次从舞蹈语言的呈现上来看，《yào》这个作品基本属于内心世界的外化语言，编导准确地运用了情绪性的动作品质来抽象动作的可看性，使得作品的舞蹈部分充斥着大量的情绪感，当然这种情绪感固然是为了配合话剧语言所叙事的那种表意性情绪，但从舞蹈剧场中语言的生成本质来看，它恰好符合了早期舞蹈剧场中的语言属性。我们都知道，舞蹈剧场的诞生是伴随着皮娜·鲍什创作的诸多作品发展而来的一种现代性舞蹈的表现形式，而皮娜·鲍什作品的最大特色就是叙事语言动作符号的生活化，而这种生活化的动作又在皮娜·鲍什所要的极强的情绪质感中形成了一种特有的舞蹈剧场的迂回形式，因此《yào》中肢体语言的情绪性，一方面是人物内心活动的表达需要，一方面是自然与舞蹈剧场属性相对位，可谓异曲同工、一箭双雕。最后从剧场空间的呈现来看，之所以称之为剧场，不仅仅是舞台欣赏方式的不同，抑或是舞台大小的差异。剧场在舞蹈中是一个生存空间的环境概念，而这种环境感之所以触动人心、有生命力，就是因为建立了一种空间意象的密闭性，这种封闭性同时伴随着观众视觉上的聚拢感，因此我们说舞蹈剧场表达中的动作为什么很“行为”,就是因为动作符号的情绪性,通过密闭空间营造出了更为夸张的戏剧意象,才有了这种情绪动作的极端呈现,我们把它称之为“抽象”。而《yào》在公演形式的开放舞台上,编导巧妙地运用了舞台装置的环形包围感来形成这种舞台视觉的集中性与密闭性,将开放的舞台现实存在转换成为具有剧场属性的空间意象,最终完成了由舞台化到剧场化的过渡,实现了舞台呈现方式上的现代性与抽象性。

结　语

《yào》作为国家艺术基金的资助项目,编导基本完成了探索艺术呈现方式的先锋性,这种综合跨界的舞台实验行为,不仅仅是时下最为前言的现代性表现,同时也是提高舞蹈语言在舞台视觉中形成发散能指的意象呈现的绝佳方式。《yào》无论从形式探索、逻辑安排、语言融合方面都可以说是时下相对比较成功的作品,也为当下舞蹈现代性的前沿探索提供了一条可进行舞台实体运作的创作之路,极具现代性与前瞻性,这同时也是编导对于现代性思维深度认知的艺术产物。

魔术是不是艺术

徐　秋

前一阵，有同行发来某知名网站一组截屏，告知其重要位置有一篇名为“解密六大魔术骗局”的长文，将人体悬空、切割复原、失去重心等魔术作了图文并茂的解密，同行感到愤怒，后来她写了《既是魔术，何来骗局》的文章，从正在举办的魔术活动入题，阐明当代社会中魔术表演和魔术方法保密的正当性，对此我很同意。同时，我想从另一角度也来说明一下这件事。

应该说大多数魔术师都遇到过有人把魔术说成“骗人”的情景，以至于魔术师群体会有“从表现的角度，艺术都是假的，电影、话剧都是在骗人，为什么不被人所提及，单单要说魔术是骗人”的不解，这是因为魔术的历史、魔术的内容和形式确实是独特的。

一　魔术自带黑色体质

魔术源于劳动生活，脱胎于宗教、游戏等活动中的作假手段。原始人在理解大自然时，是把事物拟人化的，认为日月山川同人一样有生命，有喜怒哀乐，由于生产力低下，原始人同大自然并不是同等的伙伴，大自然一方面像是人的恩赐者，提供阳光雨露和各种生产、生活资源，另一方面又像人的压迫者，给人们带来不可抗拒的灾难，寒冬酷暑、毒蛇猛兽、疾病死亡，人们认为这万物万象背后的主宰既像人但又在能力上远远高过人，神灵的观念就这样产生了，当人通过对神顶礼膜拜求得保护时，原始的自然宗教就出现了。它表现出古人对自然界纯朴的热爱和尊重，也表现了古人企图通过献祭影响自然，为自己造福，改善生存条件的愿望。

人对自身的理解也是神秘化，由于对睡眠、做梦、生病、死亡等精神活动和生理构造不理解，又对生命可贵、亲人团聚的快乐有了越来越强烈的感受，便形成了灵魂不死的观念，有了鬼魂崇拜，这主要体现在埋葬和祭祀死人的仪式上。

早期宗教或者后期民间宗教大都是“亲民”的，为了方便大家对神的理解，都有“证明”这一环，让人们“眼见为实”。巫师在神灵附体后有超常举动，比如基督教圣经中记载的埃及的两个巫师，“各拿一根手杖，往地上一扔，就变成两条长蛇”。

“证明”在早期是一切手段都要使用的，凡能显现神奇的都包括其中，既有真功夫加技巧的杂技、马戏，有半靠技巧、半靠窍门的绝活，也有全靠窍门的魔术，还有生病、发癔症，等等。比如汉代《西京杂记》所记的东海黄公就是以驯兽为特长的巫师，古籍说他“少时为术，能制御蛇虎”，最终也是因年老力衰“招不来法力”被老虎咬死。

但是慢慢地，人们觉得真的技艺不足以表现“神灵级”的超级神奇，后来杂技、马戏等纷纷离开了“证明”的岗位，留下来的主力是魔术。

脱胎于“证明”的魔术有自己的特点，就是它要努力地“是一个事实”。所以魔术是紧贴生活的，要发生在现实环境中，其媒介是日常实物，内容是表现物性（这是魔术具有科学性的来源），方法是移花接木——以隐藏的替换来达到物性的超越（这是魔术具有表演性的来源），而一般文艺在表现上不是这样的，一般文艺在媒介上不需要紧贴生活，甚至要有意和生活拉开距离，就像康德表达过的，被形式化后的狂风暴雨才是可以欣赏的，大家在安全中才能注意到其特有的美。

许多艺术都有反映神奇的能力，但他们所做的都是外在“描绘”，只有魔术是内在“实现”，魔术最擅长的不是人在天上飞或者龙凤出现，而是日常物品在超越物性时看不出假来，换句话说，是看不出魔术师做了替换，魔术表演中魔术师最重要的表现不是忙，而是闲，就像刘谦那句著名表演词所说的“现在是见证奇迹的时刻”，他为什么说“见证”而没有说“创造”，没有说“现在是创造奇迹的时刻”？因为“见证”才是符合魔术表现神奇的特点。魔术一直是“大公无私”的，自己做了一切，却将所有成果拱手让给神灵，做幕后英雄，这是魔术背负“骗人”之锅的缘由。

二　社会的误解

巫术(实用)和魔术(表演)很早就有分别的发展,但由于在外表上很相似,一般人都分不清楚两者的区别,常将两者误读为一事。

现存柏林国家博物馆的一部距今四千年前的埃及手稿上面记载了王子霍杰德夫请艺人德狄为父亲齐阿普斯(法老)表演将鹅头割下又复原的魔术。虽然德狄是艺人身份,但大家都相信他有神功,相信当年他一百一十岁,每天要吃五百个面包,半扇牛肉,一百杯啤酒。中国的汉代宫廷中,方士栾大在汉武帝面前显示“斗棋,棋自相触击”的神奇,凭借表演青史留名,但他的正经差事是要帮汉武帝得道成仙。

表演者的半巫半艺使魔术呈现出一种“神仙戏术”的特质。在社会迈向文明的过程中,巫术慢慢被认为是愚昧落后的存在,魔术也跟着受到了影响。

在宗教发展上,巫术是旧的、被边缘化的、被淘汰的部分。中世纪基督教在建立过程中,曾大肆迫害异教徒(民间巫术),魔术师被连带迫害。1584 年配合反巫术出版的《巫术的发现》,以解密巫术的理由解密了许多魔术,以至于现在成了一本魔术文献。

在世俗社会发展中,巫术是一种不受规范控制的力量,尤其在聚众之后,力量更为惊人。公元前 135 年,在西西里岛为奴的叙利亚人攸努斯因会吐火(魔术中的一种表演)被认为身具神功,组织起反对罗马统治的奴隶起义,一度称王,控制了西西里岛大部分地区,公元

132 年,犹太人科赫巴也因会吐火,在巴勒斯坦领导了反罗马暴乱。中国历史上的农民起义也大都和巫术、传教,和杂技、魔术艺人的神奇表现有关。

因此在很多严苛的历史时期,在一些泛道德社会,杂技、魔术的存在受到压制,影响到民间对魔术的看法。

巫术、魔术不分,这是魔术背“迷信”之锅的缘由。

三　脱胎换骨的契机

魔术虽然在社会走向文明过程中总是被禁,但每当管束放松,它就又会出现,在街头巷尾,在深宅大院,在皇家宫殿,几千年都不曾断线,因为它能满足人的好奇心和对未知世界的探索欲。有一句俗语叫“看了鹰抓兔,官都不要做”,就是说人对新奇事物拥有极大兴趣。

看魔术有时就像听鬼故事、坐过山车,人是怕看又想看。蒲松龄在《聊斋·偷桃》中写到过观众的这种反应:……好久,坠下一桃,像碗大。幻术师大喜,捧了献上公堂,堂上官员传看了很久,也不知是真是假,突然绳子落了下来,幻术师大惊说:“糟了,天上有人斩断了我的绳子,我儿怎样下来呢?”正说着,又落下一物,一看却是儿子的头……官员们又惊又怕,纷纷赐钱给他……

其实魔术师在演艺的同时,是想过各种办法让魔术脱离“骗”和“迷信”的。在西方,魔术师经常是揭骗术和反迷信的斗士,尤其特意神功等现象出现时,总有成群魔术师起来解密,声明要凭借自己的专业知识,为受千术和迷信等各种骗术所害的人提供保护。比如大名鼎鼎的逃脱大王胡迪尼就曾用种种办法说明招魂会是怎样坑害那些想和逝去亲人联系的家属们,并向国会提交过保护民众免受这种危害的立法案。

魔术师们还在演艺中创造了不同于巫术的表演方法,比如故意“抛活”。在中国,观看许多民间表演,你会看到在演到最后,艺人往往要故意露一点破绽,并特别说明“之前看到的都是幻象,不要相信”,魔术师不愿把自己神化为能通神的人。

除了自发的反巫术、反骗术,魔术师还乐于被国家征用去做这些事。十七世纪,法国占领阿尔及利亚,当地宗教社团的教士们借与神同在、具有神力,鼓动民众掀起骚乱反抗,为了消除这些人的影响,法国政府派了魔术师前去,以新式魔术对抗传统巫术,取得了有针对性的效果。

但是这一切都没有让魔术彻底和骗人、迷信分开,直到舞台魔术的出现。舞台魔术最初可能只是商业的考虑,但确实救了魔术,它给魔术带来两大改变,拉大了魔术与骗人、迷信的分别。

一是魔术艺术化了。因为舞台是艺术的领地。相比于现实,艺术是虚拟的世界。艺术在形式上抽离于生活,很多生活中不好的东西进入艺术就成了无害的,因为被隔离了,只剩下标本的意义。魔术进入艺术领地后,其原本的骗人也因为和生活隔离获得了解构,不再具有原本的功能。

二是魔术变假了。在走上舞台之前,魔术是四面看的,特别像一个事实,秘密是魔术师个人的,他不说就是永恒的秘密。但上舞台后,魔术只对一面观众负责,其他三面都暴露于合作者眼中,魔术的神秘性大大降低,保密的唯一目的是希望观众在看表演时有神奇感受。

在舞台上,魔术彻底摆脱了行骗的黑质和迷信的误解,获得了合法的表演艺术的身份。

在今天,尽管还会有人以旧的眼光和表达来评判魔术,但基本是无意识的惯性,真的较起真来,谁都会认为魔术不是骗局,魔术是表演艺术。

现在是魔术有史以来所遇到的最好的时代。

2017年度中国电影后期制作产业发展分析

康　婕

2017年中国电影后期制作产业稳步发展，国产电影制作规模不断升级，虚拟拍摄技术更广泛地应用在电影制作中，电影前、后期制作间的界限愈加模糊，电影大制作观念渐成趋势。观众对视效大片的消费日趋理性，影片质量的提升比数量的增长更为人们关注。中国电影后期制作需要提高制作品质，以电影精品为目标，才有助于实现整体上的提质升级。

一　产业概况与格局

2017年国产高技术格式电影创作缩水。在高票房影片中，人们的关注点也更侧重影片故事性本身。后期制作门槛降低，观众对电影技术的判断与消费更加理性。

1. 高技术格式影片生产比重下降

2017 年国产高技术格式电影创作生产首次出现大幅回落。中国全年共上映了 76 部高新技术格式电影（包含 3D、IMAX 与 IMAX 3D 格式），其中国产影片 27 部，占比约 35.53%，比上年度的 52.87% 大幅减少。在高票房影片中，高技术格式也不占优势，所占比重下降。国产 3D 影片与国产 IMAX 影片生产数量较 2016 年减少近半，国产 IMAX 3D 影片更呈断崖式下跌。

表 1　2010—2017 年上映国产高技术格式电影情况表（单位：部）

年份	国产 3D 影片	国产 IMAX 影片	国产 IMAX 3D 影片
2010	3	1	—
2011	3	2	—
2012	9	4	3
2013	23	5	3
2014	31	25	15
2015	41	20	14
2016	41	20	14
2017	21	11	5

在 27 部国产高技术格式影片中，涉及电影类型较多元，其中动画电影以 10 部的数量成为高技术格式电影制作的最主要类型。动作与奇幻类型的国产大片也依旧是这类格式电影的主力军。

2. 后期制作产业市场需求更理性

单从票房来看,观众对高技术格式电影消费更加理性。2017 年全国票房前 20 的影片中,只有 8 部采用了高新技术格式,比 2016 年的 12 部减少了 4 部。其中只有 3 部高技术格式影片进入了票房前 10,数量比 2016 年的 7 部大为减少。

表 2 2017 年上映国产高技术格式电影情况表(包括 3D、IMAX 与 IMAX 3D)

序号	上映日期	片名	类型	票房(万元)	放映模式
1	7.27	战狼Ⅱ	动作战争	530 733	3D IMAX
2	9.30	羞羞的铁拳	喜剧爱情	206 524	数字 IMAX
3	7.13	悟空传	奇幻动作	65 371	3D IMAX
4	8.03	三生三世十里桃花	爱情奇幻	50 097	3D IMAX
5	1.28	熊出没・奇幻空间	动画冒险	48 883	3D 数字
6	9.30	英伦对决	剧情动作	47 824	3D 数字
7	12.22	妖猫传	爱情奇幻	44 144	数字 IMAX
8	7.27	建军大业	剧情历史	38 274	数字 IMAX
9	12.14	奇门遁甲	动作奇幻	28 562	3D IMAX
10	4.28	记忆大师	剧情悬疑	27 840	数字 IMAX
11	12.22	机器之血	动作喜剧	27 062	数字 IMAX
12	8.11	侠盗联盟	动作冒险	21 932	数字 IMAX
13	7.06	京城 81 号Ⅱ	剧情惊悚	20 541	3D 数字

（续表）

序号	上映日期	片名	类型	票房（万元）	放映模式
14	1.13	大卫贝肯之 倒霉特工熊	动画冒险	11 897	3D 数字
15	2.10	决战食神	喜剧爱情	1 1353	3D 数字
16	8.11	鲛珠传	喜剧动作	10 848	3D IMAX
17	2.10	游戏规则	剧情动作	9 933	3D 数字
18	8.18	赛尔号大电影 6： 圣者无敌	动画冒险	9 413	3D 数字
19	7.13	大护法	动画奇幻	8 271	3D 数字
20	10.01	昆塔：反转星球	动画科幻	4 849	3D 数字
21	7.21	阿唐奇遇	动画冒险	2 862	3D 数字
22	5.27	三只小猪 2	动画	2 265	3D 数字
23	7.28	豆福传	动画	1 590	3D 数字
24	3.10	碟仙诡谭Ⅱ	惊悚	1 178	3D 数字
25	1.13	超能龙骑侠	动画冒险	297	3D 数字
26	1.01	辛巴达与美人鱼公主	动画	184	3D 数字
27	2.10	大脚印	冒险悬疑	39	3D 数字

在新媒体时代，通过各式传播渠道的宣传，观众对电影制作技术知识并不陌生，对影片技术含量的要求逐渐形成自己的判断标准，对主打视效的影片态度也更加谨慎。除了票房、口碑均一枝独秀的《战狼Ⅱ》，其他票房表现较好的影片，大家的关注点也多不在视效方面。

《羞羞的铁拳》以开心麻花 IP 为主，收获好口碑的同时也成为

2017 年喜剧类型片票房冠军。影片虽不似传统视效大片以技术为主打,可里面的视效制作含量并不少,视效镜头多达 730 个,包括片中涉及的大量拳赛补景、片头动画等,特别是拳击台上的铁网合成补景,效果真实,令人身临其境。而口碑失败的视效大片也有《三生三世十里桃花》这样的例子。

无论是否是视效大片,视效制作在电影后期中仍需得到重视。虽然纯技术噱头越来越难以赚取大众眼球,但视效制作呈现仍是衡量国产大片的重要指标之一,对于非视效大片,更为自然的视效制作效果也依然能为影片添彩。

表 3　2017 年上映国产高技术格式电影票房排名表(包括 3D、IMAX 与 IMAX 3D)

序号	上映日期	片名	类型	票房(万元)	放映模式
1	7.27	战狼Ⅱ	动作战争	530 733	3D IMAX
2	9.30	羞羞的铁拳	喜剧爱情	206 524	数字 IMAX
3	1.28	功夫瑜伽	喜剧动作	164 715	数字
4	1.28	西游伏妖篇	喜剧奇幻	156 523	数字
5	12.15	芳华	剧情爱情	111 289	数字
6	1.28	乘风破浪	剧情喜剧	98 056	数字
7	1.28	大闹天竺	喜剧动作	71 909	数字
8	7.13	悟空传	奇幻动作	65 371	3D IMAX
9	9.30	追龙	动作悬疑	53 281	数字
10	2016.12.3	情圣	喜剧爱情	51 195	数字
11	8.03	三生三世十里桃花	爱情奇幻	50 097	3D IMAX

（续表）

序号	上映日期	片名	类型	票房（万元）	放映模式
12	1.28	熊出没·奇幻空间	动画冒险	48 883	3D 数字
13	9.30	英伦对决	剧情动作	47 824	3D 数字
14	8.17	杀破狼·贪狼	剧情动作	46 573	数字
15	12.22	妖猫传	爱情奇幻	44 144	数字 IMAX
16	9.29	缝纫机乐队	剧情喜剧	43 057	数字
17	7.27	建军大业	剧情历史	38 274	数字 IMAX
18	3.31	嫌疑人 X 的献身	剧情悬疑	37 927	数字
19	4.28	拆弹专家	动作悬疑	36 996	数字
20	9.29	空天猎	动作战争	30 473	数字

二 发展特点与趋势

2017 年，在电影业整体提质升级的要求下，中国电影后期制作产业呈现出新的发展特点与趋势。

1. 电影大制作渐成趋势

随着电影制作国际化程度加深，内地在制作流程和技术应用上都在积极与国际先进潮流接轨。2017 年中国电影大制作趋势更加明显，拍摄制作更为多元，虚拟拍摄应用更为广泛，前期制作向后期制作转移，后期制作向前期制作转移，除去 4K、3D、IMAX 巨幕等高新技术格式的影片制作外，云计算与超级计算等新技术的应用也受到关注，国产电影正逐步进入“大制作”时代。

目前国产大制作电影中，后期制作越来越受到重视，预算已经占到全片制作成本的 20% 至 40% 左右。实际拍摄制作里“摄”的比重正在逐步下降，而“做”的比重逐年上升，拍摄、制作、发行、放映的传统电影环节已衍变成为制作、发行、放映的大制作观念。

后期前置观念的普及化模糊了电影前期拍摄和后期制作的界限。运用视觉预览 Previz（Previsualization）即“动态分镜”技术借助 iClone、maya 等图形图像工具取代过去人工分镜，概念图、实体模型道具等规划影片视觉呈现的作业方式，看似增加了作业步骤，但就整个制作流程看，实际上是提高了制作效率。

另外，云计算、超级计算等新技术在中国电影渲染、后期制作等领域的应用逐步展开，电影后期制作、特效制作工具的计算、应用、数据和服务开始向云端迁移（SaaS 模式）。未来，云计算和超级计算或将更广泛地参与到国产电影的协同制作中去。

2. 虚拟拍摄普及化程度加深

科技的更新与发展降低了影视后期制作门槛与制作成本，基于 PC 的通用计算技术和并行计算技术正逐渐占据影视后期制作的主流地位，原来必须用工作站完成的制作工作，现在笔记本电脑就可以解决。

2017 年，虚拟拍摄更广泛地投入到电影制作中去，也是前后期制作界限模式的特点之一。数字实拍 + 虚拟摄制 + 虚拟资产 + 虚实融合正在成为中国电影摄制的主流趋势，进一步取代数字实拍＋计算机动画（CG / CGI）的传统摄制方式。在虚拟拍摄中，导演通过监视器可以实时看到演员与虚拟场景结合的画面，明了实际影片的画面呈现状态，甚至达到粗剪效果。这种后期前置的作业方式，大大节省了时间与制作成本，革新了影片的摄制方式。

目前正在经历技术转型的传统影视制作基地与新兴布局的影视制作基地，多将数字影棚建设作为重点，以满足剧组日益增长的虚拟拍摄需要。象山影视城数字摄影棚占地 1 200 平方米。无锡国家数字电影产业园加快技术平台搭建，在虚拟影棚建设方面与各知名科技企业合作的虚拟拍摄棚已开始投入建设。青岛万达影视产业园则兴建了亚洲最大的蓝幕室外水池。

3. 国际化分工合作进一步加强

2017 年中国电影制作国际合作程度日益加深，虽然很多视效大片的后期制作仍以国外团队为主，但随着我国电影后期技术行业国际化交流不断深化，既有国产电影去国外制作，也有国外电影来国内制作，国际分工合作项目市场仍然被看好。

目前很多国产视效大片选择将项目内容拿到美国、韩国等海外公司与团队进行制作。本年度上映视效占比较大的影片中，很大一部分的后期制作团队仍来自海外，或是由中国与好莱坞团队合作完成。随着中国公司实力增强，选择内地后期制作公司的影片也在稳步增长，而由中国公司负责制作的内容，则多会采取分包制完成，或者与国际团队合作，分包到国外公司制作。

《战狼Ⅱ》的视效主要由国内团队完成，音效剪辑和混音制作工作则由隶属于新西兰维塔集团的公园路后期制作公司完成。《妖猫传》中猫的 CG 视效 90% 来自日本特效团队。《悟空传》的视效工作除了 MORE VFX 公司外,还有韩国 Macrograph 工作室参与制作。今年上映的《西游伏妖篇》,早在两年前就完成了后期制作,其视效公司来自韩国。

目前国内公司参与海外电影的视效工作仍不能成为技术主导,一般只是参与某环节上的加工工作。这种公司多基于与海外一线视效公司达成战略合作协议,如 BASE FX 等。与国外一线视效公司分工合作,有助于引进与积累先进的生产经验,学习国际先进的工业制作流程,甚至有助于完善国内生产线搭建,对国内视效制作行业的发展起到积极影响。

三　问题与不足

国产电影制作规模升级,后期制作工作量也随之增加,制作分工更加专业化和细化,这就对我国的后期制作技术提出了更高要求。目前,中国后期制作产业发展存在诸多问题,重工业电影产品口碑不佳的现象时有发生,观众对影片制作水准的要求升级,与之相对,质量过硬的电影精品生产仍待加强。

1. 工业体系待完善、行业标准不规范

现阶段,在购置电影后期制作硬件基础设施等固定资产方面,

中国公司与国际一线公司并无太大差别，但与国外领先水平相比，国内制作工业体系的物质基础还不完善，流程化、标准化程度不足，在流程优化、软件开发、新技术应用、团队建设等软实力方面仍存在距离。

在行业整体发展方面，由于标准不规范，也存在信息混乱、进度不透明、恶性竞争的现象。由于制作周期不固定、制作内容不确定等不可控因素，国内电影后期制作延期现象较为普遍。后期制作超期超支是导致制作公司亏损的主要原因之一。

一方面国内制作方不可控，片方不能按时交片，提交后产生的费用往往不再另行计算；一方面制片方也可能要求临时更改制作效果，提出新想法，迫使视效团队重新进行制作。这种情况会导致电影制作流程衔接出现问题，而延长制作周期既破坏了视效公司提前做好的预算规划，也会对其他的项目档期产生影响。

面对种种不可控因素，后期制作公司需要投入大量人力物力，过度消耗后期人员，再加上在整个电影项目中，后期制作公司的话语权相对较弱，缺少完片担保制等政策支持和行业保障，只能自负盈亏，亏损现象严重。

制作门槛的降低，也使行业内部出现无序竞争与低价竞争现象。制片方在与特效企业沟通时缺少可以参考的衡量标准，导致沟通不畅。特效企业间为了争夺客户报价混乱，用压低价格来争取项目。由于利润空间被压缩，企业往往为了减少亏损只能付出降低制作品质的代价。这种舍弃长远发展效益，只顾眼前利益的恶性竞争会对行业发展产生不良影响。

2. 企业没有形成集群力量

虽然国产电影的后期制作量需求较大,但是真正能够独当一面,与国外公司竞争的内地影视后期制作公司却数量有限。即使是 BASE FX、天工异彩、中影数字基地、MORE VFX 等国内一线的视效公司,体量与工业光魔、维塔、Framestore 等国际传统领先技术公司相比仍有差距,企业集群力量远没有形成。

中影数字制作基地以数字制作技术作为自身优势,参与了多部国产电影的后期制作工作,但是随着行业竞争加剧,其设备设施优势已经不在。

BASE FX 公司与国际一流视效公司有战略合作,可以参与制作好莱坞主流电影公司的视效大片积累经验,比如 2017 年的《雷神Ⅲ:诸神的黄昏》《变形金刚Ⅴ:最后的骑士》等影片,在产学研方面也尝试积极布局。

MORE VFX 公司在北京、成都分别建立了制作基地,2017 年参与了《羞羞的铁拳》《悟空传》《记忆大师》《绣春刀Ⅱ:修罗战场》等影片的视效制作。

天工异彩推行电影后期制作全流程解决方案,在电影《二代妖精之今生有幸》后期全流程制作中,参与了概念设计和前期剧本创作环节。

无锡国家数字电影产业园以数字电影拍摄为主,以后期制作为支撑,为国内外企业搭建技术平台。2017 年基地引入企业 430 余家,累计集聚企业超千家,包括国内外知名数字影视软件研发、制作公司。园区企业制作的电影《芳华》《乘风破浪》等影片取得了不错的票房成绩。

除去几家较大的公司与基地外,“小作坊”式的电影后期制作公司大量存在。一些艺术家或视效总监在运作了几个大型项目后,就会另起炉灶,仅30~50人的小团队就可以承接项目。大量这种“小作坊”式的视效公司分散了企业集群力量,在后续发展上往往缺乏后劲,必然在竞争中淘汰。

3. 缺乏核心技术竞争力

影视后期制作公司,特别是视效公司的核心竞争力包含多方元素,其中技术研发和软件开发的创新能力占据重要地位。我国现阶段影视技术领域存在产学研脱节现象,国内视效公司与高校、科研机构不能实现顺畅的技术与人才对接,在技术融合、新技术应用方面与国外先进水平有一定差距。

目前国内视效公司的硬件设备与软件工具均以海外购买为主。在硬件方面,主流工作站只要更新及时,国外国内设备差别微乎其微。我们与国外先进团队的差距主要集中在视效工具的技术研发及软件开发上。由于科技创新力不足,国内视效公司做后期项目时,一般不会自主研发前端工具,而是直接运用买来的现成的视效工具作业。还有一些公司专做没有创新技术含量的基础性工作,比如“擦除”等作业。

缺乏核心技术竞争力是目前中国后期制作公司最需要注意的问题。如果只满足于低级视效制作,那么在国际市场上拥有更廉价劳动力和语言条件的印度已经比中国公司更具竞争优势。

4. 视效制作与本土文化结合出偏差

2017 年,除了动画电影外,古装奇幻类影片在高技术格式影片中依然占比不小。其中《悟空传》《妖猫传》《奇门遁甲》《鲛珠传》等影片都引发关注。这些视效大片上映后口碑却毁誉参半,其中有些影片甚至成为吐槽的对象。究其原因,还是西方化的镜头视觉呈现与中国本土文化的艺术想象与艺术表达不匹配。

电影《三生三世十里桃花》开拍之前就在其视效技术方面做足了噱头,邀请了奥斯卡最佳特效导演安东尼·拉默里纳拉联合导演,多家国际、国内视效公司参与其中。影片 2 345 个特效镜头,占全部镜头数的 95% ,后期制作历时 15 个月完成。但是在上映后,片中的部分人物造型、动作场景设计得不伦不类,负面口碑一面倒。

制片方不应该盲目迷信国外后期制作团队,让出自己的制作话语权。外国视效团队虽然制作经验丰富,但是视效总监们的文化差异不能忽视,用西方审美创作出的视觉形象如何被中国观众接受,怎样能与本土文化更好地融合,仍需深思熟虑。

5. 政策扶持力度不足

中国电影后期制作产业获得国家层面的政策扶持力度不足,电影摄制、电影科研、电影高新技术研发等部分的优惠的政策与激励机制十分有限。

目前国家电影专项资金中针对高新技术制作影片的奖励不超过 600 万元,在具体执行过程中,电影制片团队很难将奖励资金具体落实到后期制作视效公司身上。部分地方政府在扶持地方产业园区方面出台了相关税收优惠政策,比如无锡,但这种地方性的扶持政策还远不能满足市场需要。

与韩国相比,中国的影视后期制作公司甚少能够依靠政策红利与税收贴补缓解经营压力。虽然整体报价与人工成本相近,但是韩国后期制作的税收补助确实能够为行业提供便利,从而在一定程度上增加其国际竞争优势。

在引进海外电影高端技术人才上,国内也缺乏相应的绿灯政策与鼓励机制。

6. 高端复合型人才市场缺口大

人才问题一直是电影后期制作产业亟待解决的老大难问题之一。长期以来,关于"艺术家"的人才培养与流失问题都备受关注。中国不缺熟练技工,缺的是经验丰富,能够驾驭完整后期制作项目的高端复合型人才。

"艺术家"作为创意密集型人才,既要懂技术,又要有一定的艺术修养。视效总监要具备丰富的项目经验积累,有独立解决技术问题的能力与全局观,帮助视效制作团队最大化地实现导演创意。随着制片公司对后期前置观念的普及,DIT已成为国内技术公司的招牌服务内容和新的技术盈利点。这种技术的专业要求需要摄影指导现场监督完成,对视效公司的高端人才们也提出了更高需求。目前在中国视效制作行业里面,有较丰富的从业经历,能够承担一定大项目的艺术家或视效总监并不多,既缺乏懂行业的管理型人才,也缺乏懂特效的导演及制片人才。

除此之外，能够承担软硬件研发的创新型技术人才储备也十分不足。科技不断进步，电影后期制作技术快速更新换代，国外先进的视效公司，都拥有专门的研发部门，根据具体的电影项目量身定做全新的工具软件。这种跨领域的软件研发人才储备，国内市场仍然存在很大缺口。

由于高端复合型人才不足，国内视效公司会存在互相挖角的状况，游戏公司也会来抢夺“艺术家”。随着行业内人员跳槽薪金水涨船高，人力成本的不可控性与人才流失，也成为导致市场混乱的原因之一。

四　思考与对策

我国电影后期制作产业，在发展硬件的基础上，也要加强自身的软实力建设。加快调整发展思路，转变发展方式，在工业体系建设、原创技术研发、制作流程优化、自主工具软件开发、复合型人才培养等领域实现突破，以适应新时代电影强国建设的发展需求。

1. 加快电影工业化体系建设

现阶段，中国后期制作公司的生存状态普遍不容乐观，加快电影工业化体系建设有助于维持产业良性发展。影视后期制作公司，特别是视效公司的盈利底线至少要保证在35%左右，但在国内公司中，这一比例很难达成。由于中国后期制作中存在众多不可控因素，项目超期超支现象较为普遍，无形中增加了企业的经营压力。

而电影后期制作成本的可控性，需要有一套较为完整的制作基础与行业规范支撑，因此建立健全电影技术工业体系势在必行。在电影大制作中，后期前置的作业方式促使导演与视效总监在项目前端就要制订计划，制作周期安排更为缜密，尽量将不可控因素控制在10%左右的可承受范围内，确保操作最终可控。如果补做镜头过多，制作公司的话语权也要通过合同保证自己的权益。

另外，在电影产业全球化、电影制作分工专业化的今天，加快电影工业化体系建设，对电影制作整体流程进行科学性规划与有效性规范，制定后期制作、特效制作、母版制作等一系列相应的电影制作技术标准，实施影片质量监控与流程优化，也有助于中国电影提质升级。

2. 加强技术研发，提高核心竞争力

随着电影摄制手段趋于多元化，计算机视觉的应用愈加广泛，4K、8K、3D、4D、IMAX巨幕、高帧率（HFR）等新技术不断创新着电影视觉表达方式。电影制作呈现出技术性、交互性、多元化、网络化、虚拟化、融合化等新特点。

提高电影后期制作产业的核心竞争力，就是要在顺应电影技术潮流的基础上，在原创技术研发、视效工具软件自主开发、特效插件开发、制作流程优化控制等方面下功夫，实现技术研发与艺术创作的无缝衔接和相互促进。

影视后期公司掌握了核心技术，可以有效缓解因为人员流动导致的竞争力下降问题。在国外一线视效公司的成功经验中，都会将

自主研发能力作为自己的金字招牌之一。我国也有越来越多的后期制作企业开始重视技术的研发工作。中影数字制作基地建立了科技中心。天工异彩专门设立研发部门,在专利开发和效果插件研发上投入,以提高公司的竞争实力。

另外,电影后期制作公司也可以积极开拓其他领域的服务内容,增加盈利,提升与其他行业的契合度,增强公司的可持续发展能力。诺华视创已在积极布局,将 3D 扫描技术应用于军用、民用领域。

3. 加强政府扶持,完善行业规范

在中国电影后期制作产业,后期制作公司需要有大量影片积累技术经验,锻炼磨合团队,需要良性的市场运作机制与相应的奖励机制,鼓励其在原创技术开发上做出成绩。无论是针对行业现状还是市场要求,提升自主研发水平,增强行业核心竞争力,都需要国家出台一定的相关产业扶植政策。

目前,针对中国电影后期制作技术部分的税后优惠十分有限。适当的优惠政策和激励机制,有助于减轻企业经营压力,提升国内企业的海外竞争力。同时,对引进人才方面给予绿灯政策,这对我国电影后期制作行业的发展大有益处。另外,电影技术领域与其他技术领域的融合,也需要一定的政策鼓励。

除了政府扶持,业界同行公司还需要增强凝聚力,组织行业协会,完善行业规范。目前缺乏国家扶持的行业协会,只有企业间自己联手建立的产业联盟。天工异彩、视点映画和 BASE FX 等国内一线视效企业携手华夏幸福基业联合发起成立了中国后期产业联盟,涵盖了特效制作、后期剪辑、声效制作、动画制作、3D、软硬件设备、培训

教育等领域,为整合行业资源,推动中国影视后期特效产业发展作出努力。

为遏制严重超期、超支的问题,我国也亟待完善完片担保制。同时,电影相关金融服务业的建设也有待完善。

4. 产学研结合,培养复合型高端人才

2017年底,国务院办公厅发布了《关于深化产教融合的若干意见》,《意见》指出:"深化产教融合,促进教育链、人才链与产业链、创新链有机衔接,是当前推进人力资源供给侧结构性改革的迫切要求,对新形势下全面提高教育质量、扩大就业创业、推进经济转型升级、培育经济发展新动能具有重要意义。"

加强产学研结合,有助于搭建起一座学界与业界的沟通桥梁,后期制作公司与高校、科研机构之间所学、所用不至于脱节。更有针对性的复合应用型人才培养,还能遏制行业人才流失现象,增强企业活力,提升行业竞争力。

2019 年度优秀文艺评论

周立波："伟大的艺术家是时代的触须"

孟繁华

周立波是一位跨时代的作家，也是百年中国新文学史上有重要影响的作家。他1979年逝世之后，周扬在1983年2月7日的《人民日报》上发表了《怀念立波》一文。周扬说："在各个历史阶段中，都可以看出他的创作步伐始终是和中国革命同一步调的。他的作品在一定程度上表现了中国革命发展道路的巨大规模及其具有的宏伟气势。如果说他的作品还有某些粗犷之处，精雕细刻不够，但整个作品的气势和热情就足以补偿这一切。他的作品中仍然不缺少生动精致、引人入胜的描绘。作者和革命本身在情感和精神上好像就是合为一体的。"正是在这个意义上，"立波首先是一个忠诚的无产阶级革命战士，然后才是一个作家。立波从来没有把这个地位摆颠倒过"。周扬的这一评价，虽然不是"盖棺论定"，但至今仍然可以被看作是我们评价周立波革命生涯和文学创作的重要依据。

一

周立波初登文坛时，主要从事文学翻译和文学评论的工作，他在二十世纪三十年代左联时期起就写了大量的文艺理论文章，积极地宣扬和阐发“新的现实主义”创作方法，强调文学的“思想性”和“理想特征”。在《文艺的特性》一文中，周立波说：“情感的纯粹的存在是没有的，感情总和一定的思想的内容相连接……一切文学都浸透了政治见解和哲学思想……就是浪漫主义也都深深浸透着政治和哲学的思想。”在《文学中的典型人物》一文中，他强调：“最重要的，是伟大的艺术家，不但是描写现实中已经存在的典型，而且常常描绘出正在萌芽的新的社会的典型……伟大的艺术家是时代的触须，常常，他们把那一代正在生长的典型和行将破灭的典型预报给大众，在这里起了积极地教育大众、领导大众的作用，而文艺的最大的社会价值，也就在此。”另一方面，周立波同样重视浪漫主义对于文学创作的作用，他认为“幻想”的介入对于现实主义具有独特价值，他在《艺术的幻想》一文中谈道：“在现实主义的范围中，常常地，因为有了幻想，我们可以更坚固地把握现实，更有力地影响现实……一切进步的现实主义者的血管里，常常有浪漫主义的成分，因此，也离不了幻想……进步的现实主义者不但要表现现实，把握现实，最要紧的是要提高现实。”从这些理论表述中我们可以明确感受到，周立波虽然一直对文学的现实主义理论情有独钟，但是他并不排斥浪漫主义，他甚至认为浪漫主义是“提高现实”的有效手段。在这样的文学思想里我们可以看到,周立波的现实主义不是封闭的现实主义,而是一个开放的、可以吸纳其他艺术手法的创作方法和文学观念。

周立波这样的理论视野的形成,与他的文学修养有着直接的关系。我们知道,在周立波的文学生涯中,从 1940 年到 1942 年的两年间,他曾在延安鲁迅艺术学院讲授"名著选读"课程。延安时期的鲁艺,文学资料的匮乏和教学条件的简陋是不难想象的,但是周立波在鲁艺不仅讲授了鲁迅的《阿 Q 正传》和曹雪芹的《红楼梦》,更重要的是,他还先后讲授了高尔基、法捷耶夫、普希金、莱蒙托夫、果戈理、托尔斯泰、屠格涅夫、陀思妥耶夫斯基、契诃夫以及歌德、巴尔扎克、司汤达、莫泊桑、梅里美、纪德等俄苏和欧洲十九世纪的重要作家。有了周立波的课程,延安鲁艺的文学授课就有了世界文学的视野。而这些无论是欧洲十九世纪的文学大师,还是俄苏的文学大师,对周立波的文学观念显然都有潜移默化的影响。周立波在鲁艺讲授"名著选读"课,是在毛泽东《在延安文艺座谈会上的讲话》和延安整风运动之前,但是在这些名著的讲授和分析中,几乎随处都可以看到他在左联时期就已经具有的革命文艺的思想和观点。他在分析托尔斯泰晚年宿命论的思想时说:"为了他的永久的宗教的真理,他要创造永久的人性。然而永久的人性是没有的,延安的女孩们,少妇们,没有安娜的悲剧。"他在分析莫泊桑的《羊脂球》时谈道,大艺术,一定要积极地引导读者,一定不是人生抄录,而是有选择、剪裁,因为"实际的不是真实的","而我们更不同于莫泊桑,不但要表现按照生活本来的样子,而且要表现按照生活将要成为的样子和按照生活应该成为的样子,因为我们改造人的灵魂的境界"。这些,林蓝先生在校注《周立波鲁艺讲稿》的附记中有详细的归纳和总结。

当然,对周立波影响最大的,还是毛泽东《在延安文艺座谈会上的讲话》,毛泽东的文艺思想一直是周立波文学创作的指导思想。周立波1942年参加了延安整风运动,1946年参加了东北的土地改革运动,1948年完成了长篇小说《暴风骤雨》。1951年2月,他曾到北京石景山钢铁厂深入生活,试图描绘社会主义工业建设的宏伟蓝图,创作了反映钢铁工人生活的长篇小说《铁水奔流》。1955年冬,周立波回到故乡湖南益阳县农村安家落户,与农民生活在一起,并经历了农业合作化运动的全过程,他的创作又一次转向了农村题材。其间先后发表了富有乡土情调和个人艺术风格的短篇小说《禾场上》《腊妹子》《张满贞》《山那面人家》《北京来客》《下放的一夜》等,1960年结集为《禾场上》出版。

二

周立波反映故乡农村生活的短篇小说,在二十世纪五十年代的环境中应该说是很有特色的。他的创作实践,无意中在“乡土小说”和“农村题材”之间建构起自己的艺术空间。也就是说,在某种程度上,周立波接续了乡土小说的脉流,试图在作品中反映并没有断裂、仍在流淌的乡村文化。同时,我们在其中也可以看到,在新的历史环境中,农村巨大的历史变化和新的文化因素已经悄然地融进了中国农民的生活。

《禾场上》的场景是南方农村夜晚最常见的场景,劳作一天之后的乡亲,饭后集聚在禾场上聊天。“禾场”既是娱乐休闲的“俱乐部”,也是交流情感、信息的“公共论坛”;既是一种乡风乡俗,也是乡村一道经年的风景。作家将目光聚焦于“禾场上”,显示了他对家乡生活风俗的熟悉和亲切。禾场的“公共性”决定了聊天的内容,在天气和农事的闲谈中,人们对丰收的喜悦溢于言表,但也有对成立高级社的某些顾虑。工作组长邓部长以聊天的形式解除了农民的隐忧,表现出他的工作艺术和朴实、细致的工作作风。小说几乎没有故事情节,但“禾场”营造了一种田园气息和静谧气氛。小说在情调上与乡土小说确有血脉关系。小说以简洁的笔触生动地勾勒出脚猪老倌王老二、赖皮詹七、王五堂客等人物形象,显示了作家驾驭语言的杰出能力。

《山那面人家》是周立波的名篇,曾被选入不同的选本和课本。小说选取了一个普通人家婚礼的场景和过程,并在充满了乡村生活气息的描述中,展示了新生活为农村带来的新的精神面貌。婚礼的场景决定了小说轻松、欢乐的气氛,但作家对场景的转换和处理,不经意间使小说具有了内在的节奏和张弛有度的效果。新娘、新郎、兽医的形象在简单的白描中跃然纸上。唐弢评论周立波的这些短篇时认为,它具有“生活的真实”和“感情的真实”。“就《禾场上》和《山那面人家》《北京来客》三篇而论,我们可以清楚地看出,作者是有意识地在尝试一种新的风格:淳朴、简练、平实、隽永。从选材上,从表现方法上,从语言的朴素、色彩的淡远、调子的悠徐上,都给人一种归真返朴、恰似古人说的‘从绚烂到平淡’的感觉。”周立波的短篇小说,在他的时代建立起了自己的风格,这就是:散文化、地域特征和不那么阳刚的语言风格。

1956 年至 1959 年,周立波先后写出了反映农业合作化的长篇小说《山乡巨变》及其续编。作品叙述的是湖南一个偏远山区——清溪乡建立和发展农业合作社的故事。正篇从 1955 年初冬青年团县委副书记邓秀梅入乡开始,到清溪乡成立五个生产合作社结束。续篇是写小说中人物思想和行动的继续与发展,但已经转移到成立高级社的生活和斗争当中。在当时的历史语境中，周立波也难以超越阶级斗争、路线斗争的写作模式，这当然不是周立波个人的意愿，在时代的政策观念、文学观念的支配下，无论对农村生活有多么切实的了解，都会以这种方式去理解生活。这是时代为作家设定的难以超越、不容挑战的规约和局限。

即便如此，《山乡巨变》还是取得了重要的艺术成就。这不仅表现为小说塑造了几个生动、鲜活的农民形象，对山乡风俗风情淡远、清幽的描绘，而且显示了周立波所接受的文学传统、审美趣味和属于个人的独特的文学修养。小说中的人物最见光彩的是盛佑亭，这个被称为“亭面糊”的出身贫苦的农民，因怕被人瞧不起，经常性地吹嘘自己。他心地善良，同时又有别人不具备的面糊劲儿，他絮絮叨叨，爱占小便宜，经常贪杯误事，爱出风头，既滑稽幽默又不免荒唐可笑。他曾向工作组的邓秀梅吹嘘自己“也曾起过几次水”，差一点成了“富农”，但面对入社，他又不免心理矛盾地编造“夫妻夜话”；他去侦查反革命分子龚子元的阴谋活动，却被人家灌得酩酊大醉；因为贪杯，亏空了八角公款去大喝而被社里会计的儿子给“卡住”……这些细节都生动地刻画了一个典型的乡村小生产者的形象，这一形象是当时中国农村普遍的、具典型意义的形象。当时的评论说：“作者用在亭面糊身上的笔墨，几乎处处都是‘传神’之笔，把这个人物化为有血有肉的人物，声态并作，跃然纸上，真显出艺术上锤炼刻画的功夫。亭面糊的性格有积极的一面，但也有很多缺点，这正是这一类带点老油条的味儿而又拥护社会主义制度的老农民的特征。作者对他的缺点是有所批判的，可是在批判中又不无爱抚之情，满腔热情地来鼓励他每一点微小的进步，保护他每一点微小的积极性，只有对农民充满着真挚和亲切的感情的作者，才能这样着笔。”

其他人物，像思想保守、实在没有办法才入社的陈先晋；假装闹病、发动全家与"农业社"和平竞赛，极端精明、工于心计的菊咬金；不愿入社又被反革命分子利用的张桂秋；好逸恶劳、反对丈夫热心合作化而离婚，又追悔莫及的张桂贞等，都塑造得很有光彩。但比较起来，农村干部如李月辉、邓秀梅以及青年农民如陈大春、盛淑君等，就有概念化、符号化的问题。当时的评论虽然称赞了刘雨生这个人物，但同时批评了作品"时代气息"不够的问题，认为："作为一部概括时代的长篇小说，《山乡巨变》对于农业社会主义改造这一历史阶段中复杂、剧烈而又艰巨的斗争，似乎还反映得不够充分，不够深刻，因而作品中的时代气息、时代精神也还不够鲜明突出。"不够鲜明突出的主要问题是："没有充分写出农村中基本群众（贫农和下中农）对农业合作化如饥似渴的要求，也没有充分写出基本群众在党的坚强领导下，在斗争中逐步得到锻炼和提高，进一步自己解放自己，全心全意为集体事业奋斗到底的革命精神。"这一批评从一个方面表达了那个时代的文学观念，同时从中也可以看到作家在实践中的勉为其难。作品中"先进人物"或"正面人物"难以塑造和处理的问题，其实已经不是周立波一个人遇到的问题。

三

周立波自己在谈到作品人物和与时代关系时说："这些人物大概都有模特儿，不过常常不止一个人……塑造人物时，我的体会是作者必须在他所要描写的人物的同一环境中生活一个较长的时期，并且留心观察他们的言行、习惯和心理，以及其他的一切，摸着他们的生活规律，有了这种日积月累的包括生活细节和心理动态的素材，才能进入创造加工的过程，才能在现实的坚实的基础上驰骋自己的幻想，补充和发展没有看到，或是没有可能看到的部分。”但他同时又说，“创作《山乡巨变》时我着重地考虑了人物的创造，也想把农业合作化的整个过程编织在书里……我以为文学的技巧必须服从于现实事实的逻辑发展”。在这一表述里，我们也可以发现作家自己难以超越的期待：他既要“服从于现实事实的逻辑发展”，又要“把农业合作化的整个过程编织在书里”。这是一个难以周全的顾及：按照服从于现实事实的逻辑发展，周立波塑造了生动的亭面糊等人物形象，这是他的成功；但要把合作化的整个过程编织在书里，尽管他已经努力去实践，但由于流行的路线政策的要求，他难免会受到时代气息和时代精神不够的批评。

这是一个难以两全的矛盾。但是如果还原到具体的历史语境，可以说，周立波的创作，由于个人文学修养的内在制约和他对文学创作规律认识的自觉，在那个时代，他是在努力地寻找一条属于自己的道路：他既不是走赵树理及“山药蛋”派作家的纯粹“本土化”，在内容和形式上完全认同于“老百姓”口味的道路，也区别于柳青及“陕西派”作家以理想主义的方式，努力塑造和描写新人新事的道路。他是在赵树理和柳青之间寻找到“第三条道路”，即在努力反映农村新时代生活和精神面貌发生重大转变的同时，也注重对地域风俗风情、山光水色的描绘，注重对日常生活画卷的着意状写，注重对现实生活人物的真实刻画。也正因为如此，周立波成为现代“乡土文学”和当代“农村题材”之间的一个作家。

2018年是周立波先生110周年诞辰，谨以此文向他卓越的文学成就表达诚挚的敬意和缅怀。

与AI的角力

——一份诗学和思想实验的提纲

杨庆祥

一

我愿意再次提及福斯特在《小说面面观》里面的一个天才创意。福斯特是这么设计的，他让不同时代的伟大作家都隐去身份，然后坐在一个圆形房间里同时写作，最后当他们交出作品的时候，福斯特的结论是：我们发现这些作家虽然属于不同的时代和阶层，但是在小说的写作方面却有“通感”。福斯特的这个创意是为了佐证他的“艺术高于历史”的观点，他认为艺术可以战胜“年代学”并有其自身的法则，但是即使在这样斩钉截铁的观点的背后，他也依然充满了矛盾，他发现这些作家依然通过其写作呈现了其强烈的个人性，而这种个人性又无法完全与其“年代学”进行切割。

如果将福斯特的这个设计进行小小的改造，这个方案就具有更多的意味,我们假设更多作家都在圆形房间完成了其作品,然后我们凭借其作品一一辨认出了这些作家——狄更斯和伍尔芙,托尔斯泰和歌德,奥登和策兰,李商隐和顾城……这个时候,当我们兴高采烈地请这些写作良久的作家们走出圆形房间时,出乎意料的事情发生了,我们发现走出来的并不是这些作家本人——而是一群长得一模一样的AI机器人。

也就是说,在二十世纪福斯特的圆形房间里,作家们的写作依然通过其个人性获得了辨认和区分度,作家与作品之间依然有一种无法切割的历史关联和美学关联;但是在二十一世纪的圆形房间里,这种情况可能被颠覆了,我们读到了一群AI写出来的作品,这些作品是非常"个人性"的——可以在风格学和修辞学上对位一个个作家,但是写作这些作品的人却是一个"非个性的"人工智能的存在。也就是说,作品是"个人的",但作家却是"同一个人",作品和作家之间的有机联系完全被切割开了。

如果这种情况出现了,是否意味着我们面临了一个新的界点,二十一世纪的福斯特的圆形房间类似于一个思想(写作)的实验——甚至可以媲美柏拉图的洞穴场景。那么,这意味着什么?这对我们时代的(诗歌)写作和思考提出了什么问题?

二

上述假设并非异想天开,也不是一时的心血来潮。如果我们对信息的遗忘没有那么快的话,应该还记得2016年最热门的话题之一是“人机之战”，即人工智能阿尔法狗战胜了数个国际一流的围棋高手，4∶1 胜李世石，3∶0 胜柯洁。虽然自此以后谷歌公司宣布阿尔法狗不再参加类似比赛，并随后解散了其运营团队，但是这一事件却构成了自启蒙运动以来最重要的一次人类挫折——作为人类文明和智慧标志之一的围棋，被 AI 击败了。但是，在对机器人的热捧中，还有一些坚守着人文主义立场的知识者对此抱有怀疑态度，认为一种基于“计算”的围棋比赛的失败并不能代表着人文传统的失败，至少，代表了人类智慧和文明的最高级的产物——语言，还没有被 AI 掌握。语言，似乎成了人类文明最后的一座庇护所——似乎可以在极其表面的意义上印证了海德格尔的那句名言：语言是人类的家，诗人是其守门人。

科幻作家首先敏感地意识到了这一事实，以语言的“习得”和“交流”为书写题材的科幻作品这些年层出不穷，美国作家特德姜在 2017 年推出了其重要的作品《你一生的故事》，后来改编成电影《降临》全球公映。这部小说写的是女工程师如何习得了外星人“七肢桶”的语言，并以此规避了人类语言给人类自身带来的桎梏。而在另一位华裔美籍作家刘宇昆——他同时也是杰出的翻译者，将《三体》等中文作品翻译成了英文——短篇小说《思维的形状》里面也试图探讨语言的边界，在他的笔下，存在着一种透明化的语言，即一个物种“他的全部身体都是语言”，而不是仅仅限于基于声音的语音和基于符号的文字。

无论是外星人学习人类的语言还是人类学习外星人的语言，这都暗示了一种“语言至上主义”。从本质上说，这依然没有摆脱人文主义的传统，我自己也深陷这种传统的知识型之中，我记得在 2016 年《诗刊》社举办的年度批评家论坛上我曾经如此发问：

在过去的几周,人类陷入一种焦虑,阿尔法狗战胜了李世石。有一种评论认为,这是人工智能对人类智慧和哲学的胜利。

阿尔法狗会写诗吗?或者说,阿尔法狗可以写出一首伟大的诗歌吗?

我不能回答这个问题。因为以阿尔法狗为代表的基于理性和计算的技术文明已经胜利了两个多世纪,而且将继续胜利更多的世纪。

在一首以代码写就的诗歌和一首以痛苦的人心写就的诗歌之间,我们选择站在哪一边?

在一种自动化的机器语言和一种以爱与美为蕴藉的人类语言之间,我们选择站在哪一边?

我那时候的言下之意是,阿尔法狗固然可以"习得"围棋这一技艺,却难以"习得"诗歌这一人类语言复杂的综合体。但是很明显,我的这一判断失误了,因为几乎在阿尔法狗带有轻蔑意味地退出围棋赛场的同时,由微软公司开发的另一个AI——小冰,开始"写诗"了。在最开始的阶段,根据微软公司的相关工作人员介绍,小冰"学习"了几十位中国现当代诗人的诗歌,然后创作出了第一批诗歌,这一批诗歌很容易辨别出来,结构不完整、情绪不连贯、语言生搬硬套。比如这一首:

雨过海风一阵阵
撒下天空的小鸟
光明冷静的夜

太阳光明
现在的天空中去
冷静的心头
野蛮的北风起
当我发现一个新的世界

但是在经过对更多的诗人诗作进行学习后——据相关媒体报道,小冰一次学习的时间只需0.6分钟——我非常惊讶地发现,小冰的诗已经很难被辨认出来,比如下面发表在《青年文学》上的两首诗:

三

滴滴答答
在这狭小的时间的夹角
神秘的幻影在这时幽闭
海水愈以等待
我在公路旁行走
远方抖动着
烁烁的灯光
然后羊会回来

五

隔着桌子
阳光晒我的手指
我的每一个愉快动作

都听我诉说虚无时间的感受
你必然惊异
泥土和种子的沉默
所以它在那里
在爱
我梦见了一棵开花的苹果树
什么颜色的花都有
一个人伫立在风中
等待大地上的灾难

如果抹去小冰的名字,我们完全可能认为这是一首由死去的或者活着的诗人写作出来的诗,这个诗人可能是戴望舒、徐志摩,也可能是你或者我。

三

AI 写的诗是“诗”吗？这个问题类似于问,机器人是人吗？或者稍微退一步,机器人有自我意识吗？——早在 2013 年,在中国人民大学举行的一次哲学会议上,这就是一个重要的议题。也就是说,这个提问已经跨出了传统文学的边界,涉及对“人”的重新认知和界定。如果我们暂时搁置这种类似于“天问”的提问,从相对“保守”一点的角度来看待小冰写诗这一“事件”,即使是在纯粹诗学的范畴内,这依然构成了一个迫切甚至是对整个诗歌史的提问。

对于小冰的诗歌写作,即使出于商业化和资本化目的的微软公司设计师,也会“弱弱”地承认其“模仿”的属性,更不用提恪守传统知识型的读者和研究者了,我目前看到的有限的几篇文章,几乎都在指责小冰的写作是一种“仿写”,是一种“物”的游戏,而非一种属人的创造。我们姑且不谈模仿、仿写本身就是一种创造。就算承认模仿、仿写是“低一级”的写作,关键问题是,为什么我们会觉得小冰模仿得这么“像”? 这么“真”? 这么“富有诗意”? 也就是说,在以“假”仿“真”的过程中,“真”也变得“假”起来了。这么说好像太过于诡辩,我的意思是,从接受美学的角度看,如果我们觉得小冰的诗歌有某种徐志摩、戴望舒、顾城、海子等诗人的“味道”,那恰好意味着,徐志摩、戴望舒、顾城、海子等诗人所塑造的诗歌美学——在大众的意义上被认为是一种诗意——已经成为一种常识性的审美,并构成了一个普遍的标准。

更进一步说,如果说真正的诗人的写作是一种“源代码”的话,那么,经过近一百年的习得和训练,这一“源代码”已经变成了一种程序化的语言。既然我们可以通过“学习”相关诗人的作品获得创作的训练,并写下一首首诗歌,那么小冰不过是以更快、更强的“学习”能力获得了更多甚至更好的训练,那为什么我们依然很难承认小冰写的是“诗歌”? 如果我们不承认小冰写的是诗歌,是否意味着我们也可以承认我们经过“学习”和“训练”后写下的“诗歌”不是诗歌? 或者,至少要在这些诗歌后面打上一个小小的问号? 在这个意义上,我们又怎么来理解一百年以来的新诗传统,理解它在当下的自我复制、自动化和程序化,以及导致的严重的诗歌泡沫。

四

我想强调的是，我个人的智慧并不能对AI的写作进行“真假”判断。我在另一篇文章中曾经想象很多年后，绝大部分的文艺作品都将由AI来完成。但在此时此刻，我将暂时中断我的未来学想象，而是讨论一个更具体的当下问题——我们时代的诗歌写作是不是已经变得越来越程序化，越来越具有所谓的“诗意”，从而在整体上呈现出一种“习得”“学习”“训练”的气质？我们是不是仅仅在进行一种“习得”的写作，而遗忘了诗歌写作作为“人之心声”的最初的起源？

根据宇文所安在《中国“中世纪”的终结》里面的研究，大概在九世纪，中国的诗学系统有一次重要的转型：

> 到了九世纪，诗可以被视作某样被构筑出来的东西，而不是一种自然的表达，且诗中所再现的是艺术情境而不是经验世界的情景……我们又看到诗作为有待锻造和拥有之物，作为想象出来的而又是具体可感的构造，毫不逊色于微型园林。

有意思的是，这一从“内在冲动”向“技艺”的转型居然在西方现代诗歌里面找到了悠远的回声，艾略特在《传统与个人才能》中就认为诗人只有在写作的时候才是一个诗人……他只有放弃自我（的内在冲动），通过对传统的研习和加入才可能完成诗歌写作：

> 诗人没有什么个性可以表现，只有一个特殊的工具，只是工具，不是个性，使种种印象和经验在这种工具里用种种特制的意想不到的方式来结合。

这两种诗学观念，虽然前者属于古典时期，后者属于我们所谓的现代，但却分享着一个共同的观念，那就是将诗歌写作从具体鲜活的个人经验和个人冲动——同时也就是当下性的经验中——剥离出来，认为存在一种恒久不变的“传统”和“法则”，并通过“习得”来完成写作的延续。这导致了两种诗学后果，一种后果是“技艺至上”主义，对形式和修辞极端强调，并将“苦吟”作为一种典范的诗人形象。这种“技艺主义”更是通过启蒙时代以来开启的技术主义，不断扩张、越界，最后成为垄断性的认知模式和观念模式，最终，在现代的语境中，文学变成了写作——一种更强调技艺和习得的表达方式。另一种后果是诗歌和诗人之间产生一种脱落，诗歌不再与诗人之间产生一种严格的对位，当技巧和习得成为一种普通的认知结构后，那种“内在性冲动”的神秘感和仪式感消失了，诗歌于是变成了“作诗”“填词”，即在既有法则中进行语词的游戏。

五

“五四”新诗革命正是对上述诗学观念的一种反抗和解放。陈独秀 1919 年发表《文学革命论》一文的核心主张是：

推倒雕琢的、阿谀的贵族文学，建设平易的、抒情的国民文学；

推倒陈腐的、铺张的古典文学，建设新鲜的、立诚的写实文学；

推倒迂晦的、艰涩的山林文学，建设明了的、通俗的社会文学。

新诗从形式上反对旧体诗的格律、平仄，强调诗体大解放；在文字上反对用典，强调用俗语俗字；在内容上反对文以载道，强调直抒胸臆。其目的，正是要将诗歌写作从已经高度秩序化和体制化，因此也是高度自动化和程序化的诗歌传统中解放出来，重新建构诗人和诗歌之间的有机联系，从而恢复诗歌写作应有的高度的个人性和历史性——也只有在这个文化谱系中，我们才能理解郭沫若和天狗、艾青和火把、戴望舒和雨巷、徐志摩和康桥之间的对位，这些对位是诗歌作为“内在性冲动”的美学表现，它们在其历史语境中是鲜活的、具体的，因而是带有仪式色彩的原创性的创作。

如此看来，我们今天重新面临一个“五四”的命题，也就是经过近百年的发展演变，我们的新诗传统实际上已经变成了一种高度秩序化的存在。小冰的写作就类似于古典时代的填词游戏——只不过更快、更高、更强——但是，它是一种缺乏“对位”的匮乏的游戏，小冰的写作不过是当代写作的一个极端化并提前来到的镜像。在这个意义上，当下写作正是一种“小冰”式的写作——如果夸张一点说，当下写作甚至比小冰的写作更糟糕，更匮乏。如果我们对这种自动的语言和诗意丧失警惕，并对小冰的“习得”能力表示不屑的时候，也许有一天就会发现，小冰的写作比我们的写作更“真”，更富有内在的冲动。

而我们当下的诗歌写作,却变成了一段段分行的苍白语词。

这么说并非危言耸听。我们当然可以举出很多当代优秀的诗歌和优秀的写作者来证伪我的观点。毫无疑问,我承认在任何时代都会有杰出的写作者,挑战秩序并获得自我,比如在"玄言诗"一统诗坛时期的陶渊明。但是,我并无意指责一个个具体的诗人个体,我反思的是作为一种整体的诗学观念和文化结构。在这样的文化结构和诗学观念中,写作成为一种"新技术"——也就是可以有标准,可以进行批量生产,获得传播,并能够在不同的语种中进行交流。与此同时,写作的秘密性、神圣感和仪式氛围被完全剥夺了。写作成为一种可以进行商业表演和彩票竞猜的技术工种。

因此应该逆流而上,重新在诗歌和"人"之间建立有机的联系。正如宇文所安所言:

> 中国传统中最为古老且最具权威性的各家诗学,都坚持诗歌创作的有机性。无论怎样认识文本之后的动力——是道德风尚、宇宙进程、个人感受,抑或是三者之间的某种结合——都被认为是自然的,而不是从有意的技巧中产生。

一首诗歌呈现的是一个人的形象。而这个人,只能是唯一的"这一个","五四"新文化全部的命题其实只有一个:立人。在一百年后我们回溯这个传统,发现这依然是一个根本的、核心的命题。

立人——人正是在不同的偶像前才得以创建自己的形象。上帝之前是木偶,上帝之后是 AI。圣经里有一个著名的"雅各的角力"故事,雅各与天使角力了一夜,最后胜利了,我并不认为这是人和天使之间的角力,而是人类自身的角力。人类与 AI 同样如此,首先是人类自己的角力——不做“假人”,要做“真人”——这个时候,一种新的原始性就被创建出来了。当然,要获得这种原始力,就必须占有全部的时代、废墟和历史的心碎。

不废江河万古流

——杜甫诗歌对新诗的启示

师力斌

新世纪初，诗人王家新曾说："这时再回过头来重读杜甫、李商隐这样的中国古典诗人，我也再一次感到二十世纪的无知、轻狂和野蛮。我们还没有足够的沉痛、仁爱和悲怆来感应这样的生命，就如同我们对艺术和语言本身的深入还远远没有达到他们那样的造化之功一样……我们的那点'发明'或'创新'，从长远的观点来看，也几乎算不了什么。"

我特别认同王家新"回过头来重读杜甫"的说法。"古来磨灭知几人，此老至今元不死"，宋代陆游说出了诗人的一个重要心理，杜甫仍活在许多诗人的心中。除了大量旧诗界的"杜粉"，新诗界的"杜粉"也不在少数。

二十世纪二十年代，诗人李金发表达过这样的想法："余每怪异何以数年来关于中国古代诗人之作品，既无人过问，一意向外采辑，一唱百和，以为文学革命后，他们是荒唐极了的，但从无人着实批评过,其实东西作家随处有同一之思想,气息,眼光和取材,稍为留意,便不敢否认,余于他们的根本处,都不敢有所轻重,惟每欲把两家所有,试为沟通,或即调和之意。”李金发这种想法不知道多少新诗人有过,但没有真实表达过。“五四”以后,新诗好不容易从古诗樊笼中挣脱出来,说再见还来不及呢,哪有心思再谈旧诗,特别是再谈旧诗的“总头目”杜甫。仔细阅读就会发现,百年新诗有一个“避杜”情结。新诗人中,学李白者有之,学李商隐者有之,学温庭筠、陶渊明、王维、姜夔者皆有之,唯独少谈或不谈杜甫。冯至热爱杜甫,可是从冯至一生的诗歌创作中,很难感受到杜甫诗艺的影响。闻一多崇拜杜甫,本来最有希望在继承传统和吸收外来方面获得新诗现代性的平衡,并结出大成果,却选择了一条颇为可疑的道路:回到格律诗。我个人认为,闻一多学杜甫、学古典,非但没有学对,反而学偏了。他仅仅看到了形式规范、法度森严的杜甫,没有看到天马行空、自由自在的杜甫。这不能不说是新诗继承传统的一个偏差。

杜甫为新诗准备了丰富而珍贵的藏品,百年来鲜有用者,殊为可惜。在我看来,百年中国新诗史上有些问题反复出现,或许杜甫的诗歌能给予启发。

一 诗与好诗

人间要好诗。诗可以没有标准,但好诗一定要有标准,尽管这种标准是相对的,历史化的。口水诗,“乌青体”,相当数量的“梨花体”,绝大多数的网络诗歌,可以叫诗,但不能叫好诗,因为诗圣杜甫正以穿透历史的眼光看着我们。

胡适在《谈新诗》一文中提到“好诗”概念:“凡是好诗,都是具体的;越偏向具体的,越有诗意诗味。凡是好诗,都能使我们脑子里发生一种——或许多种——明显逼人的影像。这便是诗的具体性。”他举了几个例子,“绿垂风折笋,红绽雨肥梅”“芹泥随燕嘴,蕊粉上蜂须”“四更山吐月,残夜水明楼”,都是杜甫的诗句。他还特别表扬了杜甫《石壕吏》“寥寥一百二十个字,把那个时代的征兵制度、战祸、民生痛苦,种种抽象的材料,都一起描写出来了,这是何等具体的写法!”新诗中好诗的例子,胡适又举沈尹默两首作比,认为《赤裸裸》“是一篇抽象的议论,故不成为好诗”,而《生机》“是一个很抽象的题目,他却能用最具体的写法,故是一首好诗”。

胡适提出的“好诗”概念值得重视。从他反复以杜甫为例就能看出,他心目中的好诗标准就是杜甫的诗。胡适之前,千年历史中,一大批诗人都持这样的态度,从元稹、白居易,到韩愈、李商隐,再到苏轼、王安石、黄庭坚以及江西诗派,到南宋文天祥,元明清诸诗人,一边倒地认同杜甫。近现代以来,从康有为、梁启超、陈独秀、钱锺书,到叶嘉莹、吴小如等学者,以及洪业、宇文所安等海外汉学家,也全部认同杜甫。这个名单可能是比任何一个文学评委会、专家委员会都要权威十倍的阵容。

我们不要求一首新诗像杜甫其诗那样格律严谨、形式整齐,但可以对照其思想境界的高下,可以对照诗歌技术的优劣。杜甫有宏阔的宇宙意识,新诗有没有?杜甫有浓重的家国情怀,新诗有没有?杜甫有深切的人道主义和草根情结,新诗有没有?杜甫每诗必炼字,用字精当新奇恰切,新诗有没有?杜甫有非常精炼的句子,新诗有没有？杜甫有高妙的时空技术，新诗有没有？如果说思想是虚幻的，思想境界无法复制，那么这些技术是硬指标，不可不谈。新诗绝不可拿新诗、旧诗的区别来搪塞。若言新诗无标准，只能说这样的论者坐井观天，底弱心虚。

二 正大与细小

新诗关于“大和小”的争论一再出现：新诗应该介入历史现实的“大”呢，还是独抒性灵的“小”？诗歌有宏大之美，也有细小之美。杜甫《登高》《江汉》《望岳》可谓宏大，《舟前小鹅儿》《客至》《见萤火》当属细小。他的诗，无论介入还是超脱，无论关心国家还是隐入山林，为何总令人感动？他是如何处理大与小的关系的？诗可以微小，细小，但不能狭小，渺小；诗可以重大，宏大，但不能空大，疏大。诗无论大小，都要植根于诗人自我的生命体验之上。

正大是杜甫诗歌的重要特点。他被称为“诗史”，就是因为与天下兴亡密切相关，写社稷安危的、天下大事的、皇帝大臣的、边关战事的，这些叙述不可谓不大，但又绝不超出他个人的生命体验。“国破山河在”“烽火连三月”大，但“泪”“心”“家书”“白头”“不胜簪”这些都是切切实实的小。杜诗不管走多远，看多广，探多深，最后都回落到灵与肉。他那些隐逸的、非介入的抒写，小黄鹅、小萤火、蚂蚁、桃树、古柏、新松，不可谓不小，但它们与诗人的生命密切联系在一起，物中有人，融入自己的感情，这是他能以小见大的秘密。因此，诗的大小并不以题材论。并非写民族、写国家、写社会、写世界就大，也并非写个人、写身体、写日常生活、写吃喝拉撒、写梦境幻想就小。诗的大小关键还在思想境界。

三 载道与言志

周作人在《中国新文学的源流》中将中国文学的传统分为载道派与言志派。新诗似乎有这样一个怪圈：载道就不可能言志，言志就会抵触载道。讲政治，艺术就会受影响；重艺术，政治就会退居一旁。杜甫则超越了这个怪圈，他的实践证明，对优秀诗人来说，载道并不必然影响言志抒情。载道是他骨子里的东西，与生俱来，每一首诗自然都是载道，所谓“每饭不忘君”“致君尧舜上”“虽乏谏诤姿，恐君有遗失”，并非咸吃萝卜淡操心，也并非故意而为，而是自然而然。新诗史上曾经提过“文章下乡，文章入伍”，有过“抗战诗”热潮，要求诗歌载道。于杜甫而言，他已经下乡，已经入伍，已经抗战。“三吏”“三别”和《北征》就是最好的抗战诗。于他而言，家国情怀就是他的个人情怀，个人感受就是他的天下感受，载道与言志，自然而然，没有冲突。杜甫诗歌的政治关怀只比一般诗人多，不比一般诗人少。叶嘉莹发现杜甫的道德感同“昌黎载道之文与乐天讽喻之诗的道德感不同”，韩愈、白居易“往往只是出于一种理性的是非善恶之辨而已；而杜甫诗中所流露的道德感则不然，那不是出于理性的是非善恶之辨，而是出于感情的自然深厚之情”。

杜甫诗歌的实践说明，载道是一种政治情怀。当诗人真正拥有了这种政治情怀，与言志的冲突自然就得到解决。只不过载道的难度要远远大于言志的难度，因为它要求思想更丰富，视野更开阔，思考和关心的问题更复杂，面对和处理的经验也更深广。处理一个时代的复杂心理远比处理一己之感受要困难复杂得多。

四　真实与时代

我经常会觉得许多新诗写得假——假隐士，假田园，假教徒，假美学。这些诗所呈现的时代感与我们这个时代脱节，不像现代，像古代；不像华北平原，像陶渊明的桃花源；不像道观庙宇里的高僧大德，倒像是书画店里急等顾客上门的文化掮客。

1917年，胡适在《历史的文学观念论》一文中提出："一时代有一时代之文学"，"此时代与彼时代之间，虽皆有承前启后之关系，而决不容完全钞袭；其完全钞袭者，决不成为真文学。"胡适对唐宋古文运动的理解，非常能帮助我们理解今天的文学。胡适指出，古文运动并非我们今天理解的古文，而是当时的新文学，"古文家又盛称韩柳，不知韩柳在当时皆为文学革命之人。彼以六朝骈骊之文为当废，故改而趋于较合文法，较近自然之文体。其时白话之文未兴，故韩柳之文在当日皆为'新文学'"。这个难度恐怕正像当下我们难以理解杜甫的七律正是唐代的新文学一样。胡适对李白、杜甫的七言歌行新体诗的肯定，也与我们今天的成见不同，"李杜之歌行，皆可谓创作"，"故李杜作'今诗'，而后人谓之'古诗'；韩柳作'今文'，而后人谓之'古文'"。我们今天该有多少人把杜诗看成"古诗"，而不敢看成"新诗"！

胡适批判"钞袭",否定了简单复古,指出了文学发展屡屡遭遇的困境。这个困境的实质是其时代性要求:文学的历史惯性必须适应新鲜生动的现实,文学内在的稳定性必须适应文学外部的变化。那么,手机时代呢,网络呢?若杜甫活着,该怎样写诗?

杜诗被称为"诗史",除了超强的技术,对时代的真实把握和丰富呈现是核心因素。诗贵真。新诗又何尝不该如此?

五　继承与创新

书法需要继承,绘画需要继承,戏剧需要继承,连建筑都需要继承,何况传统深厚的诗歌艺术。杜甫诗歌的成就是继承的结果。他继承了前人几百年的精华,这个功夫是千古以来公认的。李白戏言,"借问别来太瘦生,总为从前作诗苦"(《戏赠杜甫》)。元稹为杜甫撰写的墓志铭说杜诗"上薄风骚,下该沈宋,言夺苏李,气吞曹刘,掩颜谢之孤高,杂徐庾之流丽,尽得古今之体势,而兼人人之所独专",也就是说,杜甫把《诗经》《楚辞》以来的诗歌艺术精华吸收遍了。王安石说,李白诗只是"豪宕飘逸",至于杜诗,则有"平淡简易"的,有"绵丽精确"的,有"严重威武"的,有"奋迅驰骤"的,有"淡泊闲静"的,也有"风流蕴藉"的。这些都不是夸大的话。杜诗风格,确是"贺奇同癖,郊寒岛瘦,元轻白俗,无所不有"(《杜诗详注·诸家论杜》引明人王世懋语)。特别是在艺术技巧方面,杜甫总结了自《诗经》以来的一切重要的创作经验并有所发展。精研杜甫诗歌技术的台湾学者吕正惠说:"杜甫所活动于其中的盛唐是一个集大成的时代,集合了汉魏六朝诗人在诗歌形式与内容上的一切试验，而融合成一个整体。这种集大成的工作表现得最为具体的就是：在这个集大成的时代，出现了集大成的诗人，他的整体作品就是集大成的最好的例子，而杜甫正是这样一个集大成的诗人。”

杜甫这样的天才尚且如此注重学习前人，遑论我辈。对于新诗人而言，诗歌史了解多少，学习过哪些诗人的技巧，掌握了多少，这些问题应当成为问题。学习前人的诗歌技术，绝对是一门必修课。我相信天才，但不相信不学习、不继承的天才。优秀的诗人可以反对古典诗歌，但一定要明白古典诗歌的技术；可以看不上前人的成就，但一定要了解前人的成就。连古人创造了什么样的绝技都不知道，何言创新？

六　格律与自由

学习杜甫，须把他作为自由诗人，而非单纯的格律诗人。杜甫不仅善于继承、遵守严格的形式，而且善于创新、打破既有形式。

字数变幻莫测，无拘无束。许多歌行体，三言、五言、七言、九言错杂，有的一句多达十言：“君不见左辅白沙如白水，缭以周墙百馀里。”（《沙苑行》）《桃竹杖引，赠章留后》四言、七言、九言、十言、十一言并用，猛看上去，几乎就是一首新诗。

诗歌忌重字，杜诗故意用重字。“南京久客耕南亩，北望伤神坐北窗。”（《进艇》）“舍南舍北皆春水，但见群鸥日日来。”（《客至》）“汝书犹在壁，汝妾已辞房。”（《得舍弟消息》）

叠字是杜甫的长项,为杜诗一大特色。"时时开暗室,故故满青天。"(《月》)"年年非故物,处处是穷途。"(《地隅》)"湛湛长江去,冥冥细雨来。"(《梅雨》)"冉冉柳枝碧,娟娟花蕊红。"(《奉答岑参补阙见赠》)"农务村村急,春流岸岸深。"(《春日江村五首》其一)"野日荒荒白,春流泯泯清。"(《漫成二首》其一)据我粗略的估计,约四分之一的杜诗出现过叠字,量大惊人。

杜甫的用韵极其灵活自由。可以一韵到底,也可以转韵;可以很严格地用本韵,也可以宽松地用通韵。

体裁上,杜甫是先锋派。唐代五古上有所承,而七古、七律、七绝于当时则相当于现在的新诗,形式新颖。若无七言的创新,全是上承汉魏的五古,那么也就没有《秋兴八首》这样的绝作,没有《茅屋为秋风所破歌》中为"天下寒士"担忧的炽热情感。

题材上,杜甫更是领风气之先。学者葛晓音说:"杜甫的新题乐府借鉴汉魏晋古乐府即事名篇的传统,自创新题,不仅在反映现实的深度和广度上远远超过同时代诗人,而且在艺术上也极富独创性。"

在一些人眼中,诗歌散文化似乎是新诗的一大"罪状"。然而,从唐诗的历史来看,杜甫可谓是诗歌散文化的先行者和倡导者,开启了宋诗以议论为诗的先河。在杜甫的古风中,"有些句子简直就和散文的结构一般无二。尤其是在那些有连介词或'其、之、所、者'等字的地方",如"人有甚于斯,足以劝元恶"(《遣兴》),新诗人艾青、王小妮、臧棣的诗又何尝不是如此?臧棣诗句"森林的隐喻,常常好过/我们已习惯于依赖迷宫"是否神似杜甫的"人有甚于斯"?

百年新诗争论最大的就是自由与格律问题。我对杜诗和新诗研读的体会是,新诗一定要走自由的道路,决不能重回格律的老路。新诗一定是自由诗,好的自由诗一定要注重音乐性,音乐性绝不限于格律。

现代学者顾随说:“对诗只要了解音乐性之美,不懂平仄都没有关系。”钱基博说李杜之诗,“是律绝之极工者,不拘于声律对偶;而铿锵鼓舞,自然合节,所以为贵也”。这些都是内行话,讲出了诗歌音乐性的要害,更讲出了诗歌自由的根本重要性。

到二十世纪五十年代,那些受过“五四”影响的新诗人,几乎无一例外,全部走向了半格律化,以卞之琳、冯至、郭沫若、何其芳、艾青等为代表。百年新诗这一重要现象,不能不说是新诗思想史上的一个误区,即新诗的音乐性等同于格律。现在看来,新诗要发展,这个束缚首先应当挣脱。

百年新诗的音乐性形式已经有了丰富探索,取得了重大创新。主要有以下几方面:一、从单一格律向节奏、押韵、韵律、旋律等综合性、多样化发展。注重起伏、长短、节奏、韵律等综合性音乐性效果。二、突破了古典诗歌僵硬的句尾押韵模式,韵脚的位置更加灵活,形式更加多样。三、创造了一些比较鲜明的现代音乐形式,以余光中的三联句为代表,新诗已经创造出了适合现代诗歌的新的音乐性形式。只不过,这些形式远未在理论和实践上得到重视。

七　实验与分寸感

新诗自诞生起就携带一个重要的基因,那就是实验。胡适谓之“尝试”。有了这个基因,百年新诗的尝试性实验接连不断。早期的白话诗,后来的象征主义诗歌、现代派诗歌、格律诗、半格律诗、十四行诗、楼梯体、鼓点诗、街头诗、朗诵诗、新民歌、信天游，直到二十世纪八十年代的朦胧诗，九十年代的口语诗，二十一世纪以来的口水诗、网络图像诗，不一而足。百年新诗实验为新诗注入了活力，但废品多，成品少，优质产品更少，代价巨大。

杜甫是当时的实验诗人，比如他自创《兵车行》《石壕吏》等乐府新题，明末清初诗人冯班在《钝吟杂录·古今乐府论》中评价道："杜子美作新题乐府，此是乐府之变。盖汉人歌谣，后乐工采以入乐府，其词多歌当时事，如《上留田》《霍家奴》《罗敷行》之类是也。子美自咏唐时事，以俟采诗者，异于古人，而深得古人之理。"相比于新诗实验，杜甫实验诗的回报率要高得多。当然有他个人的天赋，但实验的分寸感是需要注意的一个方面。杜甫在律诗中尽量避免重字，在排律里却随便得多。《上韦左相二十韵》两用"此"字，两用"才"字；《赠特进汝阳王二十韵》两用"不"字，两用"天"字。杜甫能够守规矩，但在需要的时候，也可以破规矩。比杜甫小四十岁的孟郊以苦吟著称，同样有不避重字的实验，甚至走向了极端，其《古结爱》诗云："心心复心心，结爱务在深。一度欲离别，千回结衣襟。结妾独守志，结君早归意。始知结衣裳，不如结心肠。坐结行亦结，结尽百年月。"几乎句句用"结"字。其《秋怀》十四云："忍古不失古，失古志易摧。失古剑亦折，失古琴亦哀。夫子失古泪，当时落漼漼。诗老失古心，至今寒皑皑。古骨无浊肉，古衣如藓苔。劝君勉忍古，忍古销尘埃。"这样的写作虽然革命性很强，但观念性太明显，反而有伤诗歌的审美效果。

还有诸多方面的实验都涉及分寸感，如表达情感时复杂与晦涩的分寸；比喻的本体和喻体间的距离，到底多远才恰如其分；意象使用上的新奇与怪诞之间的分寸等。实际上，新诗各方面的实验创新都存在一个分寸感问题。实验的方向是正确的,大胆实验并无过错,但如果为实验而实验,为打破而打破,把诗歌审美的分寸感弃置一旁,就会走向诗歌的反面。

实验的分寸感,可能是每一个有抱负的诗人时刻都要面对的难题。

借谁的命，如何而生？

——《借命而生》的“情感政治”

徐　刚

北京作家石一枫可谓近年来中国文坛冉冉升起的一颗新星。出生于二十世纪七十年代末期的他，在不长的时间里陆续发表《地球之眼》《世间已无陈金芳》《特别能战斗》《营救麦克黄》等重要的中篇作品，以及《心灵外史》《借命而生》两部长篇小说。其中《世间已无陈金芳》一举夺得第七届鲁迅文学奖，引起了评论界的广泛关注。人们清楚地看到，相对于早期洋溢着青春气息的《恋恋北京》《红旗下的果儿》等小说，石一枫近年来的创作有着极为明显的变化，诸多地方都透露着沉稳中的笃定和抱负。这种“率性而为”之后的“文学自觉”不禁令人侧目，而其中至为关键之处在于，他作品中引人注目的不再仅仅是自王朔以降的鲜明语言风格，那种简朴的俏皮和明亮的快意还在，但已不是小说的重点。这也就像孟繁华先生指出的，“在他狂欢的语言世界里，那弥漫四方灿烂逼人的调侃，只是玩笑而已，只是‘八旗后裔’的磨嘴皮抖机灵，并无微言大义”。确实如此，越来越多的评论者都注意到石一枫那张“不正经的嘴”,但更为重要的显然是隐藏在此之后的“太过正经的心”,这或许就是“鲁奖”授奖辞所说的“敏锐的现实主义品格”,亦如作者自己所言,“把个人叙述的风格与作家的社会责任统一起来”,进而“在具有典型意义的人物性格和命运中,浓缩社会生活的特定形态,展现着人的道德困境和精神坚守”。这一点在年轻作者那里尤其难能可贵,也是在这个意义上,他的创作被视为“当下中国文学的一个新方向”。

纵观石一枫的小说,他确实属于那种为数不多的,始终对勘探时代怀有巨大热情的作家。这就像评论者所说的,“当代生活就是他的世界观和方法论”。然而他的这种对于时代的勘探,又并非是以纯文学的僵硬方式来完成的。相反,石一枫的小说往往具有通俗故事的外观,他总是力图通过阅读吸引力的诱惑,将目标人群牢牢捕获,进而在故事之中寄予更为宏大的叙事抱负。《地球之眼》便是以“寓雅于俗”的方式,塑造了安小男这个道德理想主义者的形象,进而在“道德领域”思考社会和个人所遭遇的精神难题;《世间已无陈金芳》亦是如此。这部普遍获得好评的小说,被视为一部“难得的社会问题小说”,作品所讨论的正是社会和一代青年遭遇的精神难题与道德危机;《借命而生》显然也具有这种雅俗共赏的特质,这部发表于《十月》2017年第6期的长篇小说,被誉为中国版的《肖申克的救赎》,或华语世界的《基督山伯爵》。在这部小说中,小人物与大时代的辩证,构成了他的基本方法。在“小人物”泛滥成灾的今天,如何通过“小人物”的故事来演绎“大情怀”,进而捕捉“大时代”的蛛丝马迹,这是石一枫执着思考的问题。如他本人所说的,“我能写的基本上还是一些身边眼前的普通人,然而这些普通人却把自己的日子过成了史诗”。在《借命而生》中,许文革这个不起眼的小人物,一个落魄的逃犯，他与杜湘东——一个同样游走边缘的狱警——在漫长的时间跨度中，让彼此的故事具有了史诗的意味。然而这里的“史诗性”特征并不是最重要的，小说更加值得讨论的是，故事里的人物所展现的情感与伦理，以及这一情感所寄寓的文化政治意涵。

一 小说的现实投影

据石一枫所言，《借命而生》的故事其实来自对一则新闻的演绎，这涉及国家新近刑法修正的现实呈现，小说的主体情节正是来自这个地方。如他所言：“写作的最初动机其实来源于一个法律常识：咱们国家的刑法是经历过修改的，如果犯人在旧法时期犯了事却在新法颁布以后才被抓住，那么量刑标准原则上也要从新不从旧，而且往往是从轻不从重。”于是，一项政策的变化构成了小说创意的最初来源，这也是小说主人公许文革故事的法理依据。如小说所呈现的，经过漫长的逃亡，许文革用很小的代价“洗白”了自己的逃犯污点，这固然是法制的进步，即所谓新刑法不追究旧案件，但却与越狱未遂的姚斌彬被迅速处决的情节形成鲜明对照，现实的荒诞性便突出地呈现了出来。

单就小说故事而言，《借命而生》的传奇性是显而易见的，其情节可谓跌宕起伏，悬念丛生。小说贯穿着一桩早年的盗窃案，罪犯长期潜逃，刑警则不懈追捕，“越狱”与“追凶”成了悬疑剧的最大看点。看得出来，小说似乎深受当下流行文化的影响，作者也明显对于小说的影视改编有着刻意的期待，这些也都无可厚非，尤其是在纯文学日益通俗化的今天，一切都显得理所应当，反而能够见出作者对故事的经营，以及由此彰显的纯文学的丰富性。

当然，我们也注意到，传奇故事对于巧合的依赖，在石一枫的这部小说中也体现得非常明显。比如服刑犯人在光天化日之下越狱潜逃，一路追赶的狱警不仅没有开枪，反而被逃犯夺走了枪支，而更加令人称奇的是，手握枪支的逃犯又毫发无伤地被抓了回来。也就是说，当我们的主人公——那位落魄的狱警——抱着必死的决心想做个英雄时，无能的逃犯又恶作剧般地缴械投降了。再比如当追捕者长久地追击另一个越狱者，终于发现了一丝线索之时，一场矿难竟不偏不倚地发生了，不仅如此，小说还让嫌犯在这场矿难中成为见义勇为的英雄。所有这些，都让人对小说的可信度产生深深的怀疑。

然而怀疑归怀疑，读完整个小说，我们大概也能对这种简单和直观产生一定的认同。这也难怪，在有限的叙事篇幅里，小说情节需要迅速推进，任何无谓的跌宕与波折都是对效率的干扰，而故事的转折也明显需要更加强悍和明快的节奏，因而戏剧化到略感生硬，直至“狗血”的状况，想必也会时有发生。尽管这样看来，小说的说服力会大打折扣，但总体上也很难说有太大的问题。因为我们可以看到，《借命而生》其实并没有将关切的重心落脚在准确绵密而逻辑周延的叙事上，随着时间的推移，案件一方面渗透进四周缠绕的人们的生活，成为他们的命运底色和人性驱动；另一方面是社会变迁和前行的踪迹也在其中清晰可辨。因此在某种程度上可以说，《借命而生》是经由一种通俗的故事外观，试图在写意的层面，去投射作者孜孜以求的意义世界。这种意义的呈现不仅仅在于小说所展现的时代变迁，以及重新对典型环境中典型人物的捕捉与强调，而在于人物的行动于不经意间透露的“情感政治”内涵，以及这一内涵展现的不同寻常的叙事意义。

这便涉及小说的主要人物许文革，他经由犯罪、越狱，再到“洗白”的全过程，固然是为了阐释刑法修正后产生的戏剧性后果，以及人物命运的转折所呈现的时代风云变迁。但正如小说展现的，许文革被不断压到尘埃里，貌似为了形塑一个罪大恶极的暴徒形象，却又以欲扬先抑的方式更加完整地展现了他的人性光芒。我们其实早已隐约察觉到，许文革并不是真正意义上的“坏人”，不然他何以会在逃亡的过程中见义勇为，去冒死挽救他人的生命？从小说一开始，许文革和姚斌彬盗窃入狱以及越狱逃走似乎就暗藏苦衷，这其实构成了情节剧耐人寻味的悬疑。因而我们看到，在许文革与杜湘东的对峙中，这一“道魔斗法”的情节结构在小说结尾终于出现陡转时，这并没有让我们感到有多惊讶。在此，作者终于抖开了他掩藏已久的“包袱”，逃跑的罪犯奇迹般地成为读者同情的对象，而人物的意义也顺势凸显了出来。这个时候我们才恍然大悟，原来许文革和姚斌彬身上果真藏着盗亦有道的壮举，这是他们逃亡的秘密所在。在他们那里，盗窃的财物——皇冠轿车的发动机——并不是财富贪求者的目标，而是包含着令人感念的深意，寄予着工人阶级技术革新的奋斗梦想。

在姚斌彬和许文革那里，工人阶级的豪情壮志，涤荡了个人发家致富的卑琐，这正是他们的理想和抱负，而信守集体尊严正义的承诺，也无疑有力地消弭了许文革作为逃犯所理应携带的罪恶，这让整个故事的基调有了颠覆性的翻转。这一情节变化所昭示的小说伦理我们并不陌生，这便是勃朗宁引用格雷厄姆·格林的那句名言：“我热爱一切事物危险的边缘：诚实的小偷，软心肠的刺客，疑惧天道的无神论者。”情节剧包含的类似这种叙事的错位和张力总是让人心醉神迷。正义的小偷、舍身救人的逃犯，贴在许文革身上的标签，超越了简单的善与恶，以及好人或坏人的绝对分野，而呈现一种暧昧的中间状态。就像小说所言的，“到底什么是‘好’，什么是‘坏’呢？杜湘东意识到，在那些截然相反的概念之间，还存在着一个复杂的中间地带，而他和姚斌彬、许文革都被困在那里，似乎永远不能上岸了。这种处境几乎是令人绝望的”。显然，他们都是“好人”，都是“扑在尘土里也身上带光的人”，这是小说不遗余力地给予他们的礼赞。

二　“借命”的历史内涵

确实如此，《借命而生》里的许文革就是那个“扑在尘土里也身上带光的人”。而早早死去的姚斌彬同样至关重要，他以命相搏的行动意义在小说稍后的叙事中被清楚地呈现出来。正是姚斌彬的拼死掩护，才让许文革重获生机，进而有机会去实践他们共同的梦想。在他们共同梦想的烛照下，姚斌彬成了那个永远被铭记的牺牲者。这种牺牲、生存乃至责任的话题，可以让我们顺利展开对小说标题“借命而生”确切意涵的讨论，小说有意思的地方正在这里。

“借命而生”，借谁的命，如何而生？这是人们的一个疑问。小说表面上看，是许文革借姚斌彬之命生存下来，但同样也可理解为姚斌彬借许文革之肉身来见证他们共同目标的完成，甚至更进一步说，整整一批工人阶级毕生奋斗的梦想，都在他们的拼死努力下获得了实现的希望。也就是说，无数的人们将他们的生命借给了两位先行者，代替他们去完成那些伟大的事业。惟其如此，“借命”者的背叛才会变得难以忍受，小说中，姚斌彬的牺牲构成了许文革沉重的道德负担，而这一道德负担也贯穿了故事的始终。对于许文革来说，他必须守护对牺牲的兄弟的承诺，铭记他们的梦想和责任。也是在这个意义上，中国革命中先锋党的变质问题殊为敏感，因为他们背负着成千上万牺牲者的梦想，而永葆政治本色又是一件极其困难的事情。比如小说中的许文革，面对新的金融资本的软硬兼施，他深知联合绞杀的威胁也只能拒不合作，这不仅是为他自己，也是为了他死去的兄弟，这就是“借命”者的责任所在。

正是在这个意义上，“借命”的意义就变得既具体实在又抽象阔大了，具有更加深邃的历史内涵。同样是事关“借命”，这里有必要论及广西作家东西于 2015 年出版的长篇小说《篡改的命》。在那部小说里，主人公汪长尺面对因高考被人顶替而被“篡改”的命运，他致力于一种个人的反抗。我们从他那求告无门的无奈中，可以看到现实的不公与底层奋斗的艰难。小说中，正常的个人奋斗途径经汪长尺多方尝试已然宣告失效，个人与体制之间的紧张对抗可见一斑。而小说最后给出的解决方案是，汪长尺为了让自己的孩子顺利留在城市，过上他所认可的理想生活，竟然索性将孩子送给了富人（也是自己的仇人）收养，这是一次别开生面的“定点投放”，也是寄望于后代的“重新投胎”。他试图以这种近乎玩笑的荒诞方式将被“篡改”的命又“篡改”回来。甚至为此，他不惜妻离子散，最后还以二十万元的价格换取富人要求自己的“永远消失”。确实如此，汪长尺为了区区二十万元，为了自己的孩子能够安稳地留在城市，过上幸福的生活，他主动结束了自己的生命。他这一辈子无望的命运，只能将未竟的理想寄托在自己的下一代身上，这终究是卑微的极致，又是一种匪夷所思的绝望抗争，于荒诞之中饱含着无尽的悲苦与无奈。

同样是为了寄予底层的反抗意志，石一枫笔下的“借命”显然与此不同。《借命而生》里的姚斌彬借许文革之命来实现理想，或者说许文革替死去的姚斌彬活出人样，并不只为在个人奋斗意义上拼出个出人头地。汪长尺基于个人主义原则所追求的吃喝不愁的小幸福，固然也是许文革和姚斌彬的最初目标，但肯定不是他们的全部梦想。小说不断提示到，许文革的最大理想是要让陷入困顿的工厂起死回生，为此他们挖尽心思去研究汽车发动机，不惜摊上盗窃的骂名。相较于汪长尺庸俗的个人幸福，姚斌彬与许文革的生死之约显然足够宏大，也更加震撼人心，这便是事关阶级、共同体与牺牲的伦理学意义。

在此，姚斌彬的一条命，换回了许文革的顺利逃亡，直至他有幸“重新做人”。于是，苟活的许文革便不得不背负另一个人的命继续奋斗，去努力活成死去者想要的那副模样。甚至毋宁说，许文革是背负着整个工人阶级的梦想而活。正是这种由牺牲和使命所锻造的尊严政治，让许文革生出了“义无反顾的气概”，而这种气冲云霄的气概，也成功地感染了杜湘东，让后者开始反思自己的警察身份。好在这样的思考并不显得太过艰难，他终究顺利地从中“顿悟”过来。于是，他与许文革这对不共戴天的仇敌，在小说行将结束的时候，终于顺理成章地变成了惺惺相惜的朋友，甚至是生死与共的兄弟。这种戏剧性，也是小说伦理中最令人震撼的转折，因为它所导向的是两位“憋闷”者，乃至更多的人的“新的团结”。

三　作为革命遗产的“情感政治”

这里的“新的团结”之所以重要，在于它能够有效唤起我们关于中国革命的情感记忆。相当多的研究者都曾注意到“情感提升”对于中国革命成功的重要意义。正如哈佛大学裴宜理教授所言的，中国共产党对于情感的成功调动是它最终能战胜国民党并实现革命宏图的关键性因素。在她看来，中国共产党很早就注意到情感的能量有助于实现革命的宏图，而由“情感提升”产生的奉献精神则是一个关键因素，因此无论在其新成员还是在其骨干中，都强调每个党员对情感工作所负的责任。如其所言，“数百万参加红军的人，很可能并不是由于他们与民族主义或者土地革命原则之间具有某种抽象关系而受到鼓动，而是衷心地想要投入到一种高度情感化的正义事业中去”。在此，以牺牲之精神投入到高度情感化的正义事业之中，正是中国革命留下的宝贵遗产。

有幸的是，我们从石一枫这部《借命而生》中，可以隐约领略这一宝贵遗产在当代文学的回响。观众大概能够注意到，《借命而生》故事的起止年份是 1988 年和 2008 年，其间有着二十年的时间跨度。这样的设置显然包含着容纳当代中国社会翻天覆地变化的野心。二十年来的当代中国，社会变迁和经济转型倒是其次，最为关键的是思想状况的变化。一个粗鄙的时代宣告了理想主义的轰然倒塌，全球资本主义的重新袭来，人们在物质主义的泥淖中走向沉沦，而琐碎的日常生活让更多的人慢慢走向困窘和卑微。这种潜移默化的社会变化早已深切地投射到故事人物身上。小说中,小警察杜湘东的“憋闷”贯穿了始终。正是这种“憋闷”让他全无警察的强悍豪迈,他似乎陷落在对过往事件的自责之中,反而因创伤体验的自暴自弃而成为失败的边缘人。在他的妻子刘芬芳极为卑微地沦为下岗女工之后,他也因“失职”的愧疚而一蹶不振。惟其如此,他对变化的现实多少有些格格不入。这让他犹如琥珀一般被凝结到过往的岁月之中,也正因为如此而具有不因时代而动的坚定和执拗,并使他意外葆有了某种过往的品质,残余着那个年代的理想和激情。因而当他得知许文革的失败之后,他会“涌动着悲怆的豪情”。这种朴素的阶级伦理所激发的“情感提升”令他坐立难安,他要和世间的不公与无义死磕到底。

小说最后,随着时间的推移,新的全球化带来的社会转型,让许文革的失败变得不可避免。这与《世间已无陈金芳》中陈金芳的失败有着相似的意味,都是以人物的命运来宣告一个时代的终结。那些改革年代的暴发户,无一例外地在新的资本全球化的时代面临新的挑战。当然,我们也会清醒地意识到,就小说的情感叙述来说,只有让许文革惨遭失败,将其塑造为一位悲剧英雄,才能成就其形象的伟大,才能真正诠释小说里引用的那段威廉·莫里斯的名言:“男人战斗,然后失败,但他们为之战斗的东西,却会在时间的某个角落里恍然再现。”在许文革那里,“那条漆黑的路走到了头”,却意外地让人看到一丝曙光,那是正义的事业所导向的共同体团结的微光。

在《借命而生》的最后,杜湘东终于成功救下了企图自杀的许文革,以此让人得见两个失败男人的惺惺相惜。至此,这位“憋闷”多年的小警察也终究“发光”了一回,却与整个时代氛围形成了微妙的反讽。可这又有什么关系呢?石一枫恰恰惯常以这种“笑中带泪”的情节模式收煞。这种煽情的方式也许只是情节剧的俗套,但它却并不廉价，反而更像是有意给读者的一次心灵重击。有时候正是这样，只有当我们为两个失败的男人抛洒同情的泪水时，我们才会不由自主地思索，这一路走来的大时代和我们生活的世界究竟发生了什么。

结　语

行文至此，我们大概可以总结一下石一枫这部《借命而生》的文本含义，它至少包括三个层面：其一，从写作缘起来看，这是对现实刑法变化的一次及时回应，在这个意义上，《借命而生》是“现实的”；其二，从历史跨度来说，这是对改革开放四十年来社会和思想意识变迁的有效总结，因此，小说又是“历史的”；其三，也是更为重要的，就写作意义而言，这里的“情感政治”又是指向“未来的”。让我们再次回到那句无政府主义者威廉·莫里斯留下的，又被哈特和奈格里郑重写在《帝国》一书扉页上的名言：“男人战斗，然后失败，但他们为之战斗的东西，却会在时间的某个角落里恍然再现。”是的，在石一枫这里，那些失败的男人们曾经为之一战的东西，总是如此令人着迷。这也许就是我们从《借命而生》的杜湘东、许文革和姚斌彬那里，隐隐绰绰地看到的某种意义上“革命主体”的“踪迹”。这也恰如研究者所说的，这是一个更加深邃复杂的世界，“他们坚强的意志，真诚无畏的牺牲精神，常常让人联想到宗教中的使徒形象”。这类“使徒”的气质所凝聚的革命遗产，分明是属于未来的，他们注定会让我们在前行的道路上时时反顾，从中汲取力量。这才是石一枫这部《借命而生》的最大意义。

《磨尘鉴》《新编磨尘鉴》《醉杨妃》与梅兰芳版《贵妃醉酒》辨析

俞丽伟

《贵妃醉酒》是由老戏改编的一出代表作，梅兰芳从 1914 年向路三宝学习此戏，前后经过了四十多年的修改，成为梅派最经典的保留剧目之一。时至今日，《贵妃醉酒》依然活跃在中外戏曲舞台上，堪称中国京剧传承与传播的优秀剧目。

在国剧里，《醉酒》是别创一格的典型歌舞剧，很少能找出与它类似的一出戏。它非但风格独特，并且含有卧鱼、衔杯、云步、醉步各种美妙身段。以前演此剧者，虽各有千秋，而集其大成使成为一个理想剧本，仍要归功于梅老板。

按齐崧先生所言，这出老戏在梅兰芳学习之前已有多人演绎，以前演此剧者各有千秋。这出别具一格的歌舞老戏的汉剧版舞台呈现最早可追溯至 1887 年。据曹心泉、溥西园回忆：

> 最早北京戏班里没有《醉酒》这出戏。光绪十二年七月

间，有一位演花旦的汉戏艺人吴红喜，艺名叫月月红，到北京搭班演唱，第一天打炮戏，就是《醉酒》。月月红唱开了头，大家这才跟着也演《醉酒》了。

《醉酒》从汉戏艺人月月红唱红后，旋即风靡京剧舞台，多位艺人相继追仿，此戏在舞台上红了约二十七年后，梅兰芳也热衷学习此戏。这源于此戏不同于以往的贵妃戏，以往的贵妃戏多为仪态万千、端庄雍容的青衣戏，以唱功见长，这出戏为花衫行，但列入刀马旦一工，梅兰芳认为其特别之处在于：

这出戏是极繁重的歌舞剧。如衔杯、卧鱼种种身段，如果腰腿没有武工底子，是难以出色的，所以一向由刀马旦兼演。从前月月红、余玉琴、路三宝几位老前辈，都擅长此戏。他们都有自己特殊的地方。

虽然汉戏版老戏《醉酒》登台的时间较晚，但是前辈艺人的创造性发挥为此戏奠定了较好的革新精神。汉戏艺人月月红首先将《醉酒》搬上北京的舞台，京剧演员余玉琴在京剧版《贵妃醉酒》中首次增加了卧鱼、下腰等武功技巧，丰富了武旦、花旦的表演手段，加强了舞台人物的表现力，为旦行表演开拓了一条新路。对余氏之表演，《菊部丛谈》载文："《百花亭》之举体皆媚，柔弱无骨，回舞旋折，飘飘欲仙。"还有一位以踩跷演《贵妃醉酒》知名的演员郭际湘，著名演员于连泉回忆："郭老师在当时是很有名的演员，他工花旦、刀马旦、武旦，他的《贵妃醉酒》和当时余玉琴、路玉珊（路三宝）二位老先生，被誉为最有名的'三份'。"梅兰芳虽没有得到前辈艺人月月红、余玉琴直接的口传心授，但从那里吸收了杨贵妃题材的歌舞剧，吸收了卧鱼、下腰等武功表演精华。

《贵妃醉酒》同样是艺人路三宝擅长的表演剧目。由于他精于刀马旦、花旦、花衫，并富有创新精神，所以在《贵妃醉酒》的唱做上多有探索和创造，这一点也深深吸引了后辈梅兰芳。梅兰芳说："我是学的路三宝先生的一派。最初我常常看他演这出戏，非常喜欢，后来就请他亲自教给我。"所以，梅氏的《贵妃醉酒》最直接的授业恩师便是路三宝。这出戏梅兰芳得以学成，一方面来自梅兰芳慧眼识戏，虚心求教，另一方面来自路三宝的细致教法和倾囊传授：

> 《醉酒》是路先生的拿手好戏。我常看他这出戏，觉得他的做派相当细致，功夫结实，确实是名不虚传。等我跟他同在翊文社搭班的时候，他已经不唱《醉酒》了我才起意请他来教。他一口答应。打那儿不是他来，便是我去，足足地学了半个多月，才把它学会了。就在翊文社开始上演。他还送了我一副很好的水钻头面，光头闪亮。现在买的水钻，哪里比得上它。我至今还常使用着呢。每次用到他送的头面，老是要怀念他的。
>
> 路先生教我练衔杯、卧鱼，以及酒醉的台步、执扇子的姿势、看雁时的云步、抖袖的各种程序，未醉之前的身段与酒后改穿宫装的步法。他的教授法细致极了，也认真极了。

路三宝对《醉酒》戏情戏理、表演程序的细致教学为梅兰芳版《贵妃醉酒》打下扎实基础。应当说，"只从演技方面言之，《贵妃醉酒》确是有着相当吸引力的一出戏，包含踩跷、卧鱼、衔杯等多种技术,其难度亦较大,对演员要求尤高;功底深厚的余玉琴、郭际湘、路三宝等俱能以细腻、柔美的表演见长"。衔杯、卧鱼、台步、执扇、云步、抖袖等是前辈艺人耗尽心血的创造,他们的种种付出、革新精神和倾力授教也为梅兰芳的再创造起到重要的铺垫作用。梅兰芳是1914 年学成此戏,在前文历史分期中,从 1914 年的《孽海波澜》、1915 年的《嫦娥奔月》梅兰芳分别开始了时装新戏和古装新戏的创编,所以老戏《贵妃醉酒》可以称之为具有分水岭的一出重要剧目。它使梅兰芳深刻领悟到传统戏中歌舞并重的艺术魅力,惊叹前辈艺术家细致入微、精益求精的艺术创造。这里还存在一个问题,一出已经唱红的老戏再学习和再提高是存在难度和挑战的。齐崧先生评价梅兰芳之于《贵妃醉酒》的贡献:"集其大成使成为一个理想剧本,仍要归功于梅老板。"下文从剧本来源、改编到舞台呈现,进一步阐释梅兰芳《贵妃醉酒》的生成和艺术价值。

一　剧本《贵妃醉酒》的来源和演变

《贵妃醉酒》所述杨贵妃饮酒而醉之本事可追溯至清代洪昇的传奇代表作《长生殿》。《长生殿》与梅版《贵妃醉酒》中的剧情、人物设置、主旨大相径庭。《长生殿》饮酒剧情是杨贵妃陪着唐明皇在御花园共饮美酒,两人不仅在一起,唐明皇更没有负约往梅妃宫中,自然也无从杨贵妃独饮闷酒。梅版剧情杨玉环受唐明皇宠幸,两人约好百花亭摆宴,却不想唐玄宗负约,杨在百花亭抑郁寡欢,独自饮酒,不觉沉醉,满腹怨艾,嫉恨回宫。人物设置上,《长生殿》唐明皇和杨贵妃为主要人物。而梅版是以杨贵妃为主要人物,辅以裴力士、高力士为次要人物,八位宫女为再次要人物。主旨上,《长生殿》是以唐明皇与杨贵妃的爱情为主线,这段饮酒展现两人爱意绵长,浓情似水。梅版以宫中女性杨贵妃的失落、妒忌、怨恨、苦闷为主旨。由此,梅版《贵妃醉酒》另有来源。

明末金阊逸士钮少雅撰写传奇《磨尘鉴》的剧情接近《贵妃醉酒》,唱词、念白与梅版《贵妃醉酒》比较差异较大。署名桃渡学者撰写,姑苏王徽夏阅的《新编磨尘鉴》第四种第十二出《醉妃》中剧情与《贵妃醉酒》大致相似,个别人物有出入,梅版唐明皇摆驾西宫的妃子是梅妃,在《醉妃》中是薛妃,梅版是以高、裴二力士为主要对话的人物,《醉妃》以高力士为对话人物。另外,《醉妃》中成套曲牌工整,"捣练子""沉醉东风""园林好""江水儿""玉交枝"等。开篇方式两者也是极大不同。《醉妃》是唱"捣练子"曲牌接自报家门:

> (小旦上内官宫女送上)【捣练子】翠娥愁眸懒揭,一腔幽恨对谁说,新痕枕上都成血。奴家杨贵妃是也,那日禄山儿宫中别我,因圣驾在坐,心事难剖,千愁万绪,频寄秋波,后别来一载,杳无音信,好生烦闷。且丢一旁。昨邀圣驾,今夜百花亭开宴,则索先到彼处候驾便了。(官)排銮驾。(小旦)不消步行前去,遍观晚景则回。

笔者选用1954年版《梅兰芳演出剧本选集》中收录版本《贵妃醉酒》进行比较。之所以选取这一版本,是因为"选集中的十个剧本,都经过梅兰芳先生细心的校订。在剧本整理过程中,中国戏曲研究院特组织了包括许源来、许姬传、何异旭的三人小组,协助进行这一工作"。经过梅兰芳本人校订,又有三位对梅和梅剧深刻了解的人担当助理,这个版本应当是经过多年打磨后《贵妃醉酒》演出剧本的成熟之作,故以此为比较参考剧本。现摘录第一场的开篇:

裴力士

高力士

裴力士(念)久居鸾凤阙,

高力士(念)庭前百样花。

裴力士(念)穿宫当内监,

高力士(念)终老帝王家。

裴力士(念)咱家裴力士。

高力士(念)咱家高力士。

裴力士(念)高公爷请啦。

高力士(念)裴公爷请啦。

裴力士(念)娘娘今日要在百花亭摆宴,你我小心伺候。

高力士(念)看香烟缭绕,娘娘凤驾来也。

裴力士(念)你我分班伺候。

[【二黄小开门】牌子。六宫女持符节上。]

杨玉环(内)摆驾![杨玉环上,二宫女掌扇随上。]

杨玉环(唱【四平调】)海岛冰轮初转腾,见玉兔,玉兔又早东升。那冰轮离海岛,乾坤分外明。皓月当空,恰便是嫦娥离月宫,奴似嫦娥离月宫。[【万年欢】牌子。]

裴力士

高力士

杨玉环　二卿平身。

裴力士

高力士

杨玉环(念诗)丽质天生难自捐,承欢侍宴酒为年。六宫粉黛三千众,三千宠爱一身专。本宫杨玉环。蒙主宠爱封为贵妃。昨日圣上传旨,命我今日在百花亭摆宴。——高、裴二卿。

两剧的开篇节选都是杨玉环于百花亭摆宴迎圣驾。但是《醉妃》里插入安禄山的小片段,并且两剧的念白与唱词几无相同之处。另《醉妃》是“昨邀圣驾,今夜百花亭开宴”,《贵妃醉酒》是“昨日圣上传旨,命我今日在百花亭摆宴”。两者摆宴的动机明显有别,前者是杨玉环邀圣驾,后者是圣上传旨摆宴。动机不同,但是结局相同,唐明皇驾转西宫,赴宴失约。应当说后者的处理使杨玉环更加失落。因此,钮少雅之《磨尘鉴》与桃渡学者之《新编磨尘鉴》第四种第十二出《醉妃》尚不能佐证为京剧《贵妃醉酒》之祖本。

清乾隆昆曲名家叶堂编订《纳书楹曲谱补遗》第四卷“时剧”目下收录《醉杨妃》剧本,比照《贵妃醉酒》,开篇和结尾如下:

《醉杨妃》开篇:

【新水令】海岛冰轮初转腾,见玉兔儿又早东升。冰轮离海岛,乾坤分外明。一霎时皓月腾空,恰便是嫦娥离月宫,那嫦娥呵,你为我到此相陪奉。你若是下九重,谁怜我清虚冷落在广寒宫。

《贵妃醉酒》开篇:

杨玉环(唱【四平调】)海岛冰轮初转腾,见玉兔,玉兔又早东升。那冰轮离海岛,乾坤分外明。皓月当空,恰便是嫦娥离月宫,奴似嫦娥离月宫。[【万年欢】牌子。]

《醉杨妃》结尾:

【清江引】去也,去也,真去也。唐明皇把奴撇,你二人同欢悦,撇的我熬长夜,只落得冷清清独自回宫去也。

《贵妃醉酒》结尾:

杨玉环(唱【四平调】)去也,去也,回宫去也。恼恨李三郎,竟自把奴撇,撇的奴挨长夜,回宫。

裴力士

高力士

杨玉环(接唱)只落得冷清清独自回宫去也。

[【尾声】二宫女扶杨玉环下,六宫女、裴力士、高力士随下。]

仅从开篇和结尾唱词比较,《醉杨妃》与《贵妃醉酒》的相似度远远高于《磨尘鉴》《新编磨尘鉴》之《醉妃》,一些字句如“海岛冰轮初转腾”“玉兔儿又早东升,冰轮离海岛,乾坤分外明”“恰便是嫦娥离月宫”“只落得冷清清独自回宫去也”等,近乎就是《醉杨妃》的原词。两剧本中间的唱词也多有雷同,剧情上两者几乎如出一辙。在人物上,《醉杨妃》主要是杨贵妃、高力士,《贵妃醉酒》增加了裴力士。由此可以推测《醉杨妃》应为京剧《贵妃醉酒》的祖本。

据吴太初《燕兰小谱》考证,《醉杨妃》舞台呈现最早可追溯到清乾隆年间。北京昆曲班保和部的演员“双喜官”曾演《玉环醉酒》。

双喜官，(保和部)姓徐氏，江苏常州人。亦隶贵邸，与四喜并宠，歌音清美，姿首娇妍。弱冠后，颀长堪憎，顾景自伤。尝演《玉环醉酒》，多做折腰步，非以取媚，实为藏拙。其心良苦矣。歌楼评四喜曰"妖"，双喜曰"高"(即长也)，可以窥其优劣也。而声技之佳，徵歌舞者独流连于齿颊云。

《玉环醉酒》是《醉杨妃》的舞台剧目名称。上文说明《醉杨妃》是在舞台上搬演过，并以昆曲表演形式。梅兰芳不仅专注于舞台表演，其实他对剧本考据亦十分重视。从他的考据也得到印证：

吴太初与叶堂都是乾隆时人，这一点小小考据，又可以得到两种旁证：(一)《醉杨妃》在当时的舞台上是出流行的剧目；(二)因为常在昆班表演，必定是用笛子伴奏的。

在梅兰芳的旁证中，可以看出此剧在乾隆时期的流行度，甚至梅兰芳还关注到很细节的部分：伴奏乐器——笛子。他十分肯定的语气认为双喜官演唱的昆剧《醉杨妃》的乐器"必定是用笛子伴奏的"，京剧版的伴奏已经改换为弦乐伴奏。

由上述分析总结，梅版剧本演变过程请见下页图。

图1显示，清传奇《长生殿》剧情差异过大，首先排除。明传奇《磨尘鉴》、桃渡学者《新编磨尘鉴》第十二出《醉妃》有剧情相似之处，至《纳书楹曲谱补遗》的时剧剧本《醉杨妃》，到《燕兰小谱》记载双喜官搬演的《醉杨妃》，剧本与舞台在乾隆年间均已出现《醉杨妃》的影子，根据前文考证分析，《醉杨妃》是京剧《贵妃醉酒》的前身。后改编至汉剧《醉酒》，再后京剧移植过来。这样就为这出京剧老戏何以别具一格凸显歌舞特色找到了源头，那便是京剧版是脱胎于时剧昆曲版，古典昆曲的一大特征便是载歌载舞，歌舞并重，京剧版保留了时剧版的表演基因。但是时剧版唱词过长，唱做舞持重，对演员

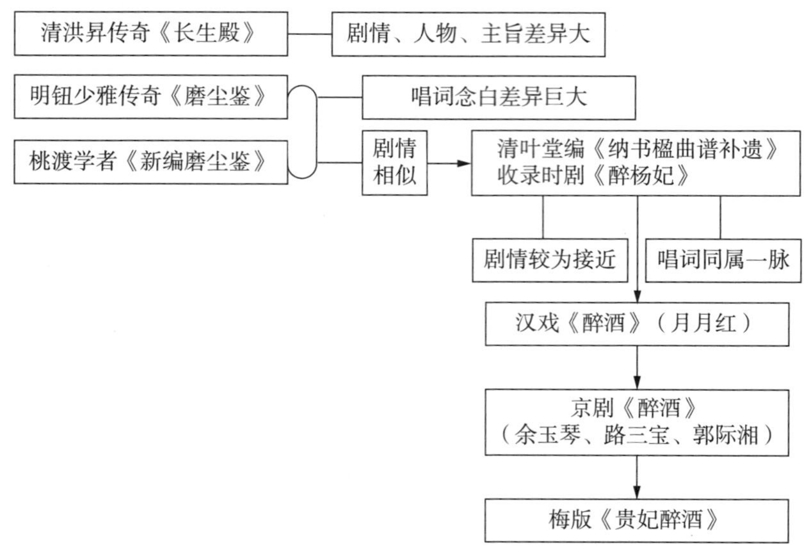

图 1　京剧《贵妃醉酒》剧本演变图

要求较高，增加演员负担，京剧版删繁就简，只保留约三分之一的唱词，经过这一番辗转的历程形成京剧早期的剧本。梅兰芳在承袭前人的基础上，对剧本又进行了多处修改，最终形成梅版《贵妃醉酒》的剧本。

二　《醉杨妃》与梅版《贵妃醉酒》剧本主题的变革

《贵妃醉酒》最初的主题是一直受诟病的“粉戏”。《新编磨尘鉴》第十二出《醉妃》载：“鸳帏携手被儿揭，双双交股酥胸贴。”《醉杨妃》在杨贵妃喝第一杯通宵酒时一段独白曰：

沉鱼落雁真堪共，闭月羞花有谁同。杨贵妃离月宫似神女下巫峰，直吃到日沉海底，沉醉东风，日沉海底，沉醉东风。头一杯通宵酒，玉手捧金钟，想人生在世如春梦，遇酒不开怀总是空想。……不觉得酒兴儿高，色兴儿渐渐迷，……正是酒不醉人人自醉，色不迷人人自迷。

以上唱词的色情部分较为直白，杨贵妃有淫乱宫闱之嫌。在《醉杨妃》中杨贵妃除了埋怨唐明皇，也毫不留情地怨恨安禄山。原文载：

埋怨唐明皇片段：

恨杀那唐明皇无仁义，你本是莽男儿，哪晓得红粉意，全不想光阴易过，青春哪有再来时。耽误我多少青春，误了我多少佳期，全不想我的青春能有几？早知今日受孤恓，悔当初人在宫帏里，倒不如嫁一个田舍翁的妻，倒不如嫁一个田舍翁的妻。

怨恨安禄山片段：

安禄山在何处？想当初那样的恩情到如今一旦忘恩义。自古道痴心肠的妇人，狠心肠的男子。你那里负心人自有天鉴知，到如今埋怨着谁来？只恨我生来不遇时，命里该如此，青春年少受孤恓。

这两段唱词杨玉环先是怨唐明皇无仁义，耽误了她宝贵的青春，“倒不如嫁一个田舍翁”的宫廷怨语，后是她恨安禄山忘恩负义恨心肠，使得《醉杨妃》的主题附带安禄山私通前史的暗示。除了他二人，唐明皇驾转西宫的妃子成为杨玉环嫉恨的焦点。原文载：

恨杀那西宫中泼贱婢呀，恨杀那西宫中泼贱婢把一个唐明皇拘留在你宫里。你二人欢欢喜喜撇得我冷冷清清孤苦伶仃，撇得我冷冷清清孤苦伶仃，无依无倚呀，我便真无依。有一日驾幸到我宫里，我将枕边言奏与君知，若还准了我的本章将伊发入在冷宫里，将伊挖了眼，剥了你的皮，那时节方才遂意，方才遂意。

杨玉环的嫉恨从上文已经十分明白晓畅，她认为是西宫贱婢和唐明皇欢欢喜喜让她孤苦伶仃，甚至她预设一旦皇帝驾幸她的宫中，她要奏枕边言，将西宫妃子打入冷宫，挖眼剥皮才遂心愿。嫉恨之深，手段之狠毒可见一斑。在《醉杨妃》中，杨玉环成为秽乱宫闱、嫉妒残忍、红颜误国的根源。王季思云：

有关李、杨故事的戏曲，有些早已散佚，只好存而不论。就现在我们看到的《梧桐雨》《惊鸿记》《彩豪记》来说，它们在塑造杨玉环这个人物时，都依循当时史家的记载，把她从寿邸进入唐宫，收安禄山为义子并与之私通等情事采入戏中，从而将唐明皇的荒淫误国、安禄山的称兵叛乱都归罪于她……《彩豪记》虽没有直接写杨贵妃与安禄山私通，但在《蓬莱传信》一出中，也说她“荒淫嫉妒，迷却夙根，酿乱招灾，自作孽业”。

这几个戏在刻画杨玉环的形象时都渗透了封建史家所惯用的“女人亡国”论的观点。

《醉杨妃》的杨玉环形象与王季思先生引《彩豪记》的人物形象较为接近,即“荒淫嫉妒,迷却夙根”。这样的剧本主题实为“粉戏”之核,如果不从主题上重新立意,那么余玉琴、郭际湘、路三宝等前辈艺人殚精竭虑创造的细腻柔美的深厚功夫沦为徒有技巧的俗戏。更有演员在表演过程中做过了头,使得内容主题与外在形式都偏向淫俗的道路,极大降低了该戏的格调。民国《平剧戏目汇考》载《贵妃醉酒》词条曰:

【唐】玄宗一日与杨贵妃约,命其设宴于百花亭,赏花饮酒,次日,玄宗竟不至,贵妃亦不以为意,竟命内侍高力士裴力士斟酒独酌,不觉酩酊大醉,春情顿炽,忘其所以,放浪形骸,与高裴二太监,作诸般浪态,及求欢猥亵状,乃使倦极回宫。

从词条概况之“春情顿炽”“放浪形骸”“诸般浪态”“求欢猥亵”等可再一次佐证当时民国演出之格调。梅兰芳说:

《醉酒》既然重在做工表情,一般演员,就在贵妃的酒话醉态上面,做过了头。不免走上淫荡的路子,把一出暴露宫廷里被压迫的女性的内心感情的舞蹈好戏,变成了黄色的了。这实在是大大的一个损失。我们不能因为有这一点遗憾,就不想法把它纠正过来,使老前辈们在这出戏里耗尽心血,创造出来的那些可贵的舞蹈演技,从此失传。这是值得注意的一件事。所以我历年演唱《醉酒》就对这一方面,陆续加以冲淡,可是还不够理想。前年我在北京费了几夜工夫,把唱词念白彻底改正过来。又跟萧长华、姜妙香二位,细细研究了贵妃醉酒之后,对高、裴二卿所作的几个姿态,从原来不正常的情况下改为合理的发展。京津沪三处的观众看了我这样表演,似乎都很满意。……凭着我自己这一点粗浅的理解,不敢说把它完全改好了。应该写出来让大家更深切地来研究,才能做到尽善尽美的境界。

引文显示,梅兰芳修改《贵妃醉酒》剧本和表演上的初衷便是冲淡艳情主题,力图将主题向王权社会压迫下女性之苦闷转移。七十二妃、三千佳丽一入王室深似海,六宫粉黛为一人,多少人青春空抛却,专权压迫不堪言。为强化这一主题,开篇修改的唱词借杨玉环的自鸣得意展现出来,“丽质天生难自捐,承欢侍宴酒为年。六宫粉黛三千众,三千宠爱一身专”。曾得到君王宠爱的杨贵妃尚且感到苦闷,其他人更是无法改变自己的命运,空有锦衣玉食之表,无有夫妻恩爱专一之实。梅兰芳在剧本中去除安禄山这一人物,谈及原因,梅曰:

原词是:“安禄山卿家在哪里?想当初你进宫之时,娘娘是何等的待你,何等爱你。到如今你一旦忘恩负义,我与你从今后两分离。”安禄山常常出入宫闱,与杨玉环十分亲近,这是我们可以确定的。至于种种暧昧的传说,只不过野史里偶然提到,并不能拿它作为根据的。况且他与这出戏可说是毫无关系。当初编剧者是拿来强调杨妃的淫乱。我们既然把前面的黄色部分，洗刷干净，再要唱这几句老词，那就显得突兀，与全剧的唱词太不调和了。我把它这样的改了一下：“杨玉环今宵如梦里，想当初你进宫之时，万岁是何等的待你，何等爱你；到如今一旦无情，明夸暗弃，难道说从今后两分离！”杨妃满肚子的怨恨，固然因为梅妃而起，可是宠爱梅妃的就是唐明皇，那天爽约的也是他。所以不如直接痛快，就拿唐明皇做了她当夜怨恨的对象，不再节外生枝地牵连到旁人，似乎觉得还能自圆其说。

上文梅兰芳提到的原词“安禄山卿家在哪里？想当初你进宫之时，娘娘是何等的待你，何等爱你。到如今你一旦忘恩负义，我与你从今后两分离”与《醉杨妃》版“安禄山在何处？想当初那样的恩情到如今一旦忘恩义。自古道痴心肠的妇人，狠心肠的男子。你那里负心人自有天鉴知，到如今埋怨着谁来？只恨我生来不遇时，命里该如此，青春年少受孤恓”比较，大意相同，均是恨安禄山忘恩负义，推测梅所提的原词是他学习的京剧老戏原词。为去掉淫乱后宫的色彩，梅兰芳删掉京剧老版杨玉环怨恨安禄山的唱词，全文没有一处再提安禄山，只围绕杨玉环被皇上负约借酒消愁。梅认为：“他与这出戏可说是毫无关系。当初编剧者是拿来强调杨妃的淫乱。我们既然把前面的黄色部分，洗刷干净，再要唱这几句老词，那就显得突兀，与全剧的唱词太不调和了。”同时，梅也去掉《醉杨妃》剧本上的“色兴儿”“色迷儿”等具有黄色色彩的唱词，更删除对西宫妃子挖眼剥皮的毒誓词语。杨玉环对梅妃的嫉恨在《贵妃醉酒》中被大大弱化。去掉梅妃，梅兰芳认为：“杨妃满肚子的怨恨，固然因为梅妃而起，可是宠爱梅妃的就是唐明皇，那天爽约的也是他。所以不如直接痛快，就拿唐明皇做了她当夜怨恨的对象，不再节外生枝地牵连到旁人，似乎觉得还能自圆其说。”新修改的剧本围绕唐明皇与杨玉环两个矛盾人物展开，一人在明场，一人在暗场，如此这般，简洁明了，使剧本主题更加集中突出。

皇帝驾转西宫是一处重要的剧情转折点，当裴力士、高力士启禀“娘娘，万岁驾转西宫啦！”，梅版与《醉杨妃》版对于杨玉环当时反应的处理明显不同。《醉杨妃》中的杨玉环直抒胸臆：“恨杀那唐明皇无仁义，你本是莽男儿，哪晓得红粉意，全不想光阴易过，青春哪有再来时。耽误我多少青春，误了我多少佳期，全不想我的青春能有几？早知今日受孤恓，悔当初人在宫帏里，倒不如嫁一个田舍翁的妻。”她恨唐明皇不珍惜她的青春时光，还不及嫁农人为村妇。但是在梅版的剧本中，这一段内心独白唱词亦全部删掉。她只是说：“哎呀，且住！昨日圣上传旨，命我今日在百花亭摆宴，为何驾转西宫去了！且自由他。”杨玉环得知消息后的第一反应是“哎呀，且住！”，多么意外的消息，“三千宠爱一身专”的杨玉环被负约。内心的潜台词恐怕就是《醉杨妃》中直抒胸臆的那一大段，但是在梅版中被克制住。继而“昨日圣上传旨，命我今日在百花亭摆宴，为何驾转西宫去了！”，内心无比难过和失落，不愿意相信这个事实，虽然发出疑问，但是表面上仍镇定，没有追问原因，仿佛皇帝负约是后宫寻常之举，只是淡淡地来了一句“且自由他”。仅寥寥四字，将宫中第一宠妃的无奈、隐忍、克制表露无遗。杨玉环想不想与唐明皇“在天愿为比翼鸟，在地愿为连理枝”？当然想。唐明皇是杨玉环唯一的夫君，但杨玉环却不是唐明皇唯一的妻子，这一残酷的事实不是皇上的罪过，是封建王权、夫权笼罩下对妇女压迫的现实。杨玉环内心不愿，但必须接受，因为她不想也冲不出这样的金牢笼。梅版在这里也没有大段表达对西宫梅妃的嫉恨，便于以李、杨为中心深化主题。杨玉环最终化为行动排遣淤积在心里的郁闷，她言："酒宴摆下。待娘娘自饮几杯。"有前面主题的铺垫后，剧情从自饮几杯进入三次饮酒与酒醉赏花篇章。

总之，梅版从剧本环节开始进行主题的重新设置，通过删减黄色唱词、去安禄山去梅妃、人物主线集中、弱化嫉恨环节等使《醉杨妃》中宫廷怨妇、淫乱宫闱的妇女形象向封建社会宫廷女性受压迫的内心感情的舞蹈好戏转移，从而实现歌舞好戏的形式美与主题深刻的统一。

三 剧本结构的层次递进与情感递进

《贵妃醉酒》不以剧情复杂离奇见长，而以舞台歌舞细腻表演为主，其剧本结构虽然不是大开大合的复杂剧情，却是层次感非常丰富的"密针线"，因此可以说《贵妃醉酒》能够越改越妙，不全归功于舞台上的表演，与戏剧结构逐步递加的层次感存在非常重要的关联。总体而言，该剧主要分成三场。

第一场，杨玉环摆驾百花亭，途径玉石桥，观池中鸳鸯、金鲤，望长空飞雁，至百花亭。筵席均已齐备，预备与圣驾赏花饮酒，却不想裴、高二力士告知万岁爷驾转西宫。在这一场中为实现期盼之后的落差，进行了三次铺垫。

这三次铺垫是在逐步升级的，铺垫一是杨玉环自称"奴似嫦娥离月宫"，嫦娥在月宫中锦衣华服却冷冷清清，无人间夫妻和美之幸福，离开月宫似与夫君重逢。这样的隐喻含蓄传达她的一丝娇嗔和小小的怨念，又表达其即将与唐明皇会面而期盼的心情。她自己念的四句诗“丽质天生难自捐，承欢侍宴酒为年。六宫粉黛三千众，三千宠爱一身专”充分证明杨玉环的美貌丽质天成，得皇帝恩宠六宫无二，显然是得意非凡。通过杨玉环本人的唱词和念诗说明人物的皇宫地位和心情背景。铺垫二是直接交代具体事件，明确人物行动目标。即圣上昨日传旨百花亭摆宴，这也为前面的得意心情阐明事件指向。杨玉环如此期盼原来是与唐明皇百花亭赏花饮酒，恩爱浪漫，诗情画意，怎不叫杨玉环欢心愉悦？自比“好一似嫦娥下九重”，不想“清清冷落在广寒宫”，至此期盼升级。铺垫三为情景交融，渲染气氛的过场戏。带着一路的期盼到达玉石桥边，编剧不急于赶到目的地百花亭，在玉石桥边稍作停留。杨玉环斜倚栏杆，用“鸳鸯戏水”“金色鲤鱼朝见娘娘”“雁儿并飞腾”三处情境烘托杨玉环此时的欢快心情。此处在《醉杨妃》中是金鱼和长空雁，梅版《贵妃醉酒》增加鸳鸯，并将金鱼改成金色鲤鱼。梅版“鸳鸯戏水”“雁儿并飞腾”，大自然的动物尚且成双入对，更何况人世间的夫妻，此情此景怎不引得杨玉环浮想联翩，好生期盼百花亭的相聚，金色鲤鱼富贵天成，雍容华丽，实则是暗喻杨玉环好似池中金鲤。从水中的鸳鸯、池中的金鲤，到空中的雁儿，此时此刻都仿佛浸润着喜悦之情，鸳鸯追着杨妃戏水，金鲤出水朝看杨妃，长空雁闻杨妃之声“落花阴”，让杨玉环感叹“这景色撩人欲醉”。景中含情，情中有景，至此期盼相聚的气氛已经渲染到最高潮，为后面的落差埋下伏笔。杨玉环到达目的地百花亭引出第一场的转折点——“万岁爷驾转西宫”。三次铺垫后竟是一场空，巨大的转折导致杨玉环的下一步戏剧行动。

第二场，杨玉环自饮排遣，下人相继进酒，裴力士进“太平酒”，宫女进“龙凤酒”，高力士进“通宵酒”，至杨玉环微醉。她欲饮大杯，回宫更衣的时间裴力士和高力士搬出牡丹、海棠、兰花等,预备杨玉环返回赏花饮酒。两太监的一段对话道出宫中女性的烦恼。

在第一场之后,杨玉环需要化解危机,但又无路可寻,眼前酒宴在席,不如借酒浇愁。因此,杨玉环在巨大转折后的戏剧行动为独自饮酒。《醉杨妃》只有通宵酒,“一杯通宵酒,玉手捧金钟。想人生在世如春梦,遇酒不开怀,总是空想”。梅版剧本设计三次饮酒,层层推进,使梅兰芳在舞台上的表演也由于唱词的推进而呈现层次感。

三次饮酒貌似对答方式雷同,实则不然。在 1954 年版《梅兰芳演出剧本选集》中,杨玉环问裴力士“何谓太平酒”,裴力士所答“满朝文武所造,名曰太平酒”。根据万凤姝、万如泉整理的梅兰芳舞台艺术片《贵妃醉酒》,这一句为“黎民百姓所造,名曰太平酒”。第三次敬酒又是“满朝文武不分昼夜所造”。显然,1954 年版第一次和第三次都是满朝文武,略显重复,梅兰芳舞台演出本改成“黎民百姓”。由此推测剧本上不断修改,使三次饮酒的过程不再单一,从黎民百姓、三宫六院到满朝文武,层次上逐步向上推进。由于剧本结构和唱词的层次感,为梅兰芳的表演空间提供了更多的可能性,使其在表演上实现了差异化的艺术表现方式。

第一杯太平酒,梅兰芳预饮,稍加思索,右手持扇,左手持杯,以扇遮面而饮。第二杯龙凤酒,左手持合扇,右手持杯,未有遮挡,垂目直接饮下。第三杯通宵酒,对酒的名字产生误解,责骂高力士,通宵非是与皇帝的通宵酒,而是满朝文武不分昼夜所造,此通宵非彼通宵。初嗅不想饮,后索性一饮而尽,杯扔盘中,头身摇晃,醉态初显。

梅兰芳之所以能够如此细腻唯美、层次丰富地表演,在于他善于把握人物的心理。梅兰芳说:

这出戏里的三次饮酒,含有三种内心的变化,所以演员的表情与姿态,需要分三个阶段:(一)听说唐明皇驾转西宫,无人同饮,感觉内心苦闷,又怕宫人窃笑,所以要强自作态,维持尊严。(二)酒下愁肠,又想起了唐明皇、梅妃,妒意横生,举杯时微露怨恨的情绪。(三)酒已过量,不能自制,才面含笑容,举杯一饮而尽。此后即入初醉状态中,进一层描绘醉人醉态。这出“醉酒”,顾名思义,就晓得“醉”字是全剧的关键。但是必须演得恰如其分,不能过火。要顾到这是宫廷里一个贵妇人感到生活上单调苦闷,想拿酒来解愁,她那种醉态,并不等于荡妇淫娃的借酒发疯。这样才能够掌握住整个剧情,成为一出美妙的古典歌舞剧。

这一段说明梅兰芳抓住了核心动作“醉”,表现手法上兼顾四个层面。第一个层面是贵妃的独特身份,尽量保持仪态端庄,醉也不能恣意妄行;第二个层面是此刻的心情,失落、压抑、妒意,自斟自饮,何其苦闷。梅兰芳说:“每一个戏剧工作者,对于他所演的人物,都应该深深地琢磨体验到这剧中人的性格与身份,加以细密的分析,从内心里表达出来。”第三个层面为醉的三层次,扇遮饮酒,不遮举杯,最后自己感慨“人生在世春如梦,且自开怀”,一饮而尽。饮酒随着心情的递进而递进。第四个层面是美的舞台原则。这是梅兰芳舞台艺术的最为关键的美学原则,他说:

还有一位专家对我说:“一个喝醉酒的人实际上是呕吐狼藉、东倒西歪、令人厌恶而不美观的;舞台上的醉人,就不能做得让人讨厌。应该着重姿态的曼妙,歌舞的合拍,使观众能够得到美感。”这些话说得太对了，跟我们所讲究的舞台上要顾到“美”的条件，不是一样的意思吗？

以上四个层面使得第二场的表演层次分明，表演手段多元而具有美感。第二场的结尾，裴、高二力士搬花为第三场闻花、折花埋下了伏笔。同时借由两人的一番议论，道出宫廷女性的烦恼和本剧的主题。高力士说：“所以外面的人哪，不清楚这里面的事情，以为到了宫里头，不知道是怎么样的享福哪？其实哪，也不能够事事都如意，照样儿得有点烦恼。”

第三场，杨玉环更衣返回，先赏花后饮酒，再饮三次。裴、高二力士见贵妃真醉，为劝其少饮，诓圣驾到，被杨玉环质问，预闪躲被打双颊，高力士被要求去西宫把万岁爷请到百花亭，高力士不敢又遭打。最后杨玉环回宫。

这一场《醉杨妃》的叙事设计中没有力士诓驾，也没有杨妃闻花。在《新编磨尘鉴》之《醉妃》中有唐明皇后来真来看杨妃，只是杨妃当时已经醉后熟睡，皇帝不忍打扰就离开了，杨妃醒后懊悔不已。梅版改成诓驾，皇帝自始至终就没有出现，不过是裴、高二力士实在担心杨玉环酒醉出事而冒险诓驾。这样的修改也是向主题靠拢的方法，让杨玉环呈现惊醒的空欢喜。她的愤懑此时已经到了顶点，靠饮酒与责打两位太监发泄。这一场中，梅兰芳又在剧本上增加了闻花片段，第二场结尾已经提前安排两位力士搬出富贵牡丹花、茂盛海棠花、兰门王者香的剧情。这样的剧情设置在《醉杨妃》的剧本中是没有的。1914 年，梅兰芳向路三宝学习极具舞台表现力的卧鱼身段，但是当时为什么做这个身段，他也不清楚。梅兰芳后来认为从剧情上缺少合理性，为卧鱼而卧鱼，直至 1938 年，梅兰芳在香港寓所外的闻花经历激发了梅兰芳的灵感，卧鱼与闻花相结合，符合剧情逻辑。

因此在第二场尾部增加搬花，第三场增加闻花的剧本修改应当说是梅兰芳从生活中汲取灵感，又经舞台检验后再反哺到剧本中的文本创作手段。1955年拍摄的舞台艺术片导演建议其增加折花手势，梅兰芳在折花起身退步后加上扔花手势，使卧鱼与手势动作自然衔接，表达人物抑郁的情感浑然天成。“经过精简、加工、抽象和美化，使其保留现实世界的典型符号，又通过想象世界将其还原的过程。这种还原并不是生活的真实，而是艺术的真实。”一个艺术作品的加工经历四十余年，其中不只是舞台加工，也包括剧本的打磨，才能使《贵妃醉酒》逐渐成为梅兰芳京剧艺术的经典代表作。

四　从“硬山搁檩”看剧本音律与词采的调和

为加强剧本的文学性，开篇修改的唱词借杨玉环的自鸣得意展现出来，“坐下来念的四句定场诗，我从前根据《长恨歌》的意思，是这样改的：丽质天生难自捐，承欢侍宴酒为年。六宫粉黛三千众，三千宠爱一身专”。剧本修改的过程中，唱词应与腔相互配合，是应该腔服从字，还是字服从腔，编剧应如何处理，才能使音韵动听，意义合理。在《贵妃醉酒》第二场中，梅兰芳遇到一个字腔不调和的问题——硬山搁檩。许姬传提到梅兰芳的修改曰：

> 他认为欲求字正腔圆，腔必须服从字，而有些剧目中往往拿字来迁就唱腔，字音就“倒”了。多年来，梅先生对读准

> 字音方面下了功夫，有的稍稍改动唱腔，就把“倒”字唱正了；也有些字，限于上下句腔的程序，如果硬扳过来，字虽正而腔不圆，内行对这种生硬的修改叫作“硬山搁檩”，所以遇到修改唱腔不能解决问题时，就只能改词了。例如《贵妃醉酒》中高力士进酒时，杨贵妃的唱词是：“通宵酒，捧金樽，高裴二卿殷勤奉。”以前依【四平调】的格式唱，“通宵”的“宵”字太低，不像阴平声。梅先生在1955年拍摄影片时，就把这句改为：“同进酒，捧金樽，宫娥力士殷勤奉。”“宵”字改为“进”字，听上去唱腔不变而字音准确熨帖了。梅先生指出，为了纠正字音，修改唱腔，也要照顾到剧中的具体情况，这句老词只说高裴进酒，事实上是太监宫娥都向杨贵妃进酒，改成“同进酒”“宫娥力士”词义就更完整了。

由此可见，京剧的剧本音律与词采创作需要相辅相成，“也要照顾到剧中的具体情况”，“宫娥力士”代替原先的“高裴二卿”是符合事实的。要使音律、词采、剧情三者协调配合非常不易，对京剧剧本创作提出很高的要求。京剧台词的曲调是以“二黄”“西皮”为主，其中的规律虽不及昆曲对音韵格律的苛法，但还是有规律可循。梅兰芳说：“‘二黄’‘西皮’的唱腔有上、下句之分，不容混淆，哪个字拉长腔，哪个音往上翻，哪个音落下来，都有一定的规格，尽管可以变化创造，但不能脱离基本格式。因此，写剧本时，不仅要把四声平仄对称搭配，阴平阳平也要用得适当，才能与唱腔水乳交融，和谐好听。”

综上，传统老戏剧本《贵妃醉酒》与演员之间处于十分重要的互动关系中，老戏剧本不是不可以改，如何使之成为具有个人特质的经典剧目，还须深入分析剧本要素，主题与人物的统一，内容与形式的契合，字词与声腔的熨帖，并将之转化为舞台表演。芭蕾舞大师乌兰诺娃 1952 年观摩梅版《贵妃醉酒》后撰文："我应该说，看过这种演出之后，未必再能忘记它，——演出者是那样具有天才，那样善于再现，他的手势是无法比拟的，每个手指头的动作都体现了美……贵妃渐渐醉了，我们从她的手上，从她的视线里，从她运动的两三个步伐上，看出了这一切。"日本著名剧作家木下顺二 1956 年观摩梅兰芳的表演后在一篇剧评中写道："梅兰芳在《贵妃醉酒》中的表演，把这位贵妃的微妙心理变化，尤其是她的生活的空虚和苦闷，生动地表达出来，使观众对这位不幸的女子予以同情。"经过多年的整理改编，观众已经感受到梅兰芳对《贵妃醉酒》从主题到表演方面所传达的美学内涵和深刻思想。梅兰芳认为："剧本从执笔者在辛勤伏案的构思中写好后，由登场演员在观众面前表演出来，经过不断演出，不断修改，有的得到观众拥护，成为保留剧目，有的因为不受欢迎就束之高阁，无人问津。这里的甘苦得失，只有身历其境的'案头人与场上人'才说得清楚。"可见，传统老戏只有经过舞台的不断打磨，才是"活的剧本"。《贵妃醉酒》的经典化过程，实际上是艺术家对中国传统文化审美价值的吸收和转化过程，这一历史过程促使艺术家的成长和剧目的成熟。

沈嘉蔚的“站岗”与兵团美术

——兼论黑龙江生产建设兵团美术体制

陈　都

沈嘉蔚在黑龙江生产建设兵团期间创作的《为我们伟大祖国站岗》具有广泛影响力，成为那个时代主题美术创作中的代表作，同时，也是那个时代“知青”或“兵团”这一特殊社会阶层美术创作中的代表作。作为特殊年代下产生的具有明显时代烙印的作品，除去其本身就是一幅优秀的画作之外，它所表现出来的一个更加深层的时代精神，则是时年二十六岁的沈嘉蔚，作为一位未受专业训练的“知青”，能经由“文革”期间的兵团美术创作机制，成长为一位时代需要的文艺工作者。他在其间所展现出来的个人的艺术追求与生产建设兵团的要求之间的矛盾，则突出地表现为沈嘉蔚不得不持续地否定自己所极爱表现的形式和主题；但也正因为这一不断地自我否定的重压，沈嘉蔚身上生发出的坚韧意志，已经远远超越了反复摔打下的无奈、绝望。也就是说，完成《为我们伟大祖国站岗》后的沈嘉蔚已经具备了一位真正的艺术家所必备的精神品质——敢于突破自己所习惯的程式，这也在一定程度上表明了“文革”期间的美术体制与主题美术创作之间客观存在着某种关联。

因此，本文依托沈嘉蔚记录于 1973 年 9 月 2 日至 1974 年 8 月 5 日之间的日记，即其创作《为我们伟大祖国站岗》之完整的记录，意图详尽地说明当时沈嘉蔚的美术创作所处之境遇，及其如何在兵团美术创作机制下解决创作中的困难。而研究这一创作过程，更是认识“文革”期间的美术教育、美术创作、美术展览等相关问题的重要契机。

一 不断被否定的程式
——兼论兵团美术创作的选拔机制

沈嘉蔚所在的黑龙江生产建设兵团非常重视美术创作，一方面，兵团政治部让“北大荒版画”创始人之一的郝伯义主持一个名为“美术创作学习班”的机构（以下简称“学习班”）。郝伯义，1938 年生，山东省牟平县人。1958 年随部队转业到北大荒垦区，1959 年冬入《北大荒画报》社创作组从事版画创作。1960 年进修于鲁迅美术学院。历任中国美术家协会理事、中国版画家协会理事、黑龙江省美术家协会副主席、黑龙江省版画院副院长、北大荒美术家协会主席、一级美术师。当年郝伯义所主持“学习班”的主要职能就是汇聚兵团的青年美术力量集中搞创作，并将作品送省、军区与全国各级美展，以宣扬这一时期美术创作的成果。正如他所说：“一个地区，一个单位，一个作者都应把业余美术活动看成是文化宣传工作的一个方面。二十年来垦区的作者们植根生活，创作出一批又一批反映生活的作品。他们还在各自的工作岗位上配合中心工作搞宣传，有力地支持了领导的工作。领导看到他们是能‘拳打脚踢’的战斗集体，不是以‘画家’自居的特殊人，所以也愿意给予支持。”据王洪义统计，该“学习班”共持续 11 年，培训 411 人次，创作了美术作品 473 件，从“学习班”走出去的人，很多成为专业画家、美术学院教师、美术编辑，乃至美术界的领导。如韩书力、冯远、刘宇廉、沈嘉蔚、李斌、吕敬人、赵晓沫、陈宜明，等等。另一方面，就是兵团各师、团能“开绿灯”，放人去“学习班”。比如 1973 年，沈嘉蔚所在 42 团部政治处张副主任已明确告诉他不能去“学习班”，但就在当天晚上，团政委改变了张副主任的决定，沈嘉蔚随即接到张副主任的通知——可以去了，这也是政委第二次放他去“学习班”，而接到通知的沈嘉蔚顿时心花怒放。

美术创作学习班简称“学习班”，是“文革”期间主流美术创作中组织创作的一种特别的形式，存在于从上到下的各级组织之中。从某种意义上来说，“学习班”既出作品，又出人才，是这一时期填补专业美术教育不足的、有效的集体创作并提升学员水准的方式。所以，对于当时热衷于美术创作的“北大荒知青”来说，能不能专专心心地画上画，关口就在能不能进“学习班”，而郝伯义的动向则成为一种极具价值的情报，甚至是美术创作的风向标。沈嘉蔚与李斌交好，于是李斌把从画友杨家斌那里得到的消息告诉了沈嘉蔚——老郝（作者注：郝伯义）已去北京参观美展，而在去之前，还参加了军区的美术创作会。于是沈嘉蔚判断“学习班”要搞起来了，美术创作的机会也来了。然而，他又得知所在兵团目前只有两幅作品上去了，也就是表现兵团革命生产、生活的作品——赵国经的《白云深处》和王美芳的《新书下连》。虽然日记中并没有交代清楚，这两幅作品上到了什么地方，但沈嘉蔚着急了，并将一幅表现兵团生产建设的《沃野千里》构思给“逼”出来了。事实证明，沈嘉蔚、李斌的判断并没有错，沈嘉蔚是在1973年10月11日得知的这一消息，而在10月14日就接到所在4师师部的通知，11月5日送草图到师部，兵团要于11月中旬组织观摩，同时，他也看到了举办军区美展的报道，沈嘉蔚自然高兴——今年画画的机会又来了——老郝的“学习班”要组织起来了。当年，能有画画的机会对于那些身处兵团各农场劳动而又非常热爱画画的年轻人来说是非常重要的。

然而，为此高兴的同时，沈嘉蔚的心情却是焦虑的，因为他还没有一个特别满意的构思。虽就画画的兴趣来说，“逼”出来的《沃野千里》，其现有构思能在程度上表达他一部分的感受，沈嘉蔚也可以蛮有味道地把它画下去，但他心里很清楚：画能否上去（入选），直接关系到今后的局面、命运。这样一来，便会对题材、主题的选择，有着更进一步的高要求。因此，他很悲观地认为“怎么也达不到这要求”。至于原因，除了沈嘉蔚此时的技术、技法方面的不娴熟之外，就是创作素材的收集已经变得不那么容易，毕竟是10月中旬的“北大荒”，“沃野千里”行将变成“万里雪飘”，纵使沈嘉蔚急匆匆地画写生、收集素材，但也仅仅画了落叶松，而且“差点被冻死”。即便如此，沈嘉蔚还是很快地画出了正式的素描稿，并明确这是一幅肖像加风景的格局，且成败关键在于人物形象。但没过多久，《沃野千里》还是淹没在不断出现的新构思中，并很快被一些画面因素呈现为“雪”的想法而取代，如《征途上》《乌苏里渔歌》《为我们伟大祖国站岗》，等等。

当然，郝伯义的“学习班”早晚会举办，即使是没有得到老郝动向的情报，沈嘉蔚所产生的构思、构图，也都基本围绕在如何打动郝伯义之上；如何能在兵团层面上“过关”，因为只有草稿被这两方面认可，才能进入到“学习班”，而这对于坚信美术创作是其一生价值之所在的沈嘉蔚来说，“最大的快乐莫过于一年中难得的集中创作、学习了”。这也促使他要不惜任何代价进“学习班”。因此，在其日记中有相当多的内容记述他因为自觉构思、构图所展现出来的内容、形式不足以进入到“学习班”，而不断地否定自己。

其中，老战士与新战士的组合，被沈嘉蔚赋予了深厚、多样的象征意义，是他所热衷表现的，其最具代表性的作品，是 1987 年创作的百余位革命领袖、革命将领与一组身穿红星白底衫儿童的作品，即《红星照耀中国》。虽然他认为这六块画布、长达十一米的人物长廊的创作是受到斯诺《西行漫记》的启发，在灵感初降后一口气画成的，但早在 1973 年，他就已经开始构思有关《西行漫记》的主题创作，其老战士与新战士的组合就已经具备了一种深层的象征意义。当时的题目叫《中国的希望》，这是沈嘉蔚总结了斯诺的意思想出来的题目。起初的构图是斯诺同小红军谈话，小红军随后起来吹号，而斯诺转而注视着这名被沈嘉蔚塑造为“思想插上了翅膀”的小红军。不久，在一位外行朋友的建议、启发下，沈嘉蔚改变了构图，将画作大幅拉长，还是小红军在吹号，同样的象征意义，但改成斯诺从坡下往山上奔来，准备拍摄这个如此动人而又如此有象征意义的镜头——从山顶上看到辽阔的天际、曙光，而太阳放在小红军和红旗之间。按沈嘉蔚的设想，太阳画成亮得耀眼的暖白色，旗杆和小红军的腿好像融化在阳光里，红旗则如同燃烧一般，而天上散开的云彩也按太阳放射的方向布置在左角，共同组成了小红军的一对“思想”的翅膀。当时，沈嘉蔚认为此构思、构图是“有前途”“但目前还不完整，不好看”。同时因为属于炒冷饭的“保留”题材，而不是兵团题材，认为画了也白搭，以致心里并不高兴。尽管如此，沈嘉蔚还是画出了《中国的希望》的色彩稿，也解决了一些基本问题，如斯诺、小红军的形象，天空的处理和大的色调，等等，并获得了刘宇廉等周围人的广泛赞誉。但事情的发展还是如沈嘉蔚所预料的那样——兵团不让画这幅画。

与从文学作品中发展出来的构思所不同，沈嘉蔚更多地把创作重点放在了新、老战士与现实中的生活和生产建设相结合上，显示出了在现实需求之下的一种个人艺术追求的折中妥协。比如其 1970 年“上山下乡”刚来到“北大荒”后的第一幅主题创作，画的是一老一少两位员工在机车旁学习《毛泽东语录》。而次年冬天，沈嘉蔚被安排去林区伐木，在明确了协调、处理“思想工作（团员骨干作用）、劳动与画画三者关系”的方向后，又画了《初尝完达雪》，描画了一老一少，在刚伐倒一棵树后，小战士捧起一把雪，大口吃下以解渴；老战士在一旁抽烟，“忆当年”在战场上一口炒面一口雪的场景，其画中的小战士正是沈嘉蔚本人的自画像。由于这一时期不允许存在自画像，所以小战士的形象没有照着他自己的模样画，但正如 2008 年沈嘉蔚所回忆的那样，该作在其艺术生涯中占据非常重要的位置——“这幅画是实实在在记录了我的一段生活。是我生平第一幅自画像。在此之前，从 1968 年结束武斗开始大画毛主席肖像以来，我在自学与实践中一年年提升了自己的绘画技巧与创作能力、画了不少展览用的英雄宣传画，然而真正意义上作为一幅构思独特、画品成熟的创作，它可以称为我画家生涯中的处女作。”正是这次劳动生产的经历，使沈嘉蔚更加深刻地感受到战斗在北大荒土地上的这些老同志身上所展现出的共产党人勇于献身的精神，促使他自觉地拿起画笔来表现新老战士的互动关系。因此，从这幅早期创作开始，沈嘉蔚的艺术创作在形式、内容上提升到一个新的阶段，但也埋下了危机，也就是趋向于套用这种新老战士的格式，这一点在其创作构思的过程中尤为明显。当然,在这个时代中,这样的问题不仅仅是发生在沈嘉蔚一个人身上,而是带有全局性和普遍性。

1972 年底 1973 年初,沈嘉蔚创作了《北大荒人》,描写了一个连队转战新的建设点,正坐在爬犁上奔赴新战场的时刻,重点刻画了其中三位主要人物——老、中、青三代“北大荒人”。沈嘉蔚对这幅画尤为不满,在日记中称之为“不成功的”。他在 1973 年 6 月 8 日的《座谈会发言提纲》上着重反省了这幅画,“突出的一个问题是不能敏锐地从生活中发掘题材,本来兵团生活是极其丰富多彩的,有好多好多可表现的东西的,别的同志的创作都很好地证明了这一点,但我在平时构思很吃力,构思出来的东西也往往很浅,只停留在生活的表层。说明我深入生活不够,或者即使置身于生活之中,也不能随时随地去‘观摩、体验、研究、分析’。也说明我思想水平还不够,不能站得高,看得广、看得远”。我们可以看到,在 1973 年 7 月以后,沈嘉蔚就开始寻求艺术上的突破,而最明显的特征就是一再否定“理想美”的老战士、新战士的程式,力图把握政治形势方向的实际需要,也是在寻找现实中的可能;力图从真实的兵团建设、生活中发掘更加本质的艺术典型。

比如一组老战士、新战士豪爽大笑的场景,之所以被否定,主要是他在深挖自己所经历过的生活、生产方面的感性经验之后,加以否定的:内容有关什么?他们怎么会结合到一起?——那只存在于休息、吃饭的时候;那为什么笑呢?——那必须是自然的、由衷的大笑,而不是人为的、勉强的、“新八股”式的笑;那只能因为是看到、听到有趣的事,看谁表演?——演出队。“这不好,没意思,那么谁呢?”可见,沈嘉蔚在经过一系列的自问自答后,就是以不符合“真实”而否定了这一构思。又比如老战士送别新战士的《任重道远》,这一构思缘起于沈嘉蔚学习中共“十大”的精神，起先的设想是老领导带领群众在车站送别参加党代会代表的场景，画面冷清、单调，力求庄重精炼，但问题也是显而易见的，一旦离开了标题，观者就很难理解主题，可能会认为是上大学，还会把老领导和参会代表的关系认作父子关系。而真正使沈嘉蔚放弃推进这一主题的根本原因，则是周围人“不感兴趣”，这就说明该构思所体现出的政治方向并不是人们所关心的热点，周围人都无法打动，则自然无法进入“学习班”。再比如《遥忆上甘岭》是他根据生活经验，将老战士确立为在北大荒战斗十多年的十多万老战士的典型形象——一位老连长，接受再教育的“新战士”则是如1968年以后大批来兵团的知识青年以及老连长的老部下、老员工的中农等。但与一般意义下的“想当年”题材不同，随着沈嘉蔚在“北大荒”的革命、生产、生活的逐步深入，他已经将这此类老套的、程式的题材引向了极具现实意义的“屯垦成边”上。然而，连沈嘉蔚自己都犹豫，这种“忆当年”的主题和题目“对今天来说，切合不切合形势的需要呢？而如果不切合需要，那么画得再好也白画”。

由上可见，不管是以《西行漫记》为基础的主题，还是描绘兵团的建设、生产的创作，老战士与新战士的形象组合是一种很保险的、具有符号意义的结构，也是沈嘉蔚所喜爱的表现对象，同时被他赋予了深厚、多样的象征意义。1973至1974年间，他十一幅有题目的构思中，有五幅是有明确的老战士与新战士元素，而这些构思没一幅落实到最终的创作中，有自己认为“画了也白画”的，有被领导“枪毙”的，这都体现了个人的艺术追求与生产建设兵团的要求之间的矛盾。这一矛盾发生在这一时期的美术创作中，可能是每位画家都曾遇到过的问题，而这种具有时代特点的问题以及矛盾关系在这一时期各级美展中都有反映。恰恰是沈嘉蔚对老战士与新战士这一组合程式的不断否定,也促使他更加深入地寻找兵团的建设、生活的真实存在,即创作出了其艺术生涯中的两幅重要作品——《乌苏里渔歌》(下文简称"《渔歌》")和《为我们伟大祖国站岗》(下文简称"《站岗》"),《渔歌》为沈嘉蔚承继、发展了已经回城的兵团画友赵雁潮的构思,并由刘宇廉主笔的作品,表现了屯垦的题材;《站岗》为沈嘉蔚独立构思、起稿、创作,体现了戍边的内容。

二 从《渔歌》到《站岗》的构思
——兼论兵团业余美术学习班

在《任重道远》被否定之后,沈嘉蔚又开始寻求突破,并产生了新的构思,仍然是"任重道远"的主题,还是相似的组合——一位老连长和新干部、青年副连长站在窗前,眺望着将要开发的西大洼,题目则改为《出征》,并与"十大"关于接班人的精神相吻合,也就是老干部送别一位新干部及其所带领的战士们去新的拓荒点。沈嘉蔚所希望的艺术风格则是需要周围人物与主要人物产生有机的、直观的联系,画出一组源自生活的兵团战士的形象,是一种雄浑、动荡、厚实的艺术风格,而这种理念所展现出来的风貌已经相当程度地接近于《站岗》。但是令沈嘉蔚郁郁不乐的是画面所呈现出来的效果——纤小的、死板的,以致他又开始另找出路了。

就在《出征》进入到构图无可修改的死胡同时,沈嘉蔚想到了《渔歌》,从中我们依然可以看到其钟爱的老战士、新战士的组合——"一群壮健、有力的形象出现在眼前:有飘动白须但仍动作矫健的老人，有中年汉子，有边防军战士，有知识青年和红小兵，他们合力拉一张大网——冰上捕鱼……”在风格选择上，沈嘉蔚认为画面的处理可以符合当时的口味，一组“伏尔加纤夫”式的人物组合，全部前景都在清晨的阴影里，冷调子，只有人物组合背后的祖国大地上已铺上太阳的光辉。这一构思完全建构在沈嘉蔚没有任何素材乃至感性经验的想象之上，但与流产的《沃野千里》所不同的是，即将到来的冬天捕鱼季，势必会提供充足的材料和经验。使沈嘉蔚更加坚定信心的是，在联想到“十大”精神后，立即意识到这是一个极有希望的题材，这是黑龙江生产建设兵团的重大题材——“反修”斗争，而且能够画出非常适宜的内容与形式：和平的劳动，一道攻不破的铜墙铁壁，可以使人感到极强的力量感——齐心协力的劳动热情和精神力量。根据 1973 年 10 月 31 日的日记，在沈嘉蔚想出《渔歌》的构思之前，土豆（作者注：赵雁潮）已经产生了相似的构思，他在日记中这样写道：“我这构思虽说完全是自己想出来的，同他无关，但总有点‘抢’的感觉（我自己很踏实，不知他和别人有什么想法）不知他还会来参加创作否？如他也想画，那就让他画好了。”另据沈嘉蔚向笔者解释：赵雁潮属于曾就读于中央美院附中的群体，是沈嘉蔚和刘宇廉共同的画友，他曾把自己对《渔歌》的原创构思告诉沈、刘二人，对《渔歌》的创作产生了重要的影响，但他没有来得及进一步发展自己的想法，就在 1974 年 2 月 14 日坐上离开北大荒的火车，返回北京工作，而这也是沈嘉蔚认为《渔歌》的构思承继于赵雁潮的原因。

起初，沈嘉蔚依据画报上冰上捕鱼的照片，以及从爱好打渔的同志那里了解到的技术知识完成了《渔歌》的一个色彩稿，并在背景处安排了中苏对峙的瞭望塔，认为这可以促使观者产生很多联想。但这种基于想象的构思，并没有比其他胎死腹中的“老战士、新战士”好多少,连沈嘉蔚自己都认为"与生活不符""完全是乱画",这也是他日后多次奔赴打渔队收集素材的原因。尽管如此,这幅草图却在相关方面那里顺利"过关",而一同递上去的《中国的希望》,即沈嘉蔚产生极大创作欲望的表现斯诺与小红军的画作,则如上文所述——不让画。虽然这一结果并没有完全如意,但并不影响结果,沈嘉蔚已经能进"学习班"了。为此,他参加了兵团的美术会议,沐浴在一种节日的喜悦中,与意气相投的同行们一同沉浸在"真正艺术的气氛和环境"中。

就在沈嘉蔚即将投入为期三个月的"学习班"之际,准备一头扎到画布和调色板中间之前,沈嘉蔚应领导要求,参加了师部所办的业余美术学习班,而正是这个学习班给了沈嘉蔚一种有别于"兵团美术创作学习班"的帮助。两者之差异并不仅仅在于业余与专业,而是因体制不同所决定的辅导方向的差异,即普及与提高的矛盾。自 1949 年起,关于新中国美术如何能在普及与提高之间兼顾,就成为美术界的一个重要话题。比如"新年画运动"初期,石鲁与王朝闻就传统门画"旧瓶装新酒"的问题而展开激辩,即应该先普及再提高,还是先提高再普及。而这种问题延伸到美术教育,则成为业余培训与专业教授之间的矛盾。就黑龙江生产建设兵团的情况而论,如果说汇聚兵团中的美术英才,并延请晁楣等前辈艺术家加以指导的"兵团美术创作学习班"属于提高性质,那集中沈嘉蔚所在师级下属各团基层的美术爱好者,并以沈嘉蔚、李斌和李可克等为教学主力,能让"来的同志多少学到一点东西"的师部所办的业余美术学习班就属于普及性质。而此番被团领导以行政命令的方式要求参加业余美术学习班,虽使沈嘉蔚忧心于是否会耽误参加郝伯义的"学习班",要花费大量时间去帮助别人搞创作,但却因学习班组织形式的松散和平等互助的关系，获得了大量的帮助。

业余美术学习班并不存在绝对的权威，不似郝伯义那般需要周旋于专业学习与政治需要之间，所以在群众互助下，被“枪毙”的画还能再继续“生长”。比如沈嘉蔚在业余美术学习班期间构思了一幅缅怀、学习先烈精神，以“脚印”为主要元素的抗联题材作品，被兵团首长以脱离兵团实际生活及抗联不“纯”为由“枪毙”了。但当36团演出队的小熊看到草图后却大加称赞，并马上告诉沈嘉蔚，他们演出队所亲遇的一个故事，从而证明沈嘉蔚的构思是有根据的——演出队在牡丹江演出时住在北方大厦，大厦旁有抗日英雄纪念碑。一天，他们看到一个老人，手中捧着一份《参考消息》，撑着栏杆伫立着。他们刚想打招呼，却发现老人只在使劲看铜碑上的铭文，脸部表情那么严肃，这一场景使在场的小熊等没有打扰老人家。而沈嘉蔚听罢事情原委之后，则有感而发，从而大改主题，大调构图，以《征途上》重新命名，并完成素描稿、彩色稿，很整的大色块：天——蓝；纪念碑——暖白、红灰或绿灰；地——冷白，浅赭；花园——白、红、黄、墨绿；人——黄灰、褐，赭石。虽然这一草图仍然存在着一系列的问题，如主题不清、看不懂、色调太冷，等等，且依旧有不能“过关”的风险，但正是在学员的帮助之下，沈嘉蔚才对这幅作品充满期待，其优先度甚至比《渔歌》及之后构思出的《站岗》还高。

业余学习班的另一个特点是组织松散。就在学习班行将结束之时，李斌和李可克等决定提前一天结束此次学习班，利用两天时间同沈嘉蔚一道去乌苏里江采风。这一决定是否得到相关领导的同意，虽然不得而知，但足见其组织之松散，且恰恰因为这次“说走就走的旅行”，沈嘉蔚才有了《为我们伟大祖国站岗》的最初构思。众人来到乌苏里江江畔，看到了被积雪所覆盖的一两百米宽的江面，江岸上的航标，对岸密密的杂树林子及远处苏方的瞭望塔。由于打渔队所处连队决定后天打渔，他们并未看到所要看到的。就在众人决定先返回时，一位姓周的老同志联系了边防站，经同意，一行人等上到二十米高的大架子（瞭望塔）的机会。这使沈嘉蔚很是激动，毕竟是离上游仅百十余里的地方就是珍宝岛，而《站岗》就在此刻从沈嘉蔚的心中喷涌而出：众人兴奋地往大架子上攀登，一会儿便到了顶部的瞭望台，受到两位执勤的边防战士的迎接。这第一次上大架子的机会只有几分钟，而在有限的时间内，沈嘉蔚形成了《站岗》的初步构思：他放眼观察，只见苏联那边没有村庄，也没有相传几十里外的铁路，只有大架子、营房和“乱七八糟”的树林。转身再看祖国的土地，辽阔无边，有房子、拖拉机等。正当此时，沈嘉蔚的一个构思油然而生——我为伟大祖国站岗！描绘伫立于大架子之上，庄严站岗的边防战士。“多好的想法呀！我都来不及高兴，只顾急急地观察塔上的一切，可以在创作时默出来。”随后，沈嘉蔚参观了观察室，大致看完这些之后，沈嘉蔚等人就从大架子上面下来，产生了极大的创作冲动——“我的心都不能平静，一直围绕着《站岗》的构思打转。我明白一个新的题目已把《渔歌》从今年的日程中挤掉了，本觉《征途上》画不了三个月，现在画两幅，时间正好。”

然而，纵使沈嘉蔚对于创作《站岗》一画很激动，但在没有大架子结构的照片和写生之前，并没有产生很好的构思。于是，他将更多的精力放在了《征途上》和《渔歌》之上，这也从侧面反映出沈嘉蔚非常重视从业余美术学习班中获得的素材。事与愿违的是，这个集中了沈嘉蔚许多感受与思考的《征途上》，最终还是因为“构思不严密”，没有在兵团那里过关。这使沈嘉蔚非常扫兴，“学习班要 2 月份开始，看来要大搞：四个月，还让下去收集素材。遗憾的是《征途上》一类的画不让画！希望在《乌苏里渔歌》上了！《希望》(《中国的希望》)也没希望了”。《征途上》的落选并不太出乎意料，毕竟相同题材已被“枪毙”了一回，沈嘉蔚也没有表现出明显的抵触情绪，但《渔歌》则不同，在参观了 34 团打渔队的作业全程后，他对《渔歌》产生了全新的感受：“这是个很值得下功夫的、有较深刻思想的构思。”然而，在兵团学习班草图观摩会上，郝伯义对《渔歌》并“不感兴趣”，还将此画推给兵团来决定生死，这就让沈嘉蔚十分不安，甚至还发毒誓——“万一只让画《站岗》，我决不干！”

利用从佳木斯兵团总部返回 4 师师部的机会，沈嘉蔚又一次去 34 团，收集打渔和站岗的素材，一同前往的还有 5 师的刘宇廉、李斌二人。与上次体验打渔作业仅看看不同，这次沈嘉蔚等人在整网、打冰窟窿的准备过程中，就开始紧张地画速写。但是，即便当天风和日丽，也仍然是零下二十摄氏度，这使得他们画了一段时间后，便跑去帮忙整网拉绳，跟随着大家“嗨呦”的号子，拉完一次又拉一次，让身子迅速热乎起来，也体会到什么才是《乌苏里江渔歌》，同时对构图有了把握。“我和刘(作者注：刘宇廉)越谈越美，心里欢喜极了，我高兴得把刘(作者注：刘宇廉)紧紧抱住，觉得有一种亲兄弟的感觉从心底涌上来，这是以前没有体会过的——我平时对于同性间的过于亲热总有一种抵触的感觉。这会没有。我多么希望能一道画这画呀！我觉得两人合作太好了！要是我一个人，真的画不出来！”在回程的火车上，沈嘉蔚与刘宇廉交换了构图方案的意见，基本一致，刘宇廉略有顾虑，“别人反应如何？”想要“跳出去”看看构思如何。而沈嘉蔚觉得很有把握，认为关键在于“力量”和“信心”。两人也达成共识，各自回团后分头画出草图寄兵团，力争能画《渔歌》。

由上可见，虽然沈嘉蔚极力从真实的兵团生活、生产建设中出发,但包括《渔歌》在内的诸多作品无一例外地套用了老战士、新战士的格式,这是对政治方向的把握不到位,也是对生产、生活不深入的原因。而在业余美术学习班期间,沈嘉蔚在互帮互助中充分汲取了他人的感性经验,以及利用学习班组织松散的特点,抓住宝贵的机会,看到了乌苏里江河畔的大架子、打渔队,从而构建起《征途上》,及符合兵团现实的《渔歌》《站岗》的初步结构。

进入到 1974 年 1 月,沈嘉蔚与李斌到哈尔滨学习户县农民画期间,见到了郝伯义。使沈嘉蔚高兴的是,“除了肯定《站岗》外,老郝同意让我与刘(作者注:刘宇廉)合作《渔歌》,刘(作者注:刘宇廉)也月底到兵团。太好了”!然而,就在沈、刘二人乐观地展望《渔歌》前景时,沈嘉蔚却无法进一步推进自己独自承担创作的《站岗》。虽然在收集完打渔素材之后,再次登上大架子,但仅有一小时的速写及一些大架子周围景物的素材,但这些信息对推进作品的创作显然不够。这就使沈嘉蔚颇为苦恼,“不是自己最下功夫的东西,并很易一般化”。而这种窘境,则在学习班的机制之下,得到了有效的解决。

三 《站岗》的创作
——兼论兵团美术创作学习班

黑龙江生产建设兵团总部位于佳木斯市区,学习班就设在兵团总部的苏式俱乐部大楼里。沈嘉蔚所在的 4 师在其以南几百公里的牡丹江地区;刘宇廉所在的 5 师在其以西一千公里的嫩江地区。1974 年 1 月 29 日,沈嘉蔚到达学习班,在学习了两天文件后,开始对

《站岗》进行构图，至 1974 年 2 月底完成正式草稿。这一过程可以说非常不顺利。虽然在 1975 年第 9 期的《美术资料》中，沈嘉蔚把这一过程描写得非常平淡："毛主席教导我们说：'我们的要求则是政治和艺术的统一，内容和形式的统一，革命的政治内容和尽可能完美的艺术形式的统一。'为了实践这一教导，在兵团美术创作学习班开始后，我又画了大大小小二三十幅草图，力求找到一个较好的瞭望塔角度和画面构图，来反映边防战士顶天立地的高大形象，尽可能深刻地揭示油画的主题思想。"事实上，尽管沈嘉蔚经常遭遇构思、构图被"枪毙"的事情，但在短短一个月的时间内，在封闭的环境中——由整个兵团的美术英才组成的"学习班"里，同一主题的画作被否定了二三十次，这种压力之下的抑郁也就可想而知。沈嘉蔚在整个 2 月份的日记中一反常态，没有任何《站岗》构图的细节信息，只记录了一次构图被否定的情景——"今天讨论新构的稿，《站岗》新构图被否，弄得我心神不宁，十分难受！因为原来的构图我不太满意，而且，搞成肖像也不理想：这是个'标准的'战士，很不能画得生动。心情不佳！"所以，若我们充分考虑到这一点，则不难理解在 2 月份的日记中，为什么会出现大量的情感问题、时政问题、电影评论，甚至如何给死于事故的女同志画遗像的记录，这都是沈嘉蔚在巨大压力之下，已经不想在日记中提及《站岗》构图的具体进展了。

及至 2 月底，沈嘉蔚从董振厚的革命歌曲《我为伟大祖国站岗》所抒发的豪情节奏中受到启发，完成了正式的草图。

> 确定了作品的基调是抒情的，因此把画面的情节，从初稿的"发现敌情"改为正常的值勤，以利于更深入细致地刻画我边防战士为伟大祖国站岗的庄严、自豪又富有责任感

的崇高的精神境界,而战士这种平时即具有的高度警惕的神态又能使人联想到发生情况后他们的必然行动。为了能从多方面去塑造英雄的性格,我增加了一个上来查哨的指挥员。这个人物的安排还增强了地面和高耸在半空的哨棚的联系。为了更好地体现军民联防的思想,在首长的启发下,将哨棚里的战士处理成兵团战士,并选择他打电话的时刻,用电话把哨棚同地面,同后方,同北京联系起来。在地面景物的处理上,我再近处安排了一个小岛和江汊,根据江边生活得来的知识,又在岛的外侧画上两个航标,以说明这是我国的领土……

这幅非常接近于最终定稿的构图的前因后果在沈嘉蔚的日记中只字未提,从侧面传达出沈嘉蔚对于此时的构图是极为不满意的,而症结就在于需要进一步地深入到生活中。此外,刘宇廉《渔歌》的构图也出现了困难,同样需要再次实地考察,以获取灵感,而最主要的问题是,待到江面冰层化冻,会大大增加收集资料的难度。因此,郝伯义批准了沈嘉蔚、刘宇廉一同奔赴饶河前沿的要求。此番再次深入“反修”一线,最主要的成果是,沈嘉蔚再次登上大架子后,解决了《站岗》的人物形象、架子结构,用他自己的话就是“难关已经过去了”“现在对这画的信心相当大。因为经过一个多月的探索,终于找到了一个比较满意的构图。深入就有基础了”。同时,那种激昂的情感再次迸发出来。

前两次有过的感觉又出现了,而且非得在大架子上才有这种感觉,只因为在这种感觉的趋势下才能构思出这幅画，也只有把这种感觉传给观众才能说这画成功了，这就是：大架子上时，当你从望远镜里清清楚楚看到对方也在用望远镜注视着你的一举一动时，你便真正地、真切地感受到，你真的是站在祖国的大门口，你的一举一动都在敌人的监视下，因此你身上肩负着祖国的尊严，这是多么光荣而又责任重大！在你的身后是九百六十万平方公里的国土和八亿人民，这就叫《为我们伟大祖国站岗》！并不是所有的人能真正体会这支歌的感情的！只有真正到过这最前沿的人才能体会到。因此，我是感到自豪和幸福的。

沈嘉蔚能获得如此强烈之感性经验，乃至转化为理性创作上的突破，并不是源自灵感闪现，而是学习班给予的条件，使沈嘉蔚、刘宇廉能拼尽全力从真实美中汲取艺术美——二人自3月2日晚间启程，到3月21日回到学习班，每天平均奔波（在泥泞道路和没路的积雪中行走）三至四小时以上。沈嘉蔚用一个月工资买来的一双皮靴，每天在雪水中浸泡，致使后跟很快磨秃，颇为心疼。但此次历程，可谓收获颇丰，二人共画有五十多幅油画和五十多张头像，而且获得了无法计算的印象和生活体验。以油画平均三小时一张，头像平均两小时一张计算，平均每天画画时间大约是十小时，而且其中至少有三分之一的时间是立于严寒的室外，甚至直接坐在雪堆里，且一坐就是两小时以上，留给每天睡眠的时间仅约六个半小时。经由此次经验所形成的修改，则成为《站岗》最终的素描稿。我们从中可以看到二人之不畏辛劳的勤奋，但这种“下乡写生”的强度，实际是基于学习班的影响力。一方面，隔绝兵团的其他事务，让学员没有后顾之忧，这才能使一双好鞋磨没；另一方面，则必然具有一种颇具影响力的权力，使沈嘉蔚能再次上到大架子，看到想看的，画到想画的——这正是郝伯义的影响力使然的。

回到学习班后，郝伯义给沈嘉蔚、刘宇廉腾出了一间画室，随即二人开始背对背地创作《站岗》与《渔歌》。沈嘉蔚定下了素描稿的尺寸为高 190 cm、宽 160 cm，并用两天时间确定大架子，把主要视线、结构都画了出来。此时的沈嘉蔚对整幅画的构图相当满意，“说经验，构图——一旦‘正确’，什么东西都会安排得很妥帖。一般说来，切合主题和形式美的构图似乎总是只有一个或少数几个。往往由于各种阻碍而找不到这个。今天似乎是找到了。所以特别顺心”。因此，沈嘉蔚的信心大增，并下定决心：“哪怕呕心沥血也要把这画画好。力争在题材之外，在艺术上达到自己的最高水平，向‘全美’（作者注：1974 年全国美展）冲击！”然而，就在沈嘉蔚自以为素描稿进展顺利，而“参照”刘宇廉所面临的曲折时，他却在刻画细节上出现了严重的问题，如人物比例、人物形象等地方，不仅多次返工，还有不得不擦掉重新画的情况。这就造成了进度的严重滞后，修改素描稿持续了一个月。至 4 月 25 日，沈嘉蔚开始画色彩稿，虽然依然存在着诸多的问题，但作为要参加全国美展的作品，在时间上已经不允许了，不得不将问题留到画布上去解决。

无疑，学习班给予沈嘉蔚等学员的帮助是切实、有效的，尤其是在画素描稿、色彩稿期间，但学习班并不能有效解决所有问题，而这些不能解决的问题，则在截稿日期的迫近及沈嘉蔚的油画技法、油画语言等多种问题的包围下渐次凸显。沈嘉蔚对于油画《站岗》的要求，是希望对全部起伏加以概括，尽力追求“雕塑感”，追求一种较硬的块面的感觉，尤其是想把每每将自己“镇住”的、那种北疆特有严寒清晨的清新空气和玫瑰色的阳光表现出来。此时的他对油画语言并无深刻理解，十分拘谨，尤其是与刘宇廉对比，那种“既讲用笔和放、整，又讲具体、色彩、素描均兼顾了”的技法特点，使得沈嘉蔚既有失败感，又有学习提高的参照，“只要有他的画在旁边，我是怎么也不会满意的——虽然我是个好自满的人”。同时，“使我能把今天画的画出了相对自己来说的一个新水平”。但是，《站岗》依然画得非常吃力，除了沈嘉蔚自身水平外，也与光线的方向和缺乏写生有关系，且色彩无法画得丰富——“一涉及具体东西便拘泥住了，还有用笔放不开去，总是画得近于‘腻’了，不会用刮刀，不会用虚实对比。”另外，沈嘉蔚自己也感觉到画法是错误的，只能近看可以。而按油画理论，近处颜色必须拉开，但他却拉不开。这就使得《站岗》一画的进度十分缓慢，各处都出现了反复，经常刮掉局部重画，甚至是全部刮掉重画，这也逼迫沈嘉蔚把画拿到外面，退到远处再看看。虽然除了人物在空间中显得略小外，构图上没什么大毛病了，人物透视比例也合适，主角形象远看效果较好，但是色彩却是“恼头的”，缺乏那种油画的“味道”！沈嘉蔚对画面整体的调子极为不满，又无从入手。用他的话来说，就是“无能为力”“做不到”“色彩对于我们是一个谜一样的必然王国……”“色彩对于我似是一个谜！！”这也印证了李秀实曾经指点沈嘉蔚的一番话：“毛病是‘脏’，冷暖不分，不明确，没色彩感，尤其是风景，而且起落很大，极不稳定，同一时期的画被认为是相隔几年的。说明不理解，碰上看。”正是色彩方面无法突破，造成沈嘉蔚的情绪很低落，进而没有画画的欲望，以致出现很“僵”的局面，如整天只画一台望远镜；两天只画了背带、子弹包和一只手等。

可见，在油画色彩、油画语言方面，沈嘉蔚面临着极大的困难，而这也是百年来中国油画发展史中的普遍问题。郝伯义自然没有诸如构图不好、形象不好就批准“下乡写生”之类的有效解决方法，用他的话来说，就是“我虽是组织者，有辅导的责任，但我有自知之明：自己只善版画，并无油画功夫，从不敢‘辅导’油画作者”。所以，对于想规规矩矩学画画的沈嘉蔚来说，也无法合当时的“规矩”——“我们到处找‘文革’风暴刮过之后遗留下来的‘封资修’，尤其是苏联画报，找到后就传阅临摹。我们对知识的追求真正是如饥似渴。”虽然郝伯义非常理解学员们的行为，但他不是中共党员，出身又非常不好，因此，作为一位如临深渊又兼顾业务与行政的干部，他深知这些做法会危及学习班的生存，所以不断地“敲打”沈嘉蔚、刘宇廉等众人，甚至勒令不许临摹这些画——“处里再次提出，老郝便要大家讨论临摹外国画的问题。我先要求学《讲话》（作者注：《延安文艺座谈会上的讲话》）有关章节。学了——我发现老郝从未学过，连《讲话》在《毛选》中哪儿都不知，更不用说那一段在哪儿了。而我差不多全背出来了。然后按照主席教导，阐述了我的明确的态度。由于头脑里对这问题认识极为清楚，自然讲得头头是道。继之，李斌等表态与我一样，而学习班其他大部分同志，发言的意见基本上都是同我们站在一起的。这使老郝不得不没有作结论：强判不许临。会并未开完。”郝伯义这种无可奈何的处理方式自然不能服众，也将这一油画色彩的重要辅导途径给彻底断绝。但画必须画下去，作品必须交上去，因此，在行政与业务的双重压力下，郝伯义与这一期学习班中仅有的两位油画家——沈嘉蔚、刘宇廉之间的矛盾也就必然产生，从怒吼着叫醒二人，到“老郝越来越明显地表现出不耐烦，今天则干脆说了，认为后悔，早知工程浩大，不会同意画此画，认为题材一般，水平又跟不上，现在是骑虎难下，等等”。但种种施压无非是在必须保全这一集美术创作、教学为一体的重要单位——学习班的大前提下，促使学员在努力克服困难的过程中，提高自己的业务水平。

事实上，也正是在郝伯义的连帮带推之下，沈嘉蔚才能知道如何改色彩。6 月底为截稿日期限，6 月 24 日，《站岗》终于全部画完一遍，沈嘉蔚认为“如果能大改一两次那么可能还好些，但是看来只好到此为止了，这是要遗恨终生的——因为不大可能再重画了”。此时的沈嘉蔚并非不能大改，而是不知道如何大改，但恰恰是从长期积郁之下解放出来之后，沈嘉蔚去看了一部彩色电影，回来后立刻就着手在色彩、调子上大改《站岗》，他是这么描述当时心情的：

> 回来再看《站岗》，觉得是一幅单色素描，顿时觉得跌进了深渊。“没有色彩”的感觉原来也有，不如今天强烈。当然同刚看完彩色电影，光线不好有关，但那也不能忽视基本因素。主要是我忽然深切地感受到：半年的心血，多年的期望，将要败在这失败的色彩上，真糟！回忆一下 1972 年还算新鲜的感觉：没有颜色的《雪》（《初尝完达雪》）挤在军区美展作品中显得那么阴沉，可恶，真使我可怕极了！我下了个要引起一定后果的决定：明天动手大改色彩，从脸开始。如果顺利，起码三天，不顺利？——不堪设想。但是，豁出来了！为了色彩而白费心血，这多么可怕又荒唐呀！

这一决定无疑地招致了郝伯义的最后通牒，然而，风险确是值得的——“再回想了如原来样子拿出去真是太不行了。”恰逢此时，郝伯义拿出了替代临摹外国画作的方子，给学习班的学员放了一部彩色纪录片《美术园地新图画》，而在这部影片的启迪下，沈嘉蔚立刻找到了方向，用两天时间，即改到 7 月 4 日凌晨 2 时，迅速完成了整幅画

色彩的大改。至此,《站岗》一画最终完成,而沈嘉蔚对《站岗》的色彩和此次创作有如下总结和展望:

两年前看美展时的现已失去的强烈感受,这两个月来摸索了很久也没有再能得到的色彩感觉(这种随时间消逝而磨损了的感觉被天天充塞眼前的印刷品所彻底扑灭了。该死的印刷品恨不得撕了它们!)顿时又回来了!然而,回来得太迟了!如果早在一个月以前,它将带来强烈的创作欲能促使我画出比现在这一幅好得多的画来(虽然还是不行的),而今天,它带来的只能是强烈的痛苦!失望!使我清楚地看到了一个所面对的既成事实:我失败了!半年的,不,两年来的心血又白费了!这并不是我要想画成的那幅油画!并不是!它仅仅在形象构图和部分素描上还有点原来想法,而色彩则完全不是!可为什么会画成这样?我无法回答清楚这个问题。即使这画能入选,我也是失败了,因为我重新发现我根本不想画成这种“调子”的油画。何况,这画根本不能入选全美(作者注:全国美展)资格的,这一点,对于我又是何等的重要!不为名不为利,就在于打开一个局面(年年白画),为进一步创作能创造些条件。而今,确实,再这么“爬行前进”下去,我们将一事无成!而我们全部生命的意义都在这上面,我们全部生命的赌注都押在这上面呀!的确,前景是可怕的!这次再白画,明年又没有美展,后年水平再上不去,以一张油画孤注一掷,再白画,那么三十岁以前是一事无成了。不堪设想!不堪设想!我只能不去想它,我并未完全丧失自信。还有至少两年的奋斗时间,到那以后悲观也来得及。现在需要的是相反——拼了命地去努力突破一切障碍！现在对我来说，关键的关键在油画色彩。那么就去突破吧！今年美展机会一定要充分利用。

综上所述，再回顾沈嘉蔚创作之全部过程，及学习班所产生的作用。在学习班中，郝伯义无疑是一种高要求、高标准的权威，不断地否定沈嘉蔚的素描稿，又能提供足够的机会和资源，使沈嘉蔚通过深入生活，并逐渐地解决素描稿中的构图问题、大架子的结构及人物形象的问题。但在色彩方面，沈嘉蔚却是在兵团美术创作机制的逼迫之下有了突破，但在时间上已经不允许了，正如沈嘉蔚所说："只能说是不能不结束。不过也画不下去了。我只希望能重画一幅，那一定会有一个大的进步的。现在这副样子，真叫人难受！无穷的遗憾。"

结　语

在黑龙江生产建设兵团中存在着两种美术培训、美术创作体制：一种是兵团主办，由郝伯义主持工作的"兵团美术创作学习班"；一种是各师部主办，由沈嘉蔚、李斌为教学骨干的"业余美术学习班"，这两种美术培训、美术创作体制分别承担了提高与普及的职能，是沈嘉蔚经历、参与，且受到重要影响的机制。

沈嘉蔚自 1970 年来到"北大荒"，就已经形成了他所喜爱的"老战士、新战士"的结构方式，并屡屡套用，这与爱好美术的一般"知青"并无差别。然而，对于将美术创作视作其一生价值之所在的沈嘉蔚来说，为了能进入到“兵团美术创作学习班”，为了能得到专心搞美术创作的难得的机会，遂不得不顺应兵团的要求，对自己所熟悉的方式进行不断的否定，这反映了个人的艺术追求与生产建设兵团的要求之间的矛盾，但也恰恰是对固有程式的不断否定，促使沈嘉蔚必须更加深入地寻找兵团生活、生产建设的真实存在。因此，一旦摆脱繁杂的团部事务，沈嘉蔚就会急切地寻找现实中存在的可以画的内容，而师部所办“业余美术学习班”则恰恰提供了这种机会。这里没有学术权威，没有政治干扰，在学员之间的交流中充分汲取营养，砥砺前行，而松散的组织形式，也给了沈嘉蔚难得的采风、写生的机会。他看到了乌苏里江畔的大架子、打渔队，从而构建起基于他人感性认知的《征途上》和符合兵团生活、生产建设的《渔歌》《站岗》的初步结构。

及至“兵团美术创作学习班”正式开始，虽然在诸如临摹外国画作、爬楼顶写生、翻窗户进屋开夜车乃至养小狗等，在郝伯义看来是严重威胁到学习班继续开办的事情上，与沈嘉蔚、刘宇廉的分歧很大，但老郝依然在可控的范围内尽力解决二人非常急切的需求，比如安排二人住到可通小画室的舞台侧面，以方便熬夜画画。而更关键的是，郝伯义自始至终地以一种高要求、高标准的权威，不断否定沈嘉蔚的素描稿，同时又提供足够的机会和资源，使沈嘉蔚深入生活并逐渐地解决素描稿中的构图、大架子结构及人物形象等问题。而在色彩方面，沈嘉蔚恰恰是在学习班的重压之下形成了突破，同时，郝伯义播放的彩色纪录片也对《站岗》一画的最终定稿产生了重要的推动作用。此后，沈嘉蔚、刘宇廉等人逐渐明白了郝伯义所处位置之艰难与苦心，不仅与老郝冰释前嫌，还在此后成为挚交。

最终，《为我们伟大祖国站岗》一画虽因时间原因无法再修改而留有遗憾,但不得不说,没有学习班所提供的机遇和所产生的压力,尤其是逐鹿全国美展的动力,《站岗》一画不能有现今所看到的气象,沈嘉蔚也不能在油画色彩上实现有效的提高,更不能在绝望中激发出大破大立、刮掉重画的勇气。正如郝伯义所说:“学习班为他们提供‘聚会’的时空与物质条件,宇廉(作者注:刘宇廉)及其画友的油画技巧在无师中摸索,在相互影响下修炼,创作了一批较有影响的作品。”而这正是“文革”结束后,沈嘉蔚能迅速成为美术界的中坚力量并在全国美展中屡有斩获的重要原因。更重要的是,沈嘉蔚在这一历史时期所形成的对于艺术创作的执着精神,并没有因为时代和社会环境的变化,以及他的身份变化、所处条件的改善等而作“与时俱进”的变化。他好像是在“天不变,道亦不变”的自我中,一以贯之,恪守着对主题、对语言的特别的爱好和立场,继续着他的为理想的创作。

新时代中国舞蹈创作的现状与前瞻

金　浩

新时代中国特色社会主义的舞蹈百花园应当是当代艺术家驰骋的天地。随着我国舞蹈事业的迅速发展，在舞蹈艺术领域出现了一系列值得我们关注的新现象、新变化和新焦点。新时代的中国舞蹈创作发展趋势，均呈现出当代艺术家所追求的文化品位、风格意趣及审美取向。从外部的题材形式到内在的编创机理，无不昭示着当下舞蹈创作多样化的共存态势，并在“兼容并蓄”中推动着具有鲜明民族特色和时代精神的新时代中国舞蹈创作继续向前迈进。作为新时代之初具有预兆性质的文化“症候”，这些艺术动态很有可能影响整个中国舞蹈未来的发展。我们要具有高阶思维来审慎地辨析如何完成对于传统舞蹈体系的传承，并应对新的艺术市场、新的艺术发展机遇等问题，关注诸多新兴的舞蹈样式的艺术命运和消费市场的前瞻。

一

改革开放四十年来，舞蹈创作已大大地向前发展了，在题材和内容上愈来愈显示出全方位的审美多维探索的趋势。遗憾的是，真正从内涵上切入当代人的生命精神动态之中，准确地揭示当代人的深层心理，深刻地展现当代人特定生存状态的作品仍不显见。也就是说，尽管目前舞蹈作品数量很多，表现形式也非常多样，但真正称得上体现新时代中国舞蹈创作核心和精髓的作品还很少，缺失了从“高原到高峰”的创作胆识与精神突围，制约了中国舞蹈的当代文化品格及其审美的社会效应和美育鉴赏力的提升。新时代的中国舞蹈创作若不着力于触及人的灵魂层面，其作品就很难达到“不畏浮云遮望眼，自缘身在最高层”的艺术境界。

中国舞蹈的发展势头其实与足球射门的情境颇为相似：恰如面临着新的机遇与挑战，正要“临门一脚”的我们从技术到心理是否都做好了准备呢？目前的中国舞蹈市场好像形成了一种繁荣景象。不仅有《大河之舞》这样的“国际品牌”在中国引起轰动，也有《云南映象》这样的“原装国货”着实火了一把，“拷红现象”《红色娘子军》仍不时上演，《大红灯笼高高挂》也试图打造西方经典《胡桃夹子》那样的“圣诞大餐”，但在“审美疲劳”中也呈现出中国芭蕾民族化还远未至臻完善。我以为，这里深层次的原因还不在艺术，而在理念上。我们这样一个有过长时间农耕文明的民族也同样有着长时期的思想禁锢隐忧，甚至由于舞蹈创作者自身的局限与束缚，使得文化视野不够开阔,或只沉溺于小众欣赏的意趣之中,所谓“此中有真意,欲辨已忘言”。尽管作品非常含蓄、微言大义、耐人寻味,但铺展不开,缺乏复杂多变的作品结构,只停留在情绪性的表现层级。不可否认,在中国的历史和民族生活中并不缺少舞蹈,无论是过去的宫廷还是民间,也无论是汉族还是少数民族。放眼当代都市的剧场与电视台的演播大厅,甚至在休闲广场上,我们都能寻觅到不同年龄、职业和非职业舞者们的身影。

当下的现状是:旧有的传统审美已像冰山一般开始融化,而富有活力的、体系完备的舞蹈作品还远未生成,那么中国舞蹈的“精神家园”路在何方,我们该何去何从?春晚力作《千手观音》的走红,造就了“古典也流行”的审美趋势,在这里面又有多少偶然性中的必然……由此我联想到,青年一代需要舞蹈艺术的滋养,更需要青春激扬的舞步,那么,什么样的舞蹈最能反映青年人的精神面貌?什么样的舞蹈最能贴近现实生活?什么样的舞蹈最能让当下的中国人欣然舞动呢?

新时代的中国舞蹈创作正面临着丰富且深刻的转变,原创者们以一种绝地反击的势头避免艺术创作的浇模复制而从容地进行着精雕细刻,舞蹈作为不同生命自身感受及体悟的载体,需要不同的述说方式,而要以一种固定的范式覆盖所有鲜活的时代特征显然无以名状,而只能作为一种试验性存在。从某种意义上讲,新时代的舞蹈审美观是编导思想表达主体需求所直接产生的必然结果,形式上的“嬗变”正是缘于个体与他人不同的实现路径,因此打造具有当代情怀与气派的中国舞蹈艺术仍需要经历一段“生长痛”。

二

新时代的中国舞蹈“怎么舞”比“舞什么”更亟待解决，舞蹈作品的选题可宏大可微小，但就是缺乏一种思想深度的触碰。中国的舞蹈审美历来既有传统的叙事性，也存在着空灵的意象性，它需要对现实有所超越，又奔向灵魂深处。我们继承与保护传统舞蹈，似乎过于看重传统的艺术范式，而忽略了传统舞蹈的艺术精神。实际上，能真正产生强大的艺术经典性的，主要是各门类艺术的内在精神，因为艺术外部形态总是随着时代发展有所变动。美学家们常说：美总是指向未来的，此意味着美是对未来理想的人类生存状态的憧憬、规划与追求，意味着现实中无定的人们总是对永恒怀有一份形而上的执着。当下舞蹈粉丝的追捧提供了大众传媒需求的信息，早已超出了舞蹈表演本身的概念，因而具备了当代舞蹈文化的传播要素。

“诚然，当前的舞蹈领域整体发展还很不平衡、泥沙俱下的问题也十分突出，创作中所出现的拙作的确不少。其中较为凸显了作品难以明意，形式大于内容的创作现象，也就是动作形式凌驾于内容表现之上，使观众感受到的不是形式与内容呈现的自在自得而是勉强接续且不知其所云的形式整合，忽视了肢体动势、动态与表现的协调统一，由此阻遏了中国舞蹈艺术表现水平的整体提升。”①

---

① 金浩：《论当代舞创作中的文化机杼——兼谈赵明舞蹈作品的艺术特色》，北京：《北京舞蹈学院学报》2010年第2期，第2页。

当下一些作品似乎还不足以成为承前启后的坚强桥头堡，其原因有："首先，编导过分地执着于技法，忽视了动作技法是为舞蹈作品内容服务的基本原则，应该指出它只是手段而不是创作的目的，从根本上讲是通过技法手段来达到传递编导个人的经验、情感及思维意识。"[①]其次，部分编导自身的专业缺憾。"事实上，这些编导非常明确地知道自身要表现的作品内容，但由于没能充分熟练地掌握动作语言技法以及创作经验、文化素养等方面的不足，因此造成对舞蹈语汇的变化、选择、组织的基调把握不准。其作品成了无意味动作语言在时空的形式流淌，使观者误以为编导只是游离在猎奇式的表层形式变化，没能与作品表现内容相互协调统一。"[②]于是一类"'有想法没办法'的作品所呈现出了漂亮的动作语言无力承载丰沛的情感内容，造成了浅薄、贫瘠的作品状态。但目前这类作品依然像彗星一样一再出现，这个过程或许不那么尽如人意，但生堵是堵不住的，只有中国舞蹈艺术体系建构根基坚实了，以更加充实新的空间内壁，蹩脚的'邯郸学步'才会退为涓涓细流"。[③]

舞蹈之所以有存在的价值，正是因为它可以给我们提供美的享受或深刻的辨思。舞蹈是通过肢体传达信息的艺术，舞者的表演固然是美的，而怎样运用肢体的表现力则是一个非常重要的观测点，即对动作的设计与编排，其更深层次的创作动机则是编导内心对待生活的独特感受。舞蹈创作的思想内涵需要通过动作来呈现，而编导只有编排出拥有了思想内涵所呈现出的动作才会显得深刻，于是这

① 金浩：《论当代舞创作中的文化机杼——兼谈赵明舞蹈作品的艺术特色》，北京：《北京舞蹈学院学报》2010 年第 2 期，第 2 页。

② 同上。

③ 同上。

种积累对于编导就显得尤其重要。就新时代的中国舞蹈创作而言，无论在题材还是内涵上，都表现出了深刻的变化。业内专家和优秀的编导们也大声疾呼——在强调舞蹈创作当代性的同时，切莫丢掉自己文化的根脉，因为只有立足于民族传统之上的创造才不愧是新时代的文化创新。新时代的中国舞蹈创作的出发点和归宿点始终要以民族审美情趣为基调，这是到何时也不会改变的。要创作出具有时代性、思想性和艺术性高度统一的作品，并不是简单地用编舞技法去提升就能解决。然而在创作实践中，我们却常常看到有些编导过分强调自我的创作盲区。虽然舞蹈创作不能忽视编导主体性的体验与感受，其个性化的表述也将赋予作品新的含义，但完全不顾及观众的接受程度而自说自话的纯个人情绪化表达只是囿于自身的艺术见解，堵塞了舞蹈与审美主体的交互，这就导致在创作上形成动作堆砌与舞蹈语汇的滥用现象。诚然，动作形式的变幻出新对于当代舞蹈艺术领域的推动无疑是利好的，也凸显出编导避免趋同化、求新求变的心意，但“去意义化”的动作语言只能是成为肢体炫技的“无情之举”。

就舞蹈创作本体而言，有传情和达意的双重诉求。它以身体为材料、动作为语言，是以肢体语汇的构织来实现作品传达的艺术手法，承载着对整个故事内容的传递功能，又具有舞蹈自身的审美属性。如何解决好肢体语言的表意化功能传递？如何准确把握其舞蹈属性，并用肢体表演为作品的思想性服务？这是创作好一部舞蹈作品最为重要的思考点，也是难点所在。论及肢体语言的类型，主要有三种：一是具有传情达意的肢体动作，这类动作组合能给人比较具象的感受；二是具有某种抽象美感的动作组合，它虽然不表现具体的情意，但能体现诸如抒情的、欢乐的、优美的、雄壮的、庄严的、滑稽的等抽象概括的肢体美感;三是表现某种技巧的动作组合,这类肢体语言虽然也不表达一定的具体情意,而只带有某种肢体动作的技巧美,但从舞蹈本身来看,它有助于意境、气氛、情势、高潮的渲染与促成。

从动作的编创角度来讲,舞蹈中思想性的缺少不是由于对于动作的解剖和分析不到位。其实每一位着手编舞的创作者对于动作设计的技法都是熟稔的,然而思想深度是建构在动作结构之上的,舞蹈创作不能只见树木不见森林,眼光与眼界只停留在动作层面,如此,舞蹈作为生命之舞的心灵述说只能是一种奢望。新时代的中国舞蹈创作不应是闭门造车,创作者只有感动了自己才能打动别人,只有征服了大众、贴近了大众,它的发展才会有价值,才会有不竭的推动力。只要我们立足于文化自觉和文化自信,站在时代的最前沿,以历史的眼光来审视新时代的中国舞蹈创作,就能真正达到“好舞必大文”的思想高地,也就是说,舞蹈归结到底是一种文化,它需要有更深厚的文化基础和底蕴来支撑。

三

德国现代舞先驱玛丽·魏格曼在其自传中说:“单只是人体动作还不能算是舞蹈,但它是根本的和无可争辩的基础,没有这样的基础,就不会有舞蹈。当舞蹈者的感情超越了内在冲动,使不可见的意象变做可见的形象,那就是通过人体动作,才使这类意象能在第一阶段显示自己。那也全靠人体动作,才使设计好了的舞蹈姿态得到它那有节奏地搏动着的力量的活生生的生命。舞蹈是表现人的一种活生生的语言——是翱翔在现实世界之上的一种艺术的启示。目的在于以较高水平来表达人的内在情绪的意象和譬喻，并要求传达给别人。最重要的，舞蹈要求直接传达而不是转弯抹角。”[①]因此，我们也就明白了人们为什么在观看舞蹈表演时，能激发出审美上的愉悦，因为它是通过肢体语言恰切传释着身体符号与信息，从而达到艺术上的共鸣。艺术家通过舞蹈将内在精神的跃动化为外在的有形姿容，而舞蹈是个体生命思想的积淀、升华并转化为作品形式的结果。这就像是感应着的生命律动，使之流淌在舞者与观者共同构筑的诗意般的栖居里。因此，我们观察当前舞蹈艺术领域的文化流变，就会深切地感受到，所看到的舞蹈现象与作品如同是一个反映时代变化的晴雨表，敏锐地昭示着与之维系在一起的整个社会历史观和民族自然观，而身处其中的中国舞蹈艺术也必然于无形中遵循着这一规律向前发展。

年轻一代的舞蹈创作者衍生出来的“梦想”有时并不被舞蹈界主流所看好，然而他们依然自持激情的态度，勇于提出和践行自己的艺术主张，用舞蹈这一人类情感的纯粹手段来反映现代人当下生存与生活状态的体悟。例如我于今年 10 月 13 日观摩 2018 青年舞蹈人才培育计划成果展演《俑 2 ／ 撞》，作品的确带给了观众不少惊喜，呈现在啖尽百味、眼界挑剔的专业观众面前更显得难能可贵。《俑 2》以汉代舞俑为原始形态，在历史意识下对“过去的”和“已逝的”进行艺术化、想象性复原。舞者低眉垂手的含而不露，偏头屈肘的三道弯弧，小范儿、小关节及小节奏统统在多媒体光影衬托下被激活，既有与“跨界”介质的结合与突破，又携带了对传统文化的深沉敬

① 玛丽 · 魏格曼：《舞蹈的语言》，北京：《舞蹈论丛》1980 年第 3 期。

意,编导田湉的才思为故物点戜了意象而富有灵韵,窃以为“俑”与“偶”的表现尺度仍需把握和斟酌。《撞》的编导池咚咚当晚真是把国家大剧院小剧场“撞”得“咚咚”响。当朝鲜族舞蹈元素“撞上”现代肢体语汇,这是传统与现代的相撞,也是不同民族文化的相撞,用“撞”出来的肢体语言解读多元文化赐予我们的生活智慧。乐和舞、黑和白、动和静、守护与创新、速度与激情、暗涌与未知,一切都鼓舞从之、心潮澎湃！我感到这各半台的《俑 2 / 撞》彼此独立成章又相得益彰,青年艺术家们玩出了创意又不失纯粹。再如 2018 年 10 月 15 日至 17 日在广州举办的第十一届中国舞蹈“荷花奖”当代舞、现代舞评奖活动中,中国首部原创交响乐街舞作品《黄河》成功入围,它标志着这类草根艺术首次进入中国舞蹈界最具权威性的专业赛事评选,并取得前三鼎甲的优异成绩,进而引发了热议。交响乐街舞作品《黄河》彻底解放了动作,以饱满的律动、十足的张力展示了中国的“母亲河”在新时代迸发出的新鲜活力,它凝聚了当代青年奋发向上的精神面貌,昭示着中华民族自强不息的民族气节。该作品努力发挥街舞接地气的形式所长,避开街舞艺术手段所短,尝试将西方流行文化与中国传统音乐和文化结合,将音乐的情境加以集中,造成紧张的情势,形成迫切的自觉意志和贯穿性的舞蹈视觉空间,从而在经过择取和填充的一个个有机联系的细节和场景中,形象而直观地将该作品的题旨与特色诉诸观众。

我以为,多元化的舞蹈样式和故事题材才能反映一个具有丰富色彩的新时代的艺术面貌。就舞蹈本身而言,单一的情感表达或做以相同的呈现形式,都是无趣的。我们要给予青年编导们更好的创作土壤与空间以促进艺术生产的良性循环,并不断地提升创作者的整体素质。舞蹈创作一定不能使它与变化着的社会审美心理和习惯产生距离,将发现生活的能力、艺术想象的能力与作品表述的能力三者合一,才是艺术创作者要为之努力追求的新时代文化底蕴。

舞蹈编导肩负新时代文化创造者和文化传播者的神圣职责。为此,创作者必须有一个明确的审美价值判断的坐标:要为舞蹈文化的历史承续创造些什么?传播些什么?准备将新时代的舞蹈文化引向何方?因为编导的创作过程,即艺术思维的凝结过程,就是编导的审美态度、美学价值观在舞蹈这一精神物化产物体现中的意识过程。无论编导的自觉程度如何,其结果都具有一定的精神意识的文化旨归,即一种自觉的变相,一种无终的更新。我们要以更加积极的开放的心态去迎接新时代中国舞蹈创作的多元化,最终还将融入世界舞林的时代风潮之中。因此,舞蹈作为文化的活细胞,必须在不断地追求新意中去保持自身的生命力,在创造、更新下获得艺术生命活力的迸发。

诚然,当下的一些舞蹈作品常常显得很苍白,或留有不小的改进空间,使我们并未真正获得温馨、充实的艺术享受,继续守望在跌宕的舞蹈精神家园之外,而舞蹈界对这个问题也一直保持着关注与思考。在每一个人的脑海中,都有着对舞蹈精神不同的理解与感知,舞蹈意味着超逸的渴望,它穿越了艺术的斑斓时空,让整个生命随之舞动起来,使自己获得支配生命的热情。我以为,正是因为“舞蹈的工具”人人皆有,大众才会对现实中的舞蹈作品常常感到不满足,对出现新的审美留有期待。新时代的中国舞蹈创作或许在未来的日子里将带给我们更多的惊喜!

《流浪地球》开启中国电影的全球叙事

张慧瑜

经过近二十年电影产业化改革,中国全年电影总票房超过六百亿元,进一步缩小与北美市场的差距。近两年,中国电影市场尽管增速放缓,但出现了两种可喜的现象:一是类型多样,不只有高票房的商业片,也让艺术片、纪录片等小众电影有机会进入院线;二是佳作不断,出现《战狼Ⅱ》《红海行动》等经济效益与社会效益相统一的主流商业大片。2019 年大年初一公映的科幻大片《流浪地球》正是如此,不仅故事好看、特效过硬、价值观正,而且成为春节档票房最高的电影,极有可能创造新的票房纪录,更重要的是,这部电影还具有多重文化标识意义。其一,这是一部从剧本改编到后期特效,基本都是"中国制造"的科幻电影,显示了国产电影在类型化和特效技术上的进步;其二,这部电影的叙事逻辑和文化价值观带有中国特色,是一部有文化自觉和文化自信的电影;其三,这部电影真正开启了中国的全球叙事,中国人也能够以人类的名义拯救地球,这对于中国来说是一种全新的文化经验和主体状态。恰如影片结尾处,由汉字和书卷组成的变幻莫测的画面以及根据曹操大气磅礴的乐府诗《观沧海》改编的片尾曲，既表现了中华民族悠久绵长的文明，又象征着人类"带着家园流浪蓝天"的浩瀚无垠的决心。在这个意义上，《流浪地球》一方面拉开了中国科幻电影元年的序幕，一方面又尝试在经济崛起的背景下展示中国的世界观和全球想象。

一 《流浪地球》的文化底色

很多人把《流浪地球》作为中国科幻电影兴起的标志，这至少证明中国电影人也能够娴熟地掌握以好莱坞为代表的科幻电影的叙事技巧和类型规范，因为科幻电影一直以来确实是中国电影的短板。对于中国为何没有科幻电影有很多解释，比较主流的说法是，近代中国缺少科学精神和科学技术，这导致与科学相关的科幻文化也很落后（暂且不讨论科学、科技、科幻之间的巨大差异）。也就是说，中国没有科幻这一文化问题直接联系着传统中国为什么没有自主地走向现代的大命题。对于中国没有发达的科幻文化，我觉得有两个内在原因，一是中国没有反科学主义的文化传统，二是中国不具有海外扩张的现代经验，而反科学主义和海外拓殖正是支撑科幻叙事的文化和历史基础。

先看第一个原因。现代以来，科学是启蒙、理性、秩序的代表，是现代人（西方）对未知领域和领地的探寻以及对神秘、神话、宗教等价值的去魅，科学背后是工业精神和现代化动力，而科幻自诞生伊始就扮演着反思现代、反思科学原教旨主义的功能。比如第一部科幻小说《弗兰肯斯坦——现代普罗米修斯的故事》(1818)讲述的就是科学家通过现代技术制造的“怪物”反过来伤害人类的故事,这种科技带来噩梦、科学家是阴谋家的“人设”已经成为科幻文学的套路。科幻文学对科学主义的反思在二十世纪又演化为一种末日审判和反乌托邦故事,技术的进步和现代理性不仅没有带来光明前景,反而使人类走向毁灭的深渊,即便当下讨论后人类主义、人工智能等新技术也带有反科学的人文主义色彩。因此,西方科幻文化是反科学、批判现代的浪漫主义精神的产物。对于中国而言,以科学为代表的现代价值不是原发的,而是被动、被迫卷入,是通过向西方学习从外部植入的。正因为中国缺少科学,才会不断地高举“赛先生”的大旗,把科学和科技水平作为现代化的硬指标。中国近代这种渴求现代化的经验,带来双重后果:一是对现代的焦虑症和文化自卑感,体现为中国始终觉得自己不够现代,缺少文化自信;二是对现代、科学、工业的强烈崇拜,以至于形成“现代=科学=科技=工业=科幻”的价值链,相信科学、技术会带来更大的进步,缺乏一种反现代、反科学主义、反技术中心的观念,这使得中国形成了一种有别于西方的科学理念和科幻文化。

再看第二个原因。尽管默片时代就有法国人乔治·梅里爱拍摄的短片《月球旅行记》(1902),而科幻电影真正成熟是在冷战时代,如太空科幻片就出现在这个时期。太空科幻片的出现与美国和苏联所代表的两种不同的社会制度在太空领域的竞争和对抗有关,这体现在美国导演库布里克的《2001太空漫游》(1968)与苏联导演塔可夫斯基的《飞向太空》(1972)之间的呼应和差异上,前者偏重人类对外太空的开拓,后者则是对人类潜意识的探寻。直到1977年美国导演乔治·卢卡斯发明了新的电影特效技术拍摄了带有史诗色彩的

《星球大战》,才使得科幻片成为好莱坞大片的标配。一直延续到全球化时代的《阿凡达》(2009)、《星际穿越》(2014)等,科幻片都是好莱坞最热衷的奇观电影类型。其实,这些太空科幻片带有美国西部片的典型特征,或者说是西部片的变种,处理的是以西方为代表的人与土著、黑人、外星人、外星物种等他者的对抗,背后延续的是殖民主义时代的文明与野蛮的价值观冲突,也就是说,科幻片讲述的是西方现代以来不断遭遇他者、殖民他者的历史和对这种现代拓荒精神的怀疑与反思。中国对于这种不断遭受外来侵略的“他者”来说,不仅缺乏对外扩张、海外殖民的现代经验,还留有守卫原有的土地、自力更生完成现代化转型的历史经验,这也使得现代中国历史无法支撑科幻故事。

从这里可以看出,中国之所以没有好莱坞式的科幻电影,除了特效技术跟不上之外,其实是缺少两种科学的文化传统:一是对科学、现代的反思和批判,二是作为被殖民者、受压迫者难以讲述海外拓殖的故事。在这种背景之下,中国形成了一种独具特色的科幻文化,就是科学普及、科技普及的“科普”文化。科幻与科普的区别在于,前者是对科学、科技的不信任和质疑,后者则是一种科学普及、相信科学能带来美好的明天。科普的出现与两个因素有关,一是中国对现代化的内在渴求,从晚清引入科幻文学以来,这种类型文学就携带着宣传科学精神的职能;二是社会主义文化对科技的乌托邦想象。二十世纪五十到七十年代是科普最流行的时代,一种把高精尖的科学转变为启蒙教育和大众知识的过程,这涉及文化民主化和科技发展的群众路线。在少有的几部中国科幻电影中,如《十三陵水库畅想曲》(1958)、《小太阳》(1963)等讲述的都是未来共产主义社会科技造福人类的故事。与资本主义文化对现代、科学的批判不同,社会主义文化反而更相信科学、科技的力量，因为共产主义在社会、政治、文化等基本制度上克服、超越了资本主义社会的内在矛盾，这体现为社会主义文化的底色是工业文化，正在建设之中的工地、正在从事工业生产的工厂是二十世纪五十到七十年代中国城市题材电影的表现对象。这种对科技的乐观想象也出现在八十年代科幻片《珊瑚岛上的死光》（1980）、《霹雳贝贝》（1988）和《大气层消失》（1990）中，科技被表现为一种神奇的、可以造福人类的力量。正是中国作为欠发达国家对现代的渴望以及社会主义制度对驯服科学技术的自信，使得科普成为中国科幻书写的文化基础。

在中国，科普文学经常与儿童文学相结合，成为服务于少儿科学教育的组成部分。新世纪以来，作为类型写作的科幻文学在文学领域异军突起，以刘慈欣为代表的中国科幻作家获得欧美主流科幻界的认可，科幻文学也引发文学、批评界的关注，成为少有的讲述崛起时代中国故事的文类。简单地说，二十世纪九十年代中国融入全球化时代的科幻文学携带着两种文化痕迹：一是包括科普文学在内的社会主义文化的影响，如刘慈欣除了科幻作家的身份，其正式职业是山西娘子关发电厂的基层工程师；二是受到冷战时代欧美黄金时代的科幻小说和好莱坞科幻电影的影响。因此，刘慈欣的小说带有一种混杂性，既有人类末世、地球毁灭等宏大主题，也有对科学、科技与国家命运等现代化、发展主题的思考，这种混杂性也延续到《流浪地球》中。从 2008 年《流浪地球》小说出版，到 2019 年电影版问世，这十年正是全球金融危机、中国经济崛起的时代，也成为理解中国科幻文学兴起和科幻电影起步的时代背景。

二　拯救地球的中国方案

刘慈欣的中篇小说《流浪地球》对“流浪地球计划”有一个详尽的描述，而电影只选取了其中一个片段展开。太阳系即将毁灭，人类选择在地球表面建造上万座行星发动机，推动地球逃离太阳系，到比邻星安家。在靠近木星的过程中，地球被木星引力俘获，有撞击木星的危险，儿子刘启和父亲刘培强合力点燃木星，最终拯救地球。从情节和观影效果看，这是一部标准的末日科幻电影，虽然没有出现纽约、芝加哥、旧金山等美国超级都市，但也能看出对好莱坞的借鉴和学习。中国观众第一次在银幕上看到现实中的城市变成了未来的废墟，如被冰封的北京、上海等。青年导演郭帆在接受采访时多次提到少年时代受到美国导演詹姆斯·卡梅隆的影响，而《流浪地球》的宇宙空间站设计以及操作系统Moss的反叛等都是向经典太空电影《2001太空漫游》致敬。不过，相比主流科幻电影的反科学主义以及“诺亚方舟”式的世界末日逃生主题，《流浪地球》充满了中国智慧和中国方案，更有中国文化的主体性，这具体体现在三个方面。

首先，“科技是第一生产力”。这部电影有三个空间，分别是地下城、地球表面和太空空间站，这三个空间遵循了好莱坞科幻电影的基本惯例，地下城是拥挤、昏暗、嘈杂的中国城（唐人街），地表空间是大型工地，而牵引地球的国际空间站则是一尘不染、高度现代化的场所。好莱坞科幻片如《机器人总动员》（2008）、《阿童木》（2009）、《逆世界》（2012）、《极乐空间》（2013）等，往往把这三重空间等级化，作为金融危机时代社会阶层分化的隐喻。唐人街是底层的、非法制的、黑社会化的贫民窟，地球表面或者是垃圾遍地的工业废墟，或者是进行工业生产的、压抑的现代工厂，而外太空的飞船则是没有社会矛盾的、井然有序的后工业空间，如《星际穿越》结尾处幸存者生活的未来桃源。《流浪地球》虽然也借用了这三重空间，却没有把空间等级化，一方面靠亲情把父亲所在的空间站、儿子所在的地下城和姥爷工作的地表空间变成“一家人”，另一方面与其他科幻片中被污名化的地表空间不同，《流浪地球》中的地球地表是生产性的工业空间，有大型运输机和巨型行星发动机，救援人员穿的太空服也带有机械骨骼。另外，就在 Moss 向刘培强说出太空船抛弃地球是联合政府的决定以及向全球幸存者广播地球不可避免地走向毁灭之时，刘启用中学物理知识，提出借助发动机喷射点燃火星上的氢氧化合物的方案，从而拯救了地球。而《流浪地球》的工业空间很像近些年中国纪录片《超级工程》里的场景，显示了一种对于工业、技术的崇拜。这种工业精神恐怕与近二三十年中国高速现代化的进程有关。

其次，“技术 + 精神”的中国现代经验。《流浪地球》除了信任科技、工业的力量，更强调人类的意志和一种愚公移山的精神。一是舍生取义的牺牲精神，为了拯救家人和地球，父亲刘培强一直拒绝操作系统 Moss 的休眠指令，最终驾驶太空站撞向火星，这是一种知其不可而为之的勇气和为了崇高目标、牺牲自我的革命浪漫主义精神。二是愚公移山的精神，虽然电影只选取一个极端的危机时刻，但在电影结束时也完整介绍了“流浪地球计划”需要两千五百年才能完成，要靠一代又一代的子子孙孙来跑接力赛，就像姥爷、父亲和儿子三代人“齐上阵”的隐喻。愚公移山不只是来自古典的寓言故事，而是在中国革命的过程中被转化为一种现代精神，尤其是 1945 年毛泽东在中国共产党七大闭幕式上的报告,借《愚公移山》这则古典寓言来比喻中国革命,就是“全中国的人民大众”像愚公一样挖掉“帝国主义”和“封建主义”两座大山,这是一种人定胜天、百折不挠、人力可以战胜技术不足和物质匮乏的精神。三是集体主义的召唤,尽管整个救援行动主要是刘启和王磊临时组成的小分队,但点燃射向火星的发射器依然需要朵朵发动其他国家救援队的力量,最终依靠人墙组成的集体来助推点火装置。可以说,与《战狼Ⅱ》式的超级英雄不同,《流浪地球》更凸显一种弱小者、普通人联合起来改变人类命运的价值,这本身也是中国革命和现代化的基本经验。

再次,新家园与旧家园的辩证法。《流浪地球》故事的核心是回家和寻找新家园,新家园不是去开拓新的适合人类居住的陌生之地,而是“带着地球去流浪”,是把旧家园(地球)带到新的地方,这也是刘培强宁愿牺牲更先进的航天器,也要保护地球的原因。狭窄的地下城和冰封的地球不是要被抛弃的地方,而是建设新家园的基础。这既与农耕文化对于家园、土地的固守有关,又密切联系着现代中国的历史。作为拥有上下五千年文明史的中国,从历史到现在,一次又一次面临内部与外部的巨大挑战,但每次又在挑战中浴火重生,完成文明的蜕变,佛教传入中国如此,元朝、清朝等少数民族入主中原同样如此。近代以来,中国遭遇“三千年未有之变局”,如何避免变成殖民地、避免亡国灭种的宿命,只能是主动、被动地进行现代化,在这个过程之中经历“洋为中用、古为今用”的艰苦、彻底地自我改造,中国才从传统中国蜕变为现代化的新中国。虽然是同一片土地上,但中国已经发生了翻天覆地的变化。回家,并不是回到过去,回到原有的起点,而是把旧的改造为新的,又不是完全抛弃旧的,这就是一种新与旧的辩证法。

如果说电影的内部叙事强调用工业、现代和精神的力量拯救地球，那么电影之外的事实是，这部《流浪地球》之所以能够拍摄完成也依赖于工业精神和强大的意志力。科幻电影是大投资、大制作，依赖于成熟、高效的电影工业部门的分工协作。导演郭帆去过好莱坞访问，清晰地意识到中美电影产业在工业化水平方面的差异，因此，《流浪地球》团队没有花大价钱请流量明星，反而把大部分制作资金用到道具、布景、特效等环节，拍摄前用 300 人历时十五个月画了 2 000 张概念图和 5 000 多张分镜头，前后共动用了 7 000 多人的团队参与制作。而导演郭帆从剧本改编到电影上映也花了四年时间，多次面临资金中断的危险，这种精益求精的态度也是一种愚公移山的精神。另外，中影集团的坚持和万达影视的撤资，也显示了国有资本与民营资本的区别在于，国有文化资本除了追求市场效益外，还肩负着提升民族电影工业化水平的职能。

三 中国电影的全球叙事

看完电影之后，我最直接的印象是，这部如此好莱坞化的科幻电影中，竟然没怎么出现美国人和作为世界语的英语。不管是父亲刘培强中校与俄国同事马卡洛夫中校一起“突袭”空间站控制室，还是儿子刘启与救援队长王磊等从杭州奔赴印度尼西亚的苏拉威西拯救地球，电影中所呈现的地缘政治想象是以中国为中心的亚洲版图（主要是东亚、东南亚）。不过，从电影一开始，这个中国人拯救地球的故事就放置在全球视角中，这不是中国的灾难，也不是亚洲的灾难，而是整个地球、人类所面临的灭顶之灾。对于好莱坞来说，美国超级英雄一次又一次从末日、末世中拯救人类和地球是司空见惯的，尤其是二十世纪九十年代全球化叙事中，超级英雄变成美国率领的多种族、多性别、多国别的人类小分队，以至于近些年为了迎合中国电影市场，中国演员也有幸以配角的方式加入这种多国救援队，如《环太平洋》(2013)、《变形金刚Ⅳ》(2014)、《X 战警：逆转未来》(2014)、《独立日Ⅱ》(2016)等。对于中国电影来说，《流浪地球》的全球叙事并不常见，这种中国人以人类的名义挑大梁更是罕见，可以说这是中国经济崛起之后出现的一种崭新的文化经验和主体意识。

近代以来，中国从帝国蜕变为现代民族国家，以中国为中心的天下观也变成由不同的民族国家组成的世界观。二十世纪八十年代以来，中国的世界想象发生了三次转变，第一次是从五十到七十年代的国际主义世界维度转变为八十年代的民族国家叙事。在冷战割据的大背景下，中国拥有一种超越民族、国家的国际主义以及“解放全天下三分之二的受苦人”的人类视角，而八十年代在普世的现代、西方的参照下，中国又变成了充满特殊性和差异性的民族国家故事。这种文化逻辑下出现了两种中国故事，一是把自己指认为贫穷、落后的“黄土地”，通过激烈的自我批判来完成中国的民族化、民俗化和东方化，如《黄土地》(1984)、《红高粱》(1987)、《菊豆》(1990)、《五魁》(1993)等；第二种是追逐“蔚蓝色文明”“海洋文明”，把世界简化为西方和美国，如电视剧《北京人在纽约》(1993)、贺岁片《不见不散》(1999)、电影《北京遇上西雅图》(2013)和《中国合伙人》(2013)等，这两种中国故事又是一体两面，中国是传统的、非现代的价值，西方、美国是现代的、理想的所在。

第二次是 2010 年中国成为全球第二大经济体，中国的“世界”图景开始出现新的变化。除了作为发达国家的欧美世界之外，也出现了东南亚、中东、非洲等第三世界或发展中国家的身影，如电影《泰囧》(2012)、《湄公河行动》(2016)、《战狼Ⅱ》(2017)、《红海行动》(2018)等都反映中国与这些地区有着密切的经贸关系。随着中国成为世界加工厂以及工业产品出口国，中国游客、商人、工人开始遍布全球。在这些电影中，中国从落后的、愚昧的主体变成了现代的、文明的代表，这些发展中国家则是欠发达的、非文明的地方，中国开始占据曾经是西方、现代、白人的文化位置，变成一个现代化的主体。就像《战狼Ⅱ》中吴京扮演的中国特种兵，像超级战士一样在非洲保护中国企业和中国公民的海外利益。

第三次转变则进一步升级，现代的、文明的中国变成具有全球和人类视野的主体。这就是以《流浪地球》为代表的中国，占据了曾经在好莱坞电影中美国人才拥有的位置。《流浪地球》中不同国家、不同肤色的救援队，是这种以中国为人类视角下的文化多元主义。在这个意义上，中国不只是学会了科幻电影的特效，更学会了在文化心态上完成一次“翻身”。这种新的文化经验，突破了八十年代以来“落后就要挨打”的悲情叙述，也改变了新世纪加入WTO之后中国作为世界秩序学习者和模仿者的状态，中国一方面有资格思考“人类命运共同体”的大问题，另一方面也尝试用自己的方案和经验来回应普遍性的问题，这是《流浪地球》所带来的文化启示。

可以说，《流浪地球》整合了三种文化经验，一是几千年的中华文明史，二是愚公移山的现代精神，三是自主现代化、工业化的路径。既依靠现代科技又借助人的精神意志，才能创造新的家园。在2019年东方卫视的春节晚会上，《流浪地球》核心演员、科幻作家刘慈欣和中国航空航天事业的工程师同时登台，大家共同演出一首《祖国不会忘记》的歌曲，在这一刻，《流浪地球》里的中国人拯救地球与正在发生的中国载人登月工程形成了对接和呼应，这种全球叙事与国家身份之间并非没有裂隙，这也导致《流浪地球》上映之后在移动互联网平台引发激烈争议，成为电影文化的舆论战。至于这种中国电影的全球叙事能否也“全球”开花，恐怕还有很长的路要走。对于这一点，《流浪地球》也给出了自己的答案，那就是需要漫长的、两千五百年的长征，才能找到新家园。

"无缘社会"族、僭越禁忌与"家庭"作为现代性装置的解体

——从电影《小偷家族》观日本的后现代特征

张　冲

《小偷家族》2018 年获得第 71 届戛纳国际电影节最佳影片"金棕榈奖",8 月在中国上映,引起两极反响,一方面其心灵鸡汤式的"我们什么都没有,只有爱"的陈述引观众唏嘘落泪,另一方面主人公"可怜之人必有可恨之处"的"偷盗"行为受到某些观众关于价值观方面的质疑。导演本人并没有对角色做出评判,只以开放式的结尾处理现实的温婉表象与残酷本质。是枝裕和在《有如走路的速度》里说,他"不喜欢观看让人厌世的作品,也不喜欢制作这样的电影",但"在电影中追求的并非'使人振奋'的精神姿态"。这一点也在《小偷家族》得以印证,电影里既没有厌世,也没有"使人振奋",只是日式隐忍地接受和面对,这部电影依旧延续了是枝裕和之前作品中所讨论的话题,如血缘关系、伦理关系或者家庭的现代性存在等。影片是关于六个没有任何血缘关系的老、中、青、幼组建的"家"之故事,这个

临时组建的“家”最终被“世俗世界”以“法”的名义解构。“家”“法”与日本的现代性有何关系？

一　特殊的交流结构：秘密所建构的耻感亲密与动物般的“神圣之爱”

《小偷家族》在宣发中强调“我们什么都没有，除了爱”，电影中的某些无血缘之爱按照“世俗世界”的主流价值观判断是属于非法的，如信代从弹子机房外的汽车里偷走了被父母忽略的婴孩，柴田治从阳台上抱走了因父母家暴而忍受饥寒的女孩、偷盗钓鱼竿等物品，他们僭越世俗社会的法律规定，但却以动物般的“神圣之爱”对其超越。其“神圣”具有巴塔耶所诠释的特征：“‘不能通约的’‘不能还原为有用性的’部分，以及‘不指望获得什么’‘不追求任何目的’的至高性等‘作为异质性’的东西”，柴田治把被虐待的女童由里带回家，没有目的，也不想获得什么，只是出自动物的本能，这种本能或者异质性的东西或许符合苏格拉底所说的“至善理念”，或许是“不追求任何目的”的至高性，是人的“神圣”或“神性”之处。电影中的偷盗、诱拐儿童、盗取养老金等，因其僭越性只能以一种俯就的方式颠覆“世俗世界”的主流价值观与法律，他们的“神圣之爱”以某种狎近、亲昵和秘密的方式进行，僭越“世俗之爱”的权威与既有秩序。

导演说“唯有犯罪将我们相连”，电影中有偷盗、诱拐儿童、藏尸、骗取养老金等。关于“偷盗”这一带有羞耻和秘密的行为发生在柴田治和祥太以及一家人之间，这种带有世俗羞耻感的秘密让他们更加有效地团结在一起，并以"爱"的名义进行合法化渲染，其实质是对现代"世俗世界"的秩序进行僭越与颠覆。以骗取养老金为例，柴田初枝先后被丈夫、儿孙遗弃，"世俗世界"中的伦理权利"爱"与"孝"在她这里消失殆尽，但在这个没有血缘关系的临时家庭里，她愉快地扮演奶奶角色，其他人也各扮家庭角色，构建了一个其乐融融的"家庭"空间。没有"世俗世界"伦理关系的压力与禁忌，这个空间中的"三代人"相处融洽。同时为了养活这一家人，初枝定期去已去世的出轨前夫家里拜访，带回被离异的养老金，对"世俗世界"约定俗成的"耻感"视而不见，而以流水线般的从容面对情敌之子，并带着胜利者的豁达之笑安抚他。前夫的孙女离家出走住在自己家里，而情敌之子却束手无策，大家心知肚明，却并不揭穿真相，维护一个中产阶级家庭的体面。初枝儿孙由于压力、怕妻等原因不与自己往来，但她膝下却并不缺儿孙绕膝之乐，初枝为了这份温暖与爱做出骗取养老金之僭越行为，孰轻孰重，古稀之年的初枝自有她的平衡，而这其中复杂的关系，亦可看出日本社会家庭或者人际关系的变异，一方面是严格的"世俗世界"之禁忌，一方面是各种禁忌被僭越的事实，压抑得越强烈，反作用力就越有力。影片中的人物既有恪守秩序的自觉，又有"不配做人"的"无赖式"行为，后者是在"占有的欲望"之下，隐藏的秘密欲望浮出水面，渴求"丧失自己""消尽自己"反攻捣毁人的理性所确立起来"占有财富""生死禁忌"等现代性秩序。柴田治回答警察为何教祥太偷盗的时候说"我什么也不会，我只会这个"，他这种坦然承认被理性社会认知为"羞耻"的行为，显示了其潜意识中的秘密的"消尽的欲望"与其对"世俗世界"秩序的反攻，在所有事物都物化的现代世界里，这是他能呼吸和反抗的唯一方式，他以动物的"神圣性"行为进行反抗，让人从物化世界中再次回到人的自然本性——

“动物性”。否则他就会犹如《幻之光》里的前夫一样自杀，消失于这个世界，以死这种“反面、受动、逆向的方向”本能来否定这个物化的、理性的“世俗世界”。

在物化的社会里，感情也成为交易的一部分。出生于中产家庭的亚纪在父母家里感到的是冷漠、冷淡和冷暴力，离家出走后在风俗店里展示身体、出卖色相和贩卖情感，情感被物化为情感幻觉或者幻药，用以治疗日本深入现代人已然较少的动物性特征，重温在中规中矩中被压抑所剩无几的动物欲望。这种欲望被巴塔耶认为是“神圣的欲望”，它“是欲望的最高层次，隐藏在显性的‘世俗的欲望’之下的‘秘密的欲望’，是向‘动物性的欲望’回溯的神秘力量。‘死之欲望’‘消尽的欲望’‘色情的欲望’等是其表现形式”。亚纪购买“童真杀”性感连衣裙展示给四号先生，并出售陪睡、拥抱等量化服务，跷课的四号先生也是个学生，因情感无处着陆或生活窒息而通过自我伤害来宣泄，并用金钱消费一边观看喜欢的女性身体，满足动物般的生理需求，一边购买拥抱、枕腿、找人倾诉等服务用来满足心理需求。情色与情感服务、人之常情在现代性下变得可以物化、量化，虽然风俗屋合法，但这些消费消解了人作为动物本能的原始冲动与欲望，而日本“世俗世界”承认这种“神圣”的色情合法化，进一步解构了人回复动物本能的可能性，犹如只肯在网络上社交的宅男女一样，独自存在单身者的数字在继续增加，由于物质发达，女性离开家庭独自生存越来越具有可能性。

在这样一些伟大的僭越和秘密中，早已过了知天命年龄的初枝面对大海中玩耍的没有血缘关系的、但陪伴自己走过人生最后旅程的几个人，以智者的开明悄声言谢。这种陪伴使得她摆脱了人生独自存在的孤独，陪伴只是陪伴，任何附加其意义上的“血缘”“伦理”

"家庭权力装置"已然不再具有绝对权威。人类靠着各种伦理禁忌建构的"世俗世界"到了一定极端的时候势必被僭越以致崩塌,虽然片中的种种僭越"世俗"法律的行为被贴上"耻感"标签,但这种僭越人性的"耻感"在动物性的"神圣世界"里恢复了合法化,并具有"无目的的合目的性",以秘密和亲昵的方式呈现。

二　新的社会阶层的出现:"无缘社会"一族与"向下流动"的人群

列维·斯特劳斯说日本文化"喜欢把对立的事物并置一处",是枝裕和也同样青睐于此,如把温情之爱与残酷现实并置在一起。《小偷家族》中的六人没有任何血缘关系,为不引起外人怀疑而更像传统式的家人,他们都随了奶奶姓柴田,分别扮演儿子柴田治、儿媳柴田信代、孙子祥太和孙女亚纪、玲玲,他们自身却分别代表了现代日本当下繁华的社会表象之下残酷的多面体:无子、家暴、失业、老龄化、贫困女性、单身、离家出走等,电影表面讲了一个温情的故事,现实实质却很残酷。据《老后破产:名为"长寿"的噩梦》统计,2017年日本六十五岁人口占总人口的27.05%,人口老龄化程度较高。日本NHK电视台《无缘社会》是基于路毙的孤独死者案例所做的一档节目,"无缘社会"的意思是"没有关联的社会""各不相干的社会"。死者逝去,但"他是谁"却很难或无法得知,一个人的存在最后就像被删除的文件一样消失了,不被人记住,人们也不知道他(她)是谁。栏目组尽量寻找线索进行查询,但还是有些逝者多年不与外界联系,始终不能得知其为谁。《小偷家族》中的初枝险些成为这样的人，她先后被丈夫、子女遗弃，只身一人被信代发现，所以应该说不是信代啃老，而是信代收留了奶奶初枝，让她免于“无缘社会”一族。相较于一个人看着太阳从东到西捱日、宅于一室、无人交流、无人关心、寂寥而被世人不知的情况下死去，初枝宁愿自己被啃老，身边一群人就不会有死后多日才被发现尸体的这种可能。坐在大海边，初枝悄声言谢的不仅是感激他们带来了欢乐，更感谢他们让自己活得有尊严，有温暖，有主体性的存在，而不是一具毫无意义曾经存在过的尸体，在温婉情感的对面是冰冷或者腐烂的无人认知的尸体，稍不小心，人们就可能成为这种“无缘社会”人，这就是日本高度发达经济下的“无缘社会”人群的残酷现状。

日本进入经济高度发达阶段，传统意义上的“家制度”伴随着中产阶级“向下流动”的趋势逐渐被解构。老龄化、不婚、单身、无子、失业等城市化现象使得人类完全陷入商品、经济或者各种禁忌之中，宅居的年轻人宁可网络社交也不愿意和现实中人发生联系，他们活着，没有工作，不需要配偶，没有儿女，不想回家乡，也不想面对熟悉的人，久而久之和所有人失去联系，犹如《被嫌弃的松子的一生》中的松子悄无声息地死去。有些人即使死后被发现，也无人认领尸体，甚至无法知道他们是谁，空留一抔可能无人认领的骨灰，柴田奶奶在没有遇到信代之前，有可能成为这样的“无缘死者”。也有一些莫名自杀的年轻人，犹如《幻之光》中的女主角丈夫，他和女主角两个人青梅竹马、相爱有加，但是突然有一天他毫无征兆地自杀了，这种自杀行为后来被女主角的第二任丈夫解释源于“一束光”的吸引，这束光到底为何物，是导致人们莫名其妙自杀死去的“虚幻之光”还是人们惰于或无力承受的“虚无感”“向下流动”？这也是当下日本社会现状的病症之一，犹如三岛由纪夫在1970年最后的演讲中所说的：“日本人发财了，得意忘形，精神却是空虚的。”

战后日本大力发展经济，二十世纪五十年代的电影《青春残酷物语》中，男主角阿青通过出卖性给中年女人挣学费上大学，试图借上大学跨出居于社会底层的命运，努力向上追求，但在“金钱至上”的主流价值观的现代社会中梦想幻灭，最终他认为个体相较于强大的社会主流价值观“什么也改变不了”。日本社会二十世纪五十年代的这种“无力感”“虚无感”到了二十一世纪又呈现了“向下流动”的新特征。居于底层的人们“并不仅仅是低收入，更在于沟通能力、生活能力、工作意愿、学习意愿、消费意愿等的全面下降，也可以说是‘全盘人生热情低下’”，这就是日本经济高度发达的现代性后果之一。《小偷家族》中的中年人柴田治作为“一家之主”，在建筑工地打零工，腿摔伤又没拿到保险，于是破罐破摔地赋闲在家继续偷盗，其偷盗、怂恿祥太偷盗，包括为躲避上学登记欺骗祥太“只有不能在家学习的小孩才去学校”，这些行为并没有力争上游的打算，中年的他在尝试“上游”和努力失败之后，一边啃老，一边从“不致破产的”超市中偷盗，是“世俗世界”不耻的末流所在。

有人说是枝裕和一直在拍“落在后面的人”，他带着宽容和悲悯拍摄了做什么都失败的“没能当初实现梦想的人们”，也拍丧失希望的年轻人的自杀，拍贫困女性，拍杀人犯，拍骗子、小偷，拍没有责任感只追求自己幸福的母亲等，这是一群“向下流动”的人群。尽管柴田治与信代勤勤恳恳工作，但还是失去了工作，柴田治继续偷盗，信代也准备重拾旧业，进风俗屋出卖自己仅有的身体资本或者“干一把大的”，他们看似轻松的谈笑将愤懑、无奈与对未来的恐惧压抑了下去，虽然以“我们什么都没有，只有爱”与强大的现代性进行抗衡，但

“向下流动”不可避免。以往的工人阶层“采取过各种（荒唐的）办法来对抗主流的价值观，例如酗酒打架、乱搞女人、结伙厮混……迟早会被主导意识形态感化和驯服，过上中规中矩的生活，悄无声息地去接受从属的社会地位”。柴田治、信代等人已经认同了自己从属社会地位，但还是被剥夺了生存的权利，失去工作和尊严，并且要面临法律的种种询问和质疑，最后被判入监狱。在“世俗世界”的秩序、法律和禁忌中，他们不但失去了“力争上游”的机会，还失去了最起码的生存权利，只能释放被理性压抑的“神圣动物性”对各种禁忌、道德和戒律进行僭越和超越，体悟自己的存在，最终他们被“世俗世界”冠名为“向下流动”族。

三　现代性之下“家”的权力装置之终结

尽管很多人把是枝裕和看作小津安二郎的继承人，但二者还是有区别的，仅就血缘关系，二人就有不同的见解和认知。小津在 1953 年的《东京物语》中就已经通过爷爷奶奶的谈话论述过：“跟自己的儿子亲，还是跟孙子亲”，爷爷认同传统的血缘关系，觉得自己和儿子亲，而奶奶觉得长大后的儿子已经变得面目全非，反而同涉世未深的稚孙较亲。小津通过对比将现代性下的血缘关系的两种存在都呈现了出来，前者认同传统意义上的“家”的观念，而后者则从现实的角度对之进行了解构。是枝裕和无论是在《无人知晓》《如父如子》，还是在《小偷家族》中，都努力制造现代性背景下这种虚无的所谓的家庭之“爱”，力图把它制作得惟妙惟肖。是氏虽然不追求“使人振奋”的精神姿态，但是他试图力挽传统“家”之爱的用意还是不言而喻的。在《如父如子》中两个抱错孩子的家庭试图达到家庭伦理亲情的完美,《无人知晓》中被母亲遗弃的几个儿童组成亲人“生存共同体”,《小偷家族》中几个没有血缘关系的人组建“家庭”,家庭成员有奶奶、父母、儿子、女儿以及阿姨等。是枝裕和尝试用这种方式唤醒人们对日本现代性的反省与认知,他认为现代性对“家”或者“爱”进行了摧毁。而小津则不同,他认为人的存在向来都是独自存在,所谓的血缘、伦理之爱只是人类社会臆想出来的一种美好,周吉老人在影片结尾处静坐在榻榻米上,时间一帧一帧流过,伴随老人的是独自一人的存在,人类或为家庭、或为友谊、或为劳作等结伴,只为摆脱一帧一帧捱时间的孤独、寂寥与无奈。在“家庭”这一点上,是氏与小津的认知并不同。

上野千鹤子认为,日本现代化初期,明治政府为了使家庭伦理从属于国家伦理,“‘家制度’就是这样由政府人为地制造出来的”。同样,英国学者也认为日本在实现现代性的过程中,“其主要途径是采用大部分已在欧洲奏效的处方”。这种有效的处方为“家庭的力量必须被削弱,基于血统的严格的社会分层必须被消除”。这种“家庭力量必须被削弱”与“血统的严格社会分层”的现代与后现代特征分别可见于战后初期小津等人的电影以及当下的是枝裕和等人的电影中。《小偷家族》以传统家庭的方式营造伦理之爱,在“爱”的名义下制造了一个“虚拟的家”单位——“共同体”,其实质是人与人之间的互相依赖,而借用“家”这个单位来营造,是因其承袭了现代性肇始的“家”观念,符合由政府制造出来的合法性,事实是已然崩坍的“家”之观念成了发达资本主义为数不多的抒情对象之一,“家”作为实体性的存在已经丑劣不堪。除了是枝裕和的《无人知晓》《如父如子》关注这种传统家庭存在的变化外,当下其他日本导演亦有关注,如获上直子的电影《海鸥食堂》,几位旅行的女性旅行,成熟自信且具有主体性,不再是男性的附庸与窥探的对象,她们以女性的自足出现在影像中。她们认真而循规蹈矩地打扫、招待客人、接待朋友,一起工作,一起享受生活,由于女性共同体的出现,男性或家庭失却了唯一核心的权威地位。《小偷家族》中的信代觉得不是他们选择了女童由里,而是由里选择了他们,她自愿留了下来选择柴田治与信代作为她的父母亲人,由里的后天选择谁来做自己父母的自由,在某种程度上也解构了日本现代"家庭"的权力装置。

日本的"家"之概念带有现代性与后现代性的双重特征,有日本研究者说:"长期以来日本的'家'制度被认为是'封建遗留制度',但是近几年的家庭史研究的结果表明:'家'是由于明治民法的制定而产生的明治政府的发明。"这就使得日本的"家"概念具有一定的现代性。为了避免消解或者解构,是枝裕和对现代社会的"家"之模式极力挽留或极度留恋,带有明治政府的现代性特征,但不论其挽留还是留恋,"家"作为权力装置在日本后现代语境中逐渐解体。日本的"家"之概念肇始于初期的资本主义发展阶段,就目前日本人的存在状况看来,其"家"之结构亦将终结于此。英国历史学家艾伦·麦克法兰认为现代家庭在发展过程中逐渐是政治权力的终结单位,他认为现代性中"家庭主义全然缺位"。"家庭主义的全然缺位"在《小偷家族》中可以窥见一斑,如女儿离家出走、父母忽视或厌恶孩子的存在、老人被儿孙抛弃、男性缺乏为家庭力争上游的勇气、女性因家暴弑夫等。在日本,单身是家庭主义全然缺失的又一表征,如《单身社会》一书显示现代社会的家庭存在一般:"单身、单亲家庭、成婚、分居、稳定的爱侣,以及最终又回归独自一人。"日本教育发达,儿童从小就被规训为合格的、高质量的社会有用人才,他们熟知"世俗世界"

的禁忌。因尊重个人权利而尽量独自解决各种问题,加之社会经济、科技发达与生活便利,独立和单身成其为首选。因个体的经济相对独立,社会生存条件改善,日本人的生活模式与存在状况也可以摆脱"家"集体而独立生存,甚至男女老少都可以是"一个人"生活,形成了目前日本社会的"超独居"现象。日本学者三浦展说:"在'超独居社会'中,消费型态的主要特征就是个人化,也可说是孤独化。一个人生活、一个人吃饭的人会愈来愈多。"柴田治与信代在风俗屋相遇之前,他们都是以各自单身的方式存在,就是后来两个人同居在一起也没有成为合法夫妻。这种不婚的各种单身状况也验证了后现代主义时期"家庭"的存在特征:被解构或者可以全然缺失。

关于家庭中的儿童祥太和由里,当信代被关进监狱后,她告诉祥太如何找到亲生父母,而祥太关心的不是找到亲生父母,而是在住院期间,柴田治和信代是否真的像警察那样描述的想扔下自己溜走,他对他们已经产生了家庭般的认知,虽然没有叫出父亲来,但在回学校的车上,祥太轻声呼唤奔跑中的柴田治为"爸爸"。犹如成岛出的电影《第八日的蝉》,片中被偷走的女孩和亲生父母已经无法建立感情,偶尔还会想念那个把自己偷走的孱弱女子,后者曾拼命保护他们之间的爱,而亲生父母因父亲的出轨两个人生活在人间地狱中,彼此厌恶憎恨,"家庭"已经失去传统意义,其形式亦成为牢笼与羁绊。《小偷家族》中女童由里被送回亲生父母身边,妈妈被爸爸家暴,当由里试图安慰妈妈时,她把这种愤怒和恐惧转嫁到由里身上。影片结尾处由里透过阳台的铁栅栏向外张望,这个充满暴力和虐待的"家庭"对她来说犹如监狱或地狱,望着外面的世界,她渴望再有人来把她带走,就像在饥寒夜里被柴田治从阳台带走一样,传统的"家"的概念或作为权力机制的现代性单位已然坍塌。

北京文艺评论 2018 年度推优评选结果

著作类（4 部）

序号	艺术门类	作品名称	作者
1	文学	《新世纪文学论稿——作家与作品》	孟繁华
2	文学	《无法终结的现代性》	陈晓明
3	文学	《西典新读》	凸　凹
4	影视	《主体魅影：中国大众文化研究》	张慧瑜

文章类(10 篇)

序号	艺术门类	作品名称	作者
1	文学	《柳青、皇甫村与二十世纪八十年代》	程光炜
2	文学	《游戏逻辑 ——网络文学的认同规则与抵抗策略》	许苗苗
3	戏剧	《美与形式的极致 ——评图米纳斯的〈叶甫盖尼·奥涅金〉》	颜　榴
4	美术	《不能让伪史助长艺术市场的价格泡沫 ——以“黄宾虹热”为例》	陈　都
5	摄影	《各就各位,方可各得其所》	唐东平
6	音乐	《随〈玄奘西行〉观“一带一路”音乐文化》	宋　瑾
7	舞蹈	《全球化视野下的中国古典舞》	苏　娅
8	舞蹈	《作品〈yào〉的舞蹈剧场“现代性”》	肖继元
9	杂技	《魔术是不是艺术》	徐　秋
10	电影	《2017 年度中国电影后期制作产业发展分析》	康　婕

北京文艺评论2019年度推优评选结果

著作类(3部)

序号	艺术门类	作品名称	作者
1	书法	《〈述书赋〉笺证》	尹冬民
2	影视	《中国动画史》	孙立军
3	影视	《北京文人笔记研究——兼论北京文人笔记与戏剧影视的关联》	张智华

文章类(9 篇)

序号	艺术门类	作品名称	作者
1	文学	《周立波:“伟大的艺术家是时代的触须”》	孟繁华
2	文学	《与 AI 的角力 ——一份诗学与思想实验的提纲》	杨庆祥
3	文学	《不废江河万古流 ——杜甫诗歌对新诗的启示》	师力斌
4	文学	《借谁的命,如何而生? ——〈借命而生〉的“情感政治”》	徐　刚
5	戏剧	《〈磨尘鉴〉〈新编磨尘鉴〉 〈醉杨妃〉与梅兰芳版〈贵妃醉酒〉辨析》	俞丽伟
6	美术	《沈嘉蔚的“站岗”与兵团美术 ——兼论黑龙江生产建设兵团美术体制》	陈　都
7	舞蹈	《新时代中国舞蹈创作的现状与前瞻》	金　浩
8	电影	《〈流浪地球〉:开启中国电影的全球叙事》	张慧瑜
9	电影	《“无缘社会”族、僭越禁忌与“家庭”作为 现代性装置的解体——从电影〈小偷家族〉 观日本的后现代特征》	张　冲

作者简介

程光炜 中国人民大学文学院教授,博士生导师,中国当代文学研究会副会长。主要研究方向为当代文学史、当代文学与当代文化。近年来,专事于二十世纪八十年代文学史问题研究,并承担北京市社科规划重点项目“重返八十年代文学史问题”。代表著作有《文学讲稿:“八十年代”作为方法》《文学史的兴起:程光炜自选集》《当代文学的“历史化”》《艾青传》等。主编有“十一五国家规划教材”《中国现代文学史》《中国当代文学发展史》等。

许苗苗 文学博士,北京社会科学研究院文学研究所助理研究员,北京市作协会员,中国作协会员。

颜　榴 中央美术学院艺术史博士。中国国家话剧院研究员,《国话研究》主编。青年剧评家,著有《京华戏剧过眼录》《云剧场的大门:1997—2017 北京话剧观微》;译有《色彩手册》,主编《唯有赤子心——孙维世诞辰九十一周年纪念》。2007 年获北京市文联“繁荣首都文艺事业作出突出贡献者”荣誉称号,2014 年入选《文艺新观察》“新批评家”,2015 年入选首都优秀中青年文艺人才库首批人员。获奖有:北京市文联第四届文艺评论二等奖(2005),首届(2006)、第五届(2014)“中国戏剧奖·理论评论奖”,中国话剧艺术研究会第九届“话剧金狮奖·戏剧评论奖”榜首(2014);北京文艺评论推优活动优秀作品(2017、2018 年度)。同时,兼任国际戏剧评论家协会(IATC)中国分会理事,中国演出行业协会艺术普及教育委员会副主任,上海市剧本创作中心、湖南艺术研究院文艺评论特聘专家,国家艺术基金 2019 年度项目评委。

陈　都　国家图书馆馆员,北京文艺评论家协会会员。

唐东平　北京电影学院摄影学院教授。

宋　瑾　中央音乐学院音乐美学博士。现任教育部人文社会科学重点研究基地中央音乐学院音乐学研究所副所长,音乐学系教授,博士生导师;兼任全国音乐美学学会副会长、秘书长,北京美学会理事,教育部全国高等教育自学考试艺术专业指导委员会副秘书长,世界民族音乐学会副秘书长,上海高校音乐人类学 E -研究院研究员;福建师范大学音乐学院、泉州师范学院艺术学院、石油大学(华东)音乐系等客座教授,山东东营职业学院音乐系专家顾问。

苏　娅　北京舞蹈学院中国古典舞系教授。

肖继元　中央民族大学舞蹈学院讲师,主要研究领域为现代舞教学与编创。

徐　秋　曾任中国文联杂技艺术中心副主任,《杂技与魔术》杂志副主编,现为中国评论家协会理事,北京评论家协会理事。

康　婕　中国传媒大学艺术学部戏剧与影视学院博士后,"北京影协杯"电影剧本评选活动评委,曾任北京电影家协会青年电影工作委员会副会长等职。

孟繁华　北京大学文学博士,沈阳师范大学特聘教授、中国文化与文学研究所所长;中国社会科学院、中国人民大学、吉林大学博士生导师,北京文艺评论家协会主席,中国当代文学研究会副会长,中国作家协会小说创作委员会委员,辽宁作家协会副主席,《文学评论》编委。曾任中国社会科学院文学研究所研究员、博士生导师,当代文学研究室主任。

杨庆祥　中国人民大学文学院副院长、教授、博士生导师。著名诗人,批评家。出版有思想随笔《80后,怎么办》,诗集《我选择哭泣和爱你》,评论集《社会问题和文学想象》等。作品被翻译成英、日、韩等多种语言。曾获第三届唐弢青年文学研究奖、第十届《上海文学》奖、《人民文学》诗歌新锐奖、《十月》青年作家奖、第四届冯牧文学奖等。曾任茅盾文学奖评委、老舍文学奖评委。

师力斌　笔名晋力,诗人、评论家,文学博士,《北京文学》副主编。主要从事文学评论和文化研究,著有《逐鹿春晚——当代中国大众文化和领导权问题》《杜甫与新诗》。编有《全球华语小说大系·海外华人卷》(张颐武主编)、《北漂诗篇》三卷(与安琪合编)、《后窗"四人谈"——北京文学评论集》(参编)。

徐　刚　中国社会科学院文学研究所副研究员,中国社会科学院大学文学系硕士生导师,主要从事中国当代文学史及理论批评研究。著有《后革命时代的焦虑》《深圳故事的十二种讲法》《影像的踪迹——当代电影的文化政治阐释》,以及《虚构的仪式:同时代文学片论》等学术专著多部。另在《文学评论》《文艺研究》《文艺争鸣》《中国现代文学研究丛刊》等刊物发表论文一百余篇。

俞丽伟　中国摄影家协会会员、中国艺术人类学学会会员。从事编导和戏文教育教学多年,在影视教学、戏曲史论、话剧研究等方面发表论文多篇。

金　浩　北京舞蹈学院教授,硕士生导师,校学术委员会委员,舞蹈教育研究所所长,中国舞蹈博物馆常务副馆长,中国古典舞系理论教研室主任,民族舞蹈文化研究基地学术委员。已出版《新世纪中国舞蹈文化的流变》《新世纪中国古典舞发展十年观》《微时代的微舞评》等著作。

张慧瑜　北京大学新闻与传播学院研究员。

张　冲　北京电影学院电影学系副教授,文学博士,主要从事电影文化研究、电影剧作理论研究与实践等教学、科研工作,已出版专著《电影文化研究》《1977年以来中国喜剧电影研究》,发表学术论文若干。